L'ÉTRANGE MANOIR DE HOARDER HILL

Pour Rufus et Xavier – K. N.
Pour Adrian, Aleks, Thorley, Josie,
Annika et Ryan – M. L.

L'édition originale de ce titre a été publiée pour la première fois sous le titre *The House on Hoarder Hill* en Grande-Bretagne aux éditions Chicken House

24-32 rue des Amandiers, 75020 Paris

Mise en pages : IGS-CP
Correction : Catherine Rigal, Maxime Gillio
Illustration de couverture : Germain Barthélémy

Loi n° 49-956 du 16 juillet 1949 sur les publications destinées à la jeunesse,
modifiée par la loi n° 2011-525 du 17 mai 2011.
Dépôt légal : octobre 2021 – Imprimé en Serbie.

Produit conçu et fabriqué sous système de management
de la qualité certifié AFAQ ISO 9001.

MIXTE
Papier issu de
sources responsables
FSC® C117682
FSC
www.fsc.org

L'ÉTRANGE MANOIR DE HOARDER HILL

MIKKI LISH
KELLY NGAI

Traduit de l'anglais (Australie) par Julie Lopez

AUZOU

« Et surtout, regardez le monde qui vous entoure avec des yeux pétillants, car les plus grands secrets se cachent toujours aux endroits les plus improbables. Ceux qui ne croient pas à la magie ne la trouveront jamais. »

Roald Dahl

Prologue

Le corbeau de pierre rêvait qu'il volait. Il rêvait qu'il montait le long des courants d'air chaud, qu'il chassait d'autres oiseaux plus petits, qu'il descendait en piqué en quête de proies… Mais ce songe agréable fut interrompu par une voix :

— Aide-les, dit-elle. Aide-les à trouver leur chemin.

C'était la voix de l'Absente. Nul ne voyait jamais l'Absente, mais le corbeau l'avait déjà entendue. D'une certaine manière, elle faisait partie de la Grande Maison.

Aider qui ? Et comment ? répondit le corbeau en pensée. *Qu'est-ce que je peux faire, coincé ici sur le toit ? Je ne vole que dans mes rêves, après tout.*

Et alors, il la sentit : la liberté, la glorieuse liberté de bouger. D'abord un picotement au sommet de sa petite tête qui se répandit ensuite comme de l'eau sur son corps sculpté. La pierre blanche se transforma en plumes, en muscles, en un cœur battant et des yeux vifs. Il secoua ses ailes avec délice, puis s'élança dans les airs, pas en rêve cette fois-ci, mais dans la réalité. Il décrivit un arc haut dans le ciel au-dessus de la Grande Maison, puis une série de loopings joyeux, indifférent aux cris envieux des gargouilles et dragons de pierre toujours fixés sur le toit.

— S'il te plaît, va les chercher, et conduis-les jusqu'ici, reprit la voix de l'Absente.

— Qui ? demanda le corbeau en scrutant le paysage en contrebas.

L'Absente fit alors apparaître sous ses yeux l'image d'un groupe d'humains dans une voiture rouge – une fille, un garçon, une femme et un homme.

— La famille, murmura-t-elle.

Le corbeau s'envola à leur recherche.

CHAPITRE 1

RIEN QUE DES TRUCS

Une boule de tristesse grandissait dans la poitrine d'Hedy van Beer tandis qu'elle contemplait les champs couverts de neige par la fenêtre de la voiture. Chaque kilomètre la rapprochait de ce qui s'annonçait à coup sûr comme les deux semaines les plus barbantes de sa vie.

C'était vraiment injuste de la part de leurs parents, tous deux archéologues, de partir faire des fouilles en Espagne sans eux. Enfin, c'était peut-être raisonnable de laisser Spencer ; après tout, il n'avait que huit ans. Mais Hedy en avait onze, elle était guide scout, et elle avait déjà appris quelques expressions en espagnol sur une application.

— Est-ce que vous rentrerez plus tôt en cas d'urgence ? demanda-t-elle.

— Quel genre d'urgence ? répliqua son père, occupé à choisir une autre chanson pendant que sa mère conduisait.

— Par exemple, si Spencer se coupe un doigt ?

Son frère releva les yeux de son livre de tours de magie.

— Papi John est magicien. Il arrivera à me le recoller.

— Tu es tellement crédule, souffla Hedy en secouant la tête.

— Ça veut dire, quoi, « crédule » ?

— Ça veut dire que tu gobes tout et n'importe quoi. D'ailleurs, il ne fait plus de magie, donc ne t'attends pas à voir des choses dingues. Alors, vous rentreriez plus tôt si Spencer perdait un doigt, oui ou non ? Étant donné que la magie n'existe pas.

— Ça dépend quel doigt, répondit son père.

Sa mère étouffa un rire.

— Bien sûr qu'on rentrerait, dit-elle en tapotant la joue d'Hedy, qui s'était avancée entre les sièges avant. Mais essayez de ne pas vous attirer d'ennuis, d'accord ? Ce voyage est très important pour papa et moi. Il pourrait nous aider pour notre travail. Et ensuite, promis, on fera d'autres voyages ensemble, toi, moi, Spence et papa.

D'autres voyages. Alors que les champs, les arbres et les collines défilaient derrière la vitre, Hedy mit ses écouteurs, se blottit dans l'écharpe rayée de sa mère et s'imagina en Égypte, en train de contempler les grandes pyramides et le sphinx de Gizeh. Mais, du coin de l'œil, elle remarqua que son père lui jetait un regard pour voir si elle les écoutait. Lorsqu'il se retourna vers sa mère, elle pressa le bouton pause sur sa musique, sentant qu'il s'apprêtait à dire quelque chose d'intéressant…

— Ils seront bien, avec lui, non ? fit-il doucement.

— Bien sûr, répondit sa mère. Même s'il est distrait et un peu… bizarre quand il s'agit de ses affaires, il ne permettrait pas qu'il leur arrive quelque chose.

— Ce n'est pas à cette époque de l'année que ta mère… ?

Sa voix fléchit et il lui adressa un regard compatissant. Elle soupira.

— Ça lui fera du bien d'avoir un peu de compagnie, dit-elle. Il ne reste jamais longtemps quand il nous rend visite.

Enfin, leur petite voiture s'arrêta dans le centre de Marberry's Rest, un village endormi aux rues tortueuses qui ne comportait que quelques petites boutiques. L'endroit avait beau sembler figé dans le temps, l'intersection de cinq rues en plein milieu du bourg plongeait toujours la famille d'Hedy dans la perplexité.

— Pourquoi je ne me rappelle jamais quelle rue il faut prendre ? marmonna sa mère.

— Attends une seconde, intervint son père en essayant de consulter un plan sur son téléphone.

Ayant épuisé la réserve de sucettes qu'il gardait toujours dans sa poche, Spencer s'attaqua au dernier de ses sandwichs au fromage, comme s'il s'attendait à rester bloqué là un bon moment.

Hedy repéra alors un gros oiseau blanc qui tournoyait au-dessus de la voiture. D'un seul coup, il fit cap vers eux.

— C'est… un corbeau blanc ? souffla-t-elle.

L'oiseau se rapprocha de plus en plus, jusqu'à ce que, à leur stupéfaction, il se pose sur le capot de la voiture.

Il était énorme, plus gros encore que les corbeaux qu'Hedy avait vus à la tour de Londres. Il pencha la tête sur un côté, comme pour les jauger, et croassa. Puis, d'un battement d'ailes paresseux, il s'envola et s'engagea dans l'une des rues étroites. Tous les membres de la famille avaient les yeux braqués sur lui ; la mère d'Hedy semblait rivée à son siège, trop sonnée pour bouger. Le corbeau décrivit un cercle, revint se percher sur le capot et s'approcha en sautillant du pare-brise pour décocher un regard sévère à la conductrice avant de repartir dans la même rue.

L'abattement d'Hedy fit place à une drôle de sensation d'excitation.

— On dirait qu'il veut qu'on le suive !

— Ça, je n'en sais rien, répondit sa mère, mais je crois bien que c'est la bonne rue.

Elle enclencha la première et ils suivirent le corbeau jusqu'à la maison de papi John.

Bien qu'ils ne soient pas venus depuis longtemps, le manoir était en tout point identique au souvenir qu'en gardait Hedy : trois étages de pierre pâle et un toit sombre et pentu pointant vers le ciel, orné de créatures en pierre sculptée et d'une petite tour. D'après sa mère, il s'agissait d'un belvédère qui servait à admirer la vue, mais Hedy le voyait plutôt comme une tourelle pour surveiller l'avancée des ennemis. La porte d'entrée, noire, était cachée dans l'ombre du porche. Derrière sa clôture en fer forgé, le jardin était jonché de feuilles mortes et de tas de neige. On était bien loin de l'atmosphère animée de leur propre maison, ou de celles des amis d'Hedy, mais le manoir de papi John n'était pas vraiment hostile pour autant... On avait plutôt l'impression qu'il prenait le temps de réfléchir avant de parler.

Le corbeau blanc qui les avait guidés jusqu'ici – Hedy en était persuadée – se posa sur le toit parmi les petits dragons et griffons en pierre.

Elle donna un coup de coude à Spencer et pointa du doigt l'une des fenêtres du dernier étage, où se tenait leur grand-père, reconnaissable à ses cheveux blancs dressés en touffes hirsutes. Son visage se plissa dans un sourire, puis il recula et disparut. À peine une seconde plus tard, il leur ouvrait la lourde porte d'entrée. Spencer en resta bouche bée, et Hedy cligna des yeux sous le coup de la surprise : il était impossible de parcourir une telle distance aussi vite !

Papi John passa ses mains sur les boutons de sa chemise avant de faire un tour sur lui-même. Ils n'en crurent pas leurs yeux : il portait désormais une cravate de couleur vive !

— Mesdames et messieurs, bienvenue ! lança-t-il de sa voix grave et chaleureuse.

Les enfants se jetèrent dans ses bras. Il sentait le bonbon à la menthe et le tabac pour pipe, comme toujours. Hedy en profita pour comparer discrètement sa taille et celle de son grand-père et se félicita d'arriver maintenant au troisième bouton de sa chemise.

— Papi, si je me coupe un doigt, tu pourras le recoller avec tes pouvoirs magiques ? s'enquit aussitôt Spencer.

Leur grand-père prit les mains du garçon pour les examiner.

— Tous tes doigts me semblent bien attachés. Pourquoi cette question ?

— Hedy ne croit pas à la magie, répondit Spencer.

— Eh bien, d'aucuns diraient qu'il est très raisonnable de ne pas croire en une chose telle que la magie.

Sa réponse surprit Hedy ; papi John avait été autrefois un magicien très célèbre. Il la contempla pendant un long moment, semblant chercher ses mots.

— Elle ressemble à maman, tu ne trouves pas ? lança leur mère en les rejoignant.

S'ensuivit un moment gênant pendant lequel tous les deux eurent l'air de ne pas savoir s'ils devaient s'embrasser sur la joue ou simplement s'étreindre.

— Plus que jamais, répondit-il finalement en se raclant la gorge.

Ils parlaient de la grand-mère des enfants, Rose, ce qui n'arrivait presque jamais. Elle avait disparu quand leur mère était petite. L'idée de ressembler à mamie Rose procura à Hedy une brève sensation de plaisir, jusqu'à ce qu'elle voie les yeux brouillés de larmes de son grand-père. Sa femme lui manquait. Mais avant qu'elle puisse dire quelque chose, son père déposa le dernier sac sur leur tas de bagages et vint saluer son beau-père d'une poignée de main. Le moment de poser des questions s'était envolé.

Le vestibule semblait inchangé depuis leur dernière visite, trois ans plus tôt. Sur l'un des murs s'alignaient des têtes sculptées et des statues. Sur l'autre, deux grands tableaux aux cadres dorés surplombaient une console. Hedy y posa son nouveau-vieux téléphone (l'ancien appareil de son père, qu'il lui avait donné pour qu'elle puisse s'en servir en leur absence).

Chacune des peintures représentait un personnage doté d'un corps humain et d'une tête d'animal : moufette pour l'un, pie pour l'autre. Ils portaient des vêtements à l'ancienne et possédaient toute une collection d'accessoires hétéroclites : des bijoux, des gants, des fruits, un petit couteau. Curieusement, il y avait aussi des objets modernes : un Rubik's Cube, un jeu de clés et le CD d'un groupe nommé The Smiths.

— Regardez, mon équipe de foot ! s'exclama Spencer en désignant un bonnet de West Ham peint dans le coin.

Il le prit en photo avec le Polaroid qu'il emportait presque partout depuis qu'il l'avait eu pour son anniversaire.

— J'espère que ça ne vous dérange pas de dormir dans la même chambre, les enfants, dit papi John. Je n'ai pas vraiment eu le temps d'en préparer une autre.

Cette remarque lui valut toute leur attention. Hedy eut la désagréable impression que ces vacances, qui s'annonçaient déjà barbantes, allaient être carrément pénibles.

— Mais j'ai une chambre rien que pour moi, à la maison, fit-elle remarquer avec espoir.

— Ça te pose un problème de dormir dans la même chambre que moi ? lança Spencer, vexé.

— Oui, parce que tu sens la vieille fesse de macaque ! répliqua-t-elle en levant les yeux au ciel.

— Si tu connais l'odeur des fesses de macaque, c'est que tu as l'habitude d'en renifler ! rétorqua-t-il en ricanant.

— Hé, pas de dispute ! intervint leur mère en agitant un doigt. Vous serez dans la même chambre, un point c'est tout. Et si ça ne se passe pas bien, vous serez *aussi* dans la même chambre à la maison. Allez, on va monter vos affaires.

Hedy ramassa son téléphone en soupirant… et fronça les sourcils. Alors qu'elle l'avait posé sur le bord de la console, il se trouvait désormais près du mur, appuyé contre le tableau de la moufette, et les écouteurs étaient presque collés à la peinture. Spencer l'avait-il bougé ?

— Allez, Hedy ! l'appela son père depuis l'escalier. N'oublie pas de prendre ton oreiller.

Elle vérifia qu'il n'y avait pas de taches de peinture sur ses écouteurs, récupéra ses affaires et suivit les autres.

— Pourquoi toutes les portes sont de couleurs différentes ? demanda Spencer en suivant son grand-père à l'étage.

— Cette maison était un gîte, autrefois. Ça aidait peut-être les hôtes à se rappeler dans quelle chambre ils étaient.

La porte de la leur était d'un mauve fané. À l'intérieur, les deux lits étaient faits et, même si tout semblait figé, un parfum de lavande fraîche flottait dans l'air.

Des cartes de tous les continents étaient accrochées sur les murs, ainsi que des assiettes représentant de célèbres constructions antiques du monde entier, des pyramides de Gizeh à la Grande Muraille de Chine. Au pied de chaque lit trônait une malle assez large pour que les enfants puissent s'y cacher.

Spencer fonça vers le lit le plus proche de la fenêtre.

— Je prends celui-là !

— Je vais aller préparer du thé avec papi, leur annonça leur mère. Rejoignez-nous dans la cuisine quand vous aurez rangé vos affaires, d'accord ?

— Mais ne touchez à rien en chemin, ajouta leur grand-père. Certaines choses ici sont mises sous clé pour de bonnes raisons. Compris ?

Même s'ils avaient entendu ça un certain nombre de fois pendant le trajet, la note d'avertissement dans la voix de papi John fit son petit effet. Ils hochèrent la tête.

Pour défaire ses bagages, Spencer grimpa dans sa malle et y retourna son sac pour le vider. Alors qu'il le secouait une dernière fois au-dessus de lui pour récupérer les derniers objets restants, une chaussette remplie de billes lui tomba sur le crâne. Hedy secoua la tête d'un air désapprobateur.

— Il n’y a pas au moins six chambres ici ? demanda-t-elle. Pourquoi je ne peux pas en avoir une pour moi toute seule ?

— Ton grand-père a amassé beaucoup d’objets au fil des années, répondit leur père en examinant un navire de guerre miniature dans une bouteille. Les autres chambres sont sûrement pleines à craquer.

— Est-ce qu’il collectionne tout ça pour sa magie ? demanda le garçon, le regard brillant.

— Ce ne sont que des trucs, Spence, lui rappela Hedy, pas de la vraie magie.

— Il ne fait plus de magie, confirma leur père.

— Depuis la disparition de mamie, ajouta-t-elle.

— Comment tu sais ça, toi ? demanda-t-il, surpris.

— Je vous ai entendu en parler, une fois, avec maman.

Ils évoquaient si rarement sa grand-mère qu’elle tendait toujours l’oreille quand cela se produisait, même quand elle n’était pas censée écouter…

— Quel rapport entre mamie et la magie ? l’interrogea Spencer.

Leur père poussa un gros soupir.

— Je ne sais pas, Spence, dit-il, même si Hedy le soupçonnait d’en savoir plus qu’il ne voulait bien l’admettre. Allez. Vous aurez deux semaines pour lui poser toutes ces questions. Je parie qu’il aura quelques histoires intéressantes à vous raconter.

Il régnait dans la cuisine un ordre qui détonnait avec le fatras qui encombrait le reste de la maison, comme si, ici, quelqu'un d'autre prenait les choses en main. Tout était aéré, bien récuré, avec des fenêtres donnant sur le jardin givré à l'arrière et une porte vers la buanderie. Assis à la table en chêne devant une tasse de thé, papi John faisait rouler deux petites boules en acier entre ses doigts : elles montaient, descendaient et tournaient dans une sorte de danse. Spencer se précipita vers lui, fasciné, les yeux rivés sur les boules qui scintillaient frénétiquement dans la lumière autour de ses poignets et de ses paumes. Et puis soudain, elles disparurent. Papa et maman applaudirent. Papi sourit au petit garçon par-dessus sa tasse.

— Tu vois qu'il fait encore de la magie ! lança ce dernier à sa sœur d'un air triomphant.

— Ce n'est pas de la magie, il sait juste faire des trucs cool avec ses mains. Pas vrai, papi ?

— Absolument. Pas de magie dans cette maison. Rien que des trucs.

On aurait dit qu'il se rappelait à lui-même une règle à ne pas enfreindre.

Autour d'épaisses tranches de gâteau au citron, leur mère lut à papi John une page entière d'instructions relatives à l'asthme de Spencer, puis elle recommanda aux enfants de bien se couvrir et leur répéta pour la centième fois qu'ils ne devaient pas toucher aux affaires de leur grand-père.

Arriva ensuite l'heure du départ. D'un seul coup, la boule de tristesse revint se poser sur le cœur d'Hedy. Ils s'étreignirent sur le porche et, quand Spencer et leur mère se mirent à renifler, elle sentit qu'elle aussi commençait à avoir envie de pleurer. Même leur père avait les yeux un peu rouges.

— Fais attention à Spence, murmura-t-il dans les cheveux de sa fille. On se voit la veille de Noël.

— Compte sur moi, répondit-elle.

Elle vit sa mère chuchoter quelque chose à son frère, qui posa les yeux sur sa sœur et hocha la tête en souriant bravement.

Puis la petite voiture rouge démarra en crachotant et leurs parents leur firent des signes jusqu'à ce qu'ils disparaissent au coin de la rue.

— Qu'est-ce que maman t'a dit ? demanda Hedy à son frère.

— Que je devais faire attention à toi, répondit-il en enfilant le chapeau d'aviateur en fourrure que leur père lui avait donné avant de partir.

Il prit la main de leur grand-père.

— Et qu'on devait tous les deux veiller sur papi.

CHAPITRE 2
UN CADRE POUSSIÉREUX

Hedy et Spencer aidèrent papi John à laver les tasses et les assiettes, ne sachant pas encore trop quoi faire d'autre. Tout en essuyant les fourchettes, la fille s'approcha du frigo recouvert de magnets. Entre la petite tour Eiffel, la statue de la Liberté et les minuscules temples et châteaux se trouvaient des lettres colorées, comme celles avec lesquelles ils jouaient quand ils étaient petits. Elles formaient un message : BIENVENUE CHEZ NOUS. Comme souvent, Spencer vint voir ce qu'elle regardait. Il se servit des lettres pour écrire : MERCI.

— Papi, qu'est-ce qu'on mange, ce soir ? demanda-t-il.

— On vient juste de goûter, espèce de goinfre ! lança sa sœur.

— J'ai pas dit que j'avais faim *maintenant*.

Leur grand-père les rejoignit et ouvrit le congélateur.

— Voyons voir ce que Mme Vilums a préparé.

— C'est qui Mme Vilums ? s'enquit Spencer.

— Une dame qui vient pour faire la cuisine et un peu de ménage.

Il sortit trois boîtes étiquetées VENDREDI, SAMEDI et LUNDI.

— Laquelle vous voulez ? Vous pouvez en choisir chacun une.

— Il y a quoi, dedans ? l'interrogea le garçon.

— Je ne m'en souviens plus vraiment, répondit papi John d'un air penaud.

— On est samedi aujourd'hui, alors je vais prendre lundi, déclara Spencer. Comme ça, j'aurai l'impression de voyager dans le temps.

Hedy choisit la boîte du samedi, qui semblait contenir des lasagnes.

— Excellent, commenta papi. Et pour moi, le vendredi. On dirait du hachis parmentier.

Il laissa le tout à décongeler sur le plan de travail, l'air soudain un peu perdu.

— Bien, et maintenant, qu'est-ce qu'on fait ?

— Est-ce que tu as le wifi, papi ? demanda Hedy.

— Le *quoi* ? répondit-il, perplexe.

Il n'y avait pas Internet, ici. Pas de jeux vidéo. Pas d'amis. Pas de réseau téléphonique. Ils explorèrent le jardin pendant un petit moment et découvrirent quelques statues bizarres, mais ils rentrèrent quand de la neige fondue se mit à tomber. Leur grand-père tenta de leur apprendre un jeu de cartes, mais ni Hedy ni Spencer ne parvinrent à comprendre les règles.

Le petit garçon s'affalait de plus en plus sur ses coudes, jusqu'à presque se retrouver avec la tête sur la table. Hedy voyait déjà s'étirer devant elle de longues et mornes journées, et elle avait peur de ne pas avoir apporté assez de livres…

Alors, quand la sonnette retentit, ils bondirent immédiatement de leurs chaises, espérant un événement un peu plus excitant.

— Que se passe-t-il ? demanda papi John, surpris.

— La sonnette ! s'exclamèrent-ils.

Il se leva, l'air un peu contrarié, grommela quelque chose au sujet de son ouïe défaillante, puis il sortit d'un pas raide dans le vestibule pour aller regarder par le judas.

— Quel vieux fouineur, celui-là, grogna-t-il.

— Qui ça ? demanda Spencer.

Papi John lui fit un clin d'œil et tourna les quatre verrous. La porte s'ouvrit sur un homme à la barbe grise et au large sourire. Plus grand que leur grand-père, il affichait un ventre rond d'une certaine taille, mais leurs yeux et leurs nez avaient la même forme. C'était leur grand-oncle Peter, le frère de papi John. Ils étaient censés l'appeler tonton Peter ; il leur avait confié un jour qu'il trouvait que « grand-oncle » faisait trop vieux.

— Qu'est-ce que tu fabriques ici ? lança papi John sans même lui dire bonjour.

— Je viens voir ma famille, espèce de vieux grincheux, répondit son frère d'une voix tonitruante.

— Tu as raté papa et maman, intervint Spencer. Ils sont déjà partis.

— Vraiment ? Ah, dommage ! J'étais passé voir un vieil ami qui est presque aussi bavard que moi. Mais maintenant, je suis là !

Il écarta les bras en grand et serra les deux enfants contre lui.

— Je suppose que tu voudras un thé ? soupira son frère.

— Bien volontiers, mon vieux.

Tandis qu'ils retournaient dans la cuisine, devancés par papi John, tonton Peter murmura :

— Je suis étonné qu'il vous laisse rester ici, lui qui déteste tellement qu'on touche à ses affaires ! J'espère que ce vieux manoir sinistre ne vous fait pas peur.

— Non, on le trouve cool, répondit Hedy, prise d'une bouffée de loyauté à l'égard de papi John.

— Moi, j'ai un peu peur, avoua Spencer.

Tonton Peter hocha la tête d'un air compréhensif.

— Vous pouvez venir chez moi quand vous voulez, reprit-il d'une voix plus forte, il suffit que vous le disiez à votre grand-père. Je n'habite qu'à une demi-heure d'ici, même si, vu le nombre de fois où on se voit, John et moi, on pourrait croire que je vis au pôle Sud. Et vos cousins habitent près de chez moi. Vous étiez bébés la dernière fois que vous vous êtes vus – c'est désolant, absolument désolant, vous avez presque le même âge !

Hedy se rappelait avoir entendu sa mère mentionner ses cousins, une fille et un garçon.

— J'aimerais bien que papi m'apprenne des tours de magie pendant que je suis là, dit Spencer.

— Oh, moi aussi j'ai été magicien, à l'époque. Je pourrais t'en apprendre des tas. J'étais même plus célèbre que toi, pas vrai, John ?

Celui-ci posa la théière fumante sur la table.

— Après ma retraite, peut-être, répondit-il avant de prendre un air songeur. Quoique, en fait… non, même pas à ce moment-là.

Tonton Peter poussa une exclamation offusquée et se caressa la barbe.

— Enfin, il est temps que vous revoyiez vos cousins, Angélica et Max. Je leur ai dit que vous étiez en vacances ici et ils meurent d'envie de venir vous voir.

Le frère et la sœur échangèrent un regard plein d'espoir.

— On peut les inviter, papi, s'il te plaît ? demanda Hedy.

— Quoi ? Encore d'autres enfants ? protesta-t-il.

— S'il te plaît !

Il pointa un doigt accusateur sur tonton Peter.

— C'est ta faute ! Tout était prêt pour un séjour tranquille !

— Pff ! s'exclama son frère. Quel ennui !

Tonton Peter resta encore une heure à discuter et plaisanter avec les enfants. Il avait une voix musicale, parfaite pour la scène, dont il se servait pour imiter les magiciens qu'il avait connus, y compris papi John. Hedy et Spencer étaient tous les deux déçus quand vint le moment de le raccompagner à la porte.

— Je vous amènerai vos cousins demain ou après-demain, promit-il en récupérant son chapeau sur la console du vestibule.

Hedy aurait juré qu'il l'avait posé à l'endroit en arrivant, et pourtant, le chapeau était désormais retourné, comme un bol attendant d'être rempli. Personne d'autre ne sembla le remarquer. Sa mémoire lui jouait-elle des tours ? Décidément, il y avait quelque chose de bizarre avec cette console. Mais avant qu'elle puisse poser la moindre question, tonton Peter les serra dans ses bras, sauta dans sa voiture en agitant la main et descendit la colline à toute allure.

Pendant le dîner, papi John fut étrangement silencieux ; son calme semblait flotter au-dessus de la table comme un brouillard, étouffant toute tentative de discussion de la part des enfants. Leur présence le dérangeait-elle ? Ce quasi-silence se poursuivit alors qu'ils lavaient et séchaient la vaisselle, et Hedy éprouva un certain soulagement quand il leur suggéra d'aller se coucher.

— Je me demande combien de temps il faudrait pour apprendre tous les tours de tonton Peter, dit Spencer dans le couloir menant à leur chambre.

— Des années, à mon avis.

— Je me demande quel âge avait papi quand il a commencé.

— Pourquoi tu ne lui poses pas la question ? répliqua Hedy, qui se rendit alors compte que son frère se rapprochait de plus en plus d'elle. Qu'est-ce que tu fais ?

— C'est tellement plus grand qu'à la maison, ici. J'aimerais bien que papi allume plus de lampes.

— Ne fais pas ton trouillard.

Ils passèrent devant la pièce voisine de leur chambre. La porte, d'un vert foncé passé, était très légèrement entrouverte.

— On va jeter un coup d'œil là-dedans, souffla-t-elle.

La porte émit un grincement quand elle l'ouvrit.

— Hedy !

— C'est bon, Spence, il ne s'en rendra même pas compte !

— Il veut pas qu'on fouille dans ses affaires.

— Monte la garde ! dit-elle en se glissant dans la pièce.

Mais il la suivit, et lui rentra même dedans tellement il la collait.

— Je déteste monter la garde !

La pièce était remplie du sol au plafond : des tours de cartons surplombaient un tapis en peau d'ours ; des étagères débordaient de livres, de pendules et d'étranges appareils en cuivre qu'Hedy n'avait jamais vus ; d'énormes bocaux de verre contenaient des plantes séchées et des os minuscules et une grosse tête de cerf empaillée dominait le tout. Un drôle d'engin en métal poussiéreux était accroché au mur à côté : on aurait dit un gros paquet de plumes. Elles étaient aussi longues que l'avant-bras des enfants, certaines en cuivre, d'autres dans une sorte d'acier terne, repliées comme un éventail chinois. Elle se demanda ce que ça donnait une fois déplié.

Hedy s'approcha d'une étagère et ne put s'empêcher de tendre le doigt vers la petite figurine incroyablement réaliste d'un conducteur de char romain tiré par deux chevaux. Son fouet, les crinières et les queues des chevaux s'envolaient dans un vent imaginaire. Quand elle posa le doigt dessus, elle entendit presque le murmure des hennissements et le fracas des sabots.

Spencer lui donna un grand coup de coude.

— Pas touche!

Juste à ce moment-là, un gros bruit sourd résonna derrière eux. Ils se retournèrent brusquement.

— C'était quoi, ça? chuchota le garçon d'une voix paniquée.

Un grand album à la reliure de cuir reposait par terre, au beau milieu de la pièce.

— Juste un album photo tombé de l'étagère, répondit-elle, le cœur tambourinant.

— Comment il est tombé? On n'était même pas à côté!

Hedy ne répondit pas. Elle s'agenouilla pour le ramasser, et la photographie d'une femme ressemblant à leur mère s'en échappa. Elle portait une robe courte à franges et un chapeau haut de forme en soie.

Une tenue d'assistante de magicien.

Spencer y jeta un coup d'œil par-dessus l'épaule de sa sœur.

— C’est qui ?

— Hum, fit-elle pour toute réponse, même si elle pensait savoir de qui il s’agissait.

Soudain, juste sous leurs pieds, le sol se mit à onduler. Une bosse faisant à peu près la taille du poing d’Hedy surgit dans le parquet, se déplaçant en une courbe sinueuse, lentement d’abord, puis de plus en plus vite.

— Argh ! glapit Spencer.

Sa sœur le fit taire – elle ne voulait pas qu’on les surprenne ici –, mais elle aussi avait les jetons. Ils se serrèrent l’un contre l’autre tandis que la bosse se rapprochait, et puis brusquement, à environ cinquante centimètres d’eux, elle s’immobilisa sous un nœud marron foncé dans le bois, s’aplatit et disparut. Le plancher parut retrouver son état normal. Sauf qu’alors… le nœud dans le bois se contracta et s’ouvrit, tel un œil qui cligne.

Soudain, ils entendirent papi John qui montait l’escalier pour venir leur souhaiter une bonne nuit. Hedy fourra la photographie dans la poche de sa robe de chambre, attrapa Spencer par la main et ils sortirent en courant.

Ils étaient déjà au lit quand leur grand-père entra dans leur chambre. Appuyée contre son oreiller avec l’écharpe rayée de sa mère enveloppée autour du cou, la fillette sentait les battements affolés de son cœur redescendre. Cette chose étrange dans le bois, est-ce qu’ils l’avaient imaginée ?

— Papi, j’ai peur, lâcha Spencer, les yeux grands comme des soucoupes.

— Vraiment ? De quoi ?

Hedy sentit que son frère s'apprêtait à leur attirer des ennuis.

— Maman et papa lui manquent, c'est tout, intervint-elle rapidement en lui décochant un regard qui signifiait « Tais toi, ou on va tous les deux se faire gronder ».

Il lui répondit par un regard mauvais qui voulait dire « Arrête de me donner des ordres », mais aussi « D'accord, je me tais ».

Papi John, qui errait dans la chambre d'un air absent, ne remarqua aucun de ces échanges.

— Je suis sûr que vos parents aussi se languissent de vous. Est-ce qu'ils vous font la lecture avant de dormir ? Je ne l'ai jamais fait avec votre mère, et j'ai peut-être eu tort. Et si je vous lisais une histoire ? leur proposa-t-il en sortant un vieux livre de poche de l'étagère entre les fenêtres. Ce roman appartenait à votre grand-mère.

Un long soupir s'échappa lentement de sa poitrine et il sembla se replier sur lui-même.

— Elle était comment, mamie ? demanda Hedy.

Il remit le livre à sa place et ramassa une paire d'anneaux de magicien en métal, chacun de la taille d'un ballon de foot. Il se mit à les manipuler avec dextérité, les faisant passer l'un à travers l'autre comme par magie. Ni Hedy ni Spencer n'arrivaient à comprendre comment il faisait.

— Tous ceux qui connaissaient Rose l'aimaient, répondit-il doucement. Elle adorait plaisanter. Elle était très généreuse.

— Comment vous vous êtes rencontrés ?

L'un des anneaux était désormais posé en équilibre sur l'autre, ce qui était pourtant impossible.

— Je l'ai choisie dans le public pendant un spectacle.

— Est-ce qu'elle est devenue ton assistante ?

Il ne répondit pas. Son regard était perdu dans le lointain, bien au-delà des murs de leur chambre.

— Papi ?

— Hein ? Tu disais, ma petite ?

— Qu'est-il arrivé à mamie ?

Les anneaux se mirent à trembler et à cliqueter l'un contre l'autre jusqu'à ce que celui du dessus tombe par terre. Papi John se contenta de le fixer du regard.

— La magie a mal tourné.

Spencer se glissa dans la cabane qu'il s'était construite avec sa couette et son oreiller, effrayé mais fasciné. Leur grand-père ramassa l'anneau et poursuivit d'une voix douce :

— Je me servais d'une boîte pendant mon spectacle, une grande boîte pour cacher des choses, je l'avais fabriquée moi-même. Le Kaléidos. Un numéro formidable, le clou du spectacle, ajouta-t-il en souriant très brièvement. Mais un soir, la boîte magique a déraillé. Rose a tout simplement… disparu.

Il leur tourna le dos pour ranger ses anneaux de magicien sur l'étagère et se mit à examiner attentivement une vieille carte sur le mur. Il se moucha discrètement. Hedy jeta un rapide coup d'œil à la photographie dans la poche de sa robe de chambre. Cette femme qui ressemblait à leur mère devait être leur grand-mère disparue.

— Papi, tu peux rester jusqu'à ce que je m'endorme ? demanda Spencer d'une toute petite voix.

— Mais Hedy est juste là.

— Elle est loin de moi !

Quand papi John la borda, la fillette se rendit compte qu'il avait les yeux un peu larmoyants. Elle le serra maladroitement dans ses bras.

— Ça va, papi ?

Il lui fit un clin d'œil d'un air solennel, rapprocha une chaise du lit de Spencer et éteignit la lumière.

Hedy se réveilla en entendant son grand-père quitter la pièce. Elle tenta de retourner son oreiller et de se couvrir la tête avec la couette, mais elle n'arrivait pas à se rendormir. La lueur de la lune pénétrait par l'espace entre les rideaux. Elle finit par repousser ses couvertures et ouvrir la malle au pied de son lit. Elle y prit sa lampe torche et s'assura que la photo de mamie Rose était toujours dans sa poche, puis elle sortit sur la pointe des pieds.

La fillette se glissa dans la pièce voisine et en ferma presque entièrement la porte derrière elle, mais pas tout à fait, avant de ramasser l'album photo pour le feuilleter. La première moitié était remplie de coupures de presse, de publicités découpées et de prospectus annonçant les spectacles de « L'Extraordinaire John Sung, magicien ». C'était parfois un jeune Peter Sung qui assurait la première partie, parfois d'autres magiciens dont Hedy n'avait jamais entendu parler. L'un de ceux-ci se coupait lui-même la tête (*berk*, pensa-t-elle), un semblait sortir un tigre d'un panier et un autre encore se transformait en radiographie de lui-même. Il y avait de nombreuses photos de papi John et quelques-unes de Rose, aussi. Ils avaient l'air heureux.

Elle trouva la page dont s'était échappée la photo de sa grand-mère et la remit à sa place. Elle allait ranger l'album sur l'étagère quand un murmure infime sembla s'élever à côté d'elle.

Elle se retourna brusquement, se rappelant soudain la bosse dans le plancher, et, dans sa précipitation, bouscula un guéridon sur lequel un grand cadre oscilla. Hedy se pencha pour examiner la photo avec sa lampe torche.

Malgré la poussière qui recouvrait le verre, elle parvint à distinguer John, Rose et un enfant en bas âge – sa mère, sans doute –, tous affublés de chapeaux pointus et en train de souffler les bougies d'un gâteau d'anniversaire. Alors qu'elle fixait la photo, des mots apparurent soudain dans la poussière, comme tracés par un doigt invisible :

TROUVEZ-MOI.

CHAPITRE 3
L'épicerie Sutton

Le lendemain matin, la sonnerie étouffée d'un téléphone au rez-de-chaussée tira Hedy de son sommeil. Elle ouvrit lentement un œil. La lumière du soleil entrait dans la chambre. Recroquevillé contre elle et lui tournant le dos, Spencer ronflait légèrement. Elle frissonna, se souvenant d'un coup de tout ce qui s'était passé la veille.

TROUVEZ-MOI.

Tremblante, elle remonta la couverture jusque sous son menton.

Quand les mots étaient apparus mystérieusement dans la poussière, elle avait lâché le cadre en glapissant, terrifiée, et piqué un sprint jusqu'à leur chambre, dont elle avait bruyamment refermé la porte, sans même essayer d'être discrète. Elle avait alors plongé dans le lit de Spencer et n'avait plus bougé, les pensées se bousculant dans sa tête. D'abord il y avait eu cette chose qui remuait dans le parquet, et maintenant un fantôme qui voulait qu'on le trouve. Hedy ne croyait même pas aux fantômes, mais le problème, c'était que celui-ci semblait croire en elle.

Juste au moment où elle rassemblait son courage afin de sortir du lit sans réveiller son frère, les pas de papi John résonnèrent dans le couloir.

— Hedy ! Spencer ! Vos parents sont au bout du fil.

Le garçon se réveilla en un clin d'œil et, avant même que sa sœur puisse lui dire quoi que ce soit, il bascula du lit, encore à moitié emmêlé dans ses couvertures.

— Je veux leur parler en premier !

Elle se hâta de le suivre, n'ayant pas très envie de rester seule dans la chambre. Papi John l'attendait sur le palier tandis que Spencer descendait les marches deux par deux.

— Tu as bien dormi ? lui demanda-t-il.

Hedy hésita. Est-ce qu'il serait fâché s'il apprenait qu'elle était entrée dans cette pièce ? Et s'il la prenait pour une folle et demandait à ses parents de revenir la chercher plus tôt ? Ils ne retrouveraient peut-être pas un chantier comme ça. Elle ne pouvait pas compromettre ses chances de visiter un jour l'Égypte avec eux. Elle se contenta donc de hocher la tête et lui prit la main, la serrant fort, posant un regard nouveau sur la maison.

— Non ! disait Spencer au téléphone. C'est *elle* qui a dormi dans mon lit tellement elle avait peur !

Papi John la regarda en haussant ses sourcils gris et broussailleux.

— Il a eu une grosse frayeur pendant la nuit, alors je lui ai tenu compagnie pendant un petit moment, expliqua-t-elle, se sentant un peu coupable de ce mensonge.

— Il ne s'est rien passé de… bizarre, cette nuit ?

Est-ce que je dois lui raconter ? Elle considéra la question, puis décida que non.

— Non, ça a été.

Il se détendit.

— Parfait. Que dirais-tu d'œufs à la coque pour le petit déjeuner ?

Quand leur grand-père s'éloigna en direction de la cuisine, Spencer fit signe à Hedy d'approcher et couvrit le micro du téléphone avec sa main.

— Je peux parler à maman du truc qui roulait dans le sol ? chuchota-t-il.

— Non ! Je te rappelle qu'on n'était pas censés entrer dans cette pièce. Et puis j'ai un autre truc à te raconter.

— Quoi ?

— Après, répondit-elle en lui prenant le téléphone des mains.

— Hedy ? demanda sa mère. C'est vrai que tu as dormi dans le lit de Spencer cette nuit ? Qu'est-ce qui ne va pas ?

Elle faillit tout déballer, mais l'inquiétude dans la voix de sa mère la freina. *Ils viennent juste d'arriver*, pensa-t-elle. *Je ne peux pas les faire revenir juste parce qu'on a vu une bosse bizarre hier soir.*

— Rien, je tenais juste compagnie à Spence, mentit-elle, puis elle se mit à bombarder sa mère de questions sur l'Espagne pour la rassurer.

Dans la cuisine, papi John s'affairait entre la cuisinière et l'évier pendant que son petit-fils mettait la table. Hedy sentit ses craintes de la veille s'évaporer dans la chaleur de la pièce et son odeur de tartines beurrées.

— Papi, vous vous connaissez, Merlin et toi ? demanda le garçon.

Le vieil homme prit trois œufs à la coque dans sa main et les leva au-dessus de sa tête.

— Merlin ? L'Enchanteur ? Tu penses que j'ai quel âge, au juste ?

— Ben, je sais pas. Il a quel âge, Merlin ?

— Spencer, Merlin vivait il y a des centaines d'années, intervint Hedy en suivant des yeux papi John qui faisait rouler les œufs autour de sa main, presque à hauteur du plafond.

— Largage des bombes, murmura celui-ci.

Avec une précision qui tenait du miracle, il lâcha les œufs, et ils atterrirent dans les trois coquetiers qui attendaient sur le plan de travail. On entendit un petit *crac*, mais ils ne s'écrabouillèrent pas comme on aurait pu s'y attendre après une telle chute.

— Comment tu as fait ça ? l'interrogea Spencer en courant examiner les œufs et en détachant délicatement un morceau de coquille de l'un d'entre eux.

— C'est Merlin qui m'a appris, plaisanta papi John.

— Allez, papi, *s'il te plaît*, montre-moi !

— Le lait, s'il te plaît, Hedy, demanda leur grand-père, un sourire aux lèvres.

Celle-ci se tourna vers le frigo… et se figea. Les lettres qui, la veille, formaient la phrase BIENVENUE CHEZ NOUS disaient maintenant TROUVEZ-MOI.

— Papi, c'est toi qui as écrit ce message?

Il déposa des assiettes sur la table et vint la rejoindre.

— Spencer, c'est toi qui as fait ça? s'enquit-il, sourcils froncés.

Celui-ci secoua la tête. Papi John dispersa alors les lettres et ouvrit brusquement la porte du frigo.

— C'était juste une blague, dit-il. Un peu bête, j'en conviens.

À force d'écouter les gens, d'observer leurs visages et leurs façons de se mouvoir, Hedy avait développé une qualité: elle savait quand quelqu'un mentait. Si une personne fuyait son regard, jouait avec ses mains, si ses épaules se raidissaient ou si sa voix se crispait, même légèrement, le limier en elle se mettait aussitôt sur le qui-vive. Et à cet instant précis, ce limier était assis très droit, le museau pointé sur papi John. Son grand-père ne disait pas la vérité.

Après le petit déjeuner, papi John leur donna un peu d'argent et leur demanda de descendre au village.

— Je suis sûr que vous avez envie de sortir un peu de la maison, expliqua-t-il en leur tendant leurs manteaux. Et il nous faut des biscuits. Vos cousins vont venir prendre le thé ce matin.

Les rues du village étaient tranquilles. La neige formait de jolis petits tas contre les palissades (comme pour inviter Spencer à donner des coups de pied dedans), et de longues cordes en branches de sapin ornées de rubans rouge cerise et de cloches dorées s'étiraient entre les lampadaires. Toutes les maisons étaient décorées pour Noël avec une couronne givrée sur la porte d'entrée ou un panneau demandant au père Noël de passer. *Toutes, sauf celle de papi John*, pensa Hedy, qui se retourna pour la regarder, perchée au sommet de la colline.

Quand elle estima qu'ils s'étaient suffisamment éloignés, elle tapota sur l'épaule de son frère.

— Il s'est passé un truc bizarre hier soir, quand tu dormais.

— Quoi ? Encore ce truc dans le sol ?

— Non. Je suis retournée dans la pièce d'à côté pour remettre la photo à sa place. C'est une photo de mamie Rose, tu sais.

Spencer essaya de réprimer un frisson.

— Cette chambre me fait peur.

— Ce n'était pas si horrible. À part ce qui s'est passé à la fin. Je regardais une photo encadrée de maman bébé, avec papi John et mamie, et…

Elle s'arrêta pour regarder autour d'elle. Il n'y avait personne dans les parages.

— Des mots sont apparus dans la poussière. Comme si une personne invisible les écrivait avec son doigt…

Spencer en resta bouche bée.

— Qu'est-ce que ça disait ?

— TROUVEZ-MOI.

— C'est ce qui était marqué sur le frigo !

— Je sais.

— Trouver qui ?

— Je ne sais pas.

— Et comment ?

— Je ne sais pas. Il y avait juste ça. Après, je suis repartie dans notre chambre en courant.

Spencer jeta un coup d'œil à la maison en haut de la colline.

— On devrait en parler à papi.

— Non, pas encore. N'oublie pas qu'on n'avait pas le droit d'entrer dans cette pièce.

— C'est toi qui y es entrée en premier, pas moi !

— N'empêche que tu es mon comparse.

— Je ne sais même pas ce que ça veut dire, répliqua Spencer en fronçant les sourcils.

— Ça veut dire que tu m'as aidée. Je suis sûre que papi ne disait pas la vérité quand il nous a raconté que c'était lui qui avait mis le message sur le frigo. C'est pour ça que je pense qu'il vaut mieux ne pas lui en parler pour l'instant.

— Mais pourquoi il aurait menti ?

— J'en sais rien, Spence ! Promets-moi juste que tu ne diras rien.

— Même à maman et papa ?

Hedy serra les dents, agacée par toutes ces questions.

— Sauf si tu tiens vraiment à perdre un doigt !

Il la foudroya du regard, puis il lui tourna le dos et s'éloigna en tapant des pieds en direction des boutiques. Hedy prit une grande inspiration. Elle s'en voulait déjà d'avoir perdu son sang-froid, mais pourquoi ne comprenait-il pas qu'elle essayait simplement de leur éviter des ennuis ? Elle le rattrapa avant qu'il ait atteint le bout de la rue et se mit à marcher à son niveau.

— Ne t'en fais pas, je veillerai sur toi. Promis.

Il lui lança un regard inquiet.

— Oui, mais si moi, je n'arrive pas à veiller sur toi ?

Elle se contenta de tapoter sa tête recouverte du chapeau d'aviateur de leur père, trop grand pour lui. Elle n'avait aucune réponse à lui apporter.

L'épicerie Sutton se trouvait au centre de Marberry's Rest. Sa vitrine brillait dans l'air froid, avec ses décorations de Noël et sa crèche en bois, au petit berceau garni de véritable paille. Quand Hedy et Spencer poussèrent la porte, une cloche tinta pour annoncer leur arrivée. Une odeur merveilleuse flottait à l'intérieur de la boutique : un mélange de biscuits au gingembre, de chocolat chaud, et de tourte tout juste sortie du four.

Une femme aux joues roses tricotait derrière le comptoir, saucissonnée dans un tablier vert et rouge orné de toutes sortes de broches dépareillées.

— On dirait un vrai sapin de Noël, murmura Spencer.

La dame posa son tricot et leur sourit. Hedy sentit que son sourire était sincère, mais aussi qu'elle allait les bombarder de questions d'une seconde à l'autre…

— Bonjour ! lança la femme.

— Bonjour, répondirent les enfants, et Hedy se dirigea vers le grand frigo à l'arrière du magasin.

— Je peux vous aider ?

— On vient acheter du lait et des biscuits, expliqua Spencer.

— Vous trouverez du lait dans le frigo du fond, dit-elle juste au moment où Hedy posait la main dessus, et on m'a livré ce matin même des sablés tout frais.

— Merci, répondit Spencer.

Il examina les biscuits dorés en forme de sapins, d'étoiles et de bonshommes de neige. Son ventre émit un gargouillis suppliant.

— Vous avez des pellicules pour Polaroid ? demanda-t-il.

La femme plissa un œil, comme si elle se concentrait sur une liste mentale de marchandises et de leur emplacement. Puis, poussant une exclamation victorieuse, elle sortit de derrière le comptoir et s'engagea d'un pas tranquille dans l'allée centrale. Trois chats la suivirent, se frayant un passage entre ses jambes.

La cloche de l'épicerie retentit et une femme plus âgée entra.

— Bonjour, Mélanie !

— Bonjour, chère Lisa ! Je suis à vous tout de suite, lança l'épicière avant de poursuivre d'une voix plus basse : Une pellicule pour Polaroid, hein ? La dernière fois qu'on m'en a demandé, c'était il y a trois ans. L'année où un gros oiseau a arraché le postiche de M. Godfrey pour en faire un nid dans le jardin de Mme List.

Arrivée au bout de l'allée, elle rapprocha un petit escabeau de l'endroit désiré et hissa son imposante personne sur les marches. Elle sortit deux boîtes de pellicules du rayonnage du haut et souffla dessus, répandant un nuage de poussière.

— Vous êtes de passage avec votre famille ?

— On est en vacances chez notre papi, répondit Spencer.

Le visage de la femme se plissa joyeusement.

— Je vois ! Vous devez être les petits-enfants de M. Sung ! C'est ça ?

Il hocha la tête.

— Eh bien, je suis ravie de faire votre connaissance. Je suis Mme Sutton. Spencer et Hattie, c'est ça ?

— Hedy, la corrigea le garçon. H-E-D-Y.

— Ah oui, bien sûr, Hedy. Comme l'actrice – l'actrice et inventrice, devrais-je dire. Formidable, formidable. Peter a effectivement évoqué votre séjour, il y a quelques mois.

— Vous connaissez notre tonton Peter ? demanda Spencer, surpris.

— Oh oui, je connais presque tout le monde ici. Peter est un sacré plaisantin, pas vrai ? Il venait souvent à Marberry's Rest, avant… (Son visage s'assombrit, comme si elle ressassait un vieux malheur.) Mais plus tellement, ces derniers temps. Enfin, c'est sans importance. Je connaissais aussi votre mère, quand elle était petite. Ça fait des années que je ne l'ai pas vue. M. Sung doit être tellement content de vous avoir chez lui. Vous allez égayer un peu l'atmosphère ! Bon, je vais aller servir Lisa, n'hésitez pas à jeter un coup d'œil, si vous voulez.

Il n'y avait pas grand-chose à regarder, vu la taille de la boutique. Comme Hedy et Spencer déambulaient entre les rayonnages bien rangés, ils ne purent s'empêcher de surprendre des bribes de la discussion entre Mme Sutton et sa cliente.

— … les petits-enfants de John Sung…

— … ils ne l'ont jamais retrouvée…

— … elle doit s'être enfuie…

— … je n'aime pas envisager l'autre possibilité… pourquoi je garde mes distances…

— … vous savez, il reçoit rarement…

— … paraît que les autres magiciens ne l'appréciaient guère… trop imbu de lui-même…

Les enfants revinrent à l'avant de la boutique, conscients qu'ils étaient le sujet de conversation. Les deux femmes, qui s'étaient rapprochées, s'écartèrent brusquement l'une de l'autre en toussotant.

— Est-ce que vous vous plaisez chez votre grand-père ? demanda Mme Sutton avec un sourire penaud.

Hedy et Spencer échangèrent un regard, ne sachant pas quoi dire, entre le fantôme, le truc bizarre dans le sol et les humeurs changeantes de leur grand-père.

— On n'est arrivés qu'hier, finit par répondre Hedy, prudemment.

L'autre cliente, Lisa, les fixait avec une curiosité appuyée.

— Cette maison ne vous donne pas la chair de poule ? « L'étrange manoir de Hoarder Hill », comme on l'appelle par ici ? demanda-t-elle avant de pincer les lèvres d'un air désapprobateur.

— Euh…, commença Spencer.

— Est-ce qu'on peut avoir quatorze sablés sapin, s'il vous plaît ? l'interrompit Hedy.

L'épicière emballa les biscuits dans un carton et y ajouta deux tranches de gâteau de Noël.

— N'écoutez pas tout ce que racontent les gens d'ici, leur conseilla-t-elle. Et dites à votre grand-père que Mme Sutton veut qu'il commande ses puddings de Noël aujourd'hui. Et aussi qu'il achète un sapin, cette année. On ne peut pas recevoir des enfants chez soi pour Noël et ne pas avoir un sapin ! Pas la peine d'être rabat-joie *tous* les ans.

CHAPITRE 4
Le Triangle des Bermudes

Hedy et Spencer arrivèrent à la maison trente secondes avant la voiture de tonton Peter. Un vacarme extraordinaire s'échappa du véhicule alors que les portières s'ouvraient et claquaient.

— Dites donc, c'est ce qu'on appelle un timing parfait ! s'exclama-t-il. Voici vos cousins, comme promis. Angélica et Max.

Il ne faisait aucun doute que ces deux-là étaient frère et sœur ; ils avaient les mêmes grands yeux marron, des cheveux noirs follement bouclés et le nez rond. Angélica, la plus âgée, bondit jusqu'à sa cousine et glissa sans façon son bras sous le sien tout en jetant un coup d'œil dans son sac en papier.

— Oh, du pain d'épices de chez Mme Sutton ? demanda-t-elle.

L'espace d'un instant, Hedy demeura interdite. Angélica et elle étaient bébés la dernière fois qu'elles s'étaient vues, et elles ne se connaissaient pour ainsi dire pas, mais son grand sourire était si contagieux qu'elle se surprit à le lui rendre.

— Euh, oui. Enfin, des sablés, en fait.

Max, qui devait avoir environ six ans, hurla « Salut ! », puis se mit à courir dans le jardin, sautant par-dessus les souches et les flaques. Ses vêtements semblaient tout droit sortis d'une malle à costumes : il portait un haut-de-forme noir, une cape noire légère qui flottait derrière lui et une queue de tigre nouée à la taille.

Angélica entraîna Hedy dans le sentier menant à la porte d'entrée.

— Il faut *absolument* que tu goûtes ce pain d'épices, je te jure. Il est trop trop bon.

Hedy ne pouvait s'empêcher de dévisager sa cousine. Deux tortillons de cheveux faisaient comme deux cornes sur sa tête, des collants en laine rouge à pois émergeaient de sous son manteau en laine violet et ses bottes en caoutchouc jaunes crissaient sur le sentier enneigé.

— Je n'en reviens pas qu'on soit restées autant d'années sans se voir, poursuivit Angélica. Ça fait des siècles. D'ailleurs, je sais pourquoi.

— Oh. Euh, pourquoi ?

Elle avait du mal à suivre le bavardage de sa cousine qui partait dans tous les sens.

— Ton papi n'aime pas qu'on vienne chez lui parce qu'il nous trouve trop curieux, répondit-elle, et son sourire s'élargit. Pas grave, après tout, il a raison, je *suis* curieuse. Bref, appelle-moi Jelly. J'en ai ma claque que tout le monde m'appelle « Angie ». Tu as un surnom, toi ?

— Pas vraiment, répondit Hedy, déçue.

— Ne t'en fais pas, je vais t'en trouver un.

Jelly plongea la main dans le sac de courses et en sortit une tranche de gâteau de Noël. Elle la coupa en deux, en tendit une moitié à Hedy et commença à manger la sienne. Sa cousine sourit et en prit elle aussi une bouchée. Arrivée devant la porte d'entrée, Jelly approcha la main de la sonnette.

— Tu as la clé ou je sonne ?

Mais avant qu'elle puisse appuyer sur la sonnette, papi John ouvrit la porte.

— Il m'avait bien semblé entendre des diablotins approcher, grommela-t-il, mais un sourire flottait sur ses lèvres lorsqu'il se décala pour laisser entrer tout le monde.

— Bonjour, tonton John ! lança Jelly en l'étreignant brièvement.

Max remontait l'allée derrière, Spencer et Hedy remarquèrent l'expression impressionnée du petit garçon quand il dit bonjour à papi John. Un fan de magie, sans doute. Elle déposa le sac de biscuits et le lait sur la console dans le vestibule, puis elle entreprit de poser son manteau et son écharpe.

— Non ! s'écria Jelly en arrachant le sac de la console.

— Quoi ? Pourquoi ?

— Faut que je t'explique plein de trucs, répondit Jelly dans un chuchotement étranglé. Mais attendons que tout le monde soit entré.

— Qu'est-ce qu'il y a là-dedans ? demanda Spencer à Max en désignant le bocal que le petit garçon tenait sous son bras.

Jelly poussa un grognement embarrassé quand son frère montra fièrement une petite boule de morve luisante au bout de son doigt, qu'il colla ensuite à l'intérieur du bocal.

— C'est dégoûtant ! s'écria Spencer, à la fois horrifié et fasciné.

— Tu ne peux pas te servir d'un mouchoir ? s'offusqua papi John.

— C'est pour faire une expérience ! se défendit Max.

— Eh bien, ce bocal n'ira pas plus loin. Laisse-le ici et va te laver les mains avant d'entrer dans la cuisine. La salle de bains est là-bas.

Papi John prit les biscuits et le lait des mains de Jelly et s'éloigna en maugréant, suivi de Spencer et de tonton Peter.

Max s'apprêtait à leur emboîter le pas, mais Jelly le retint en tirant sur sa queue de tigre.

— Le plus important, c'est de ne *jamais* rien laisser sur cette table, dit Jelly à Hedy en désignant la console, avant de former un triangle avec ses pouces et ses index. Je l'appelle le triangle des Bermudes. Tu laisses des trucs dessus et… *pouf!* ils disparaissent !

— Comment ça ? Ils vont où ?

— J'en sais rien, mais on est venus ici trois fois, et chaque fois, quelque chose a disparu… comme ça, en même pas une seconde, alors qu'on ne regardait pas.

Hedy fixa sa cousine sans un mot.

— Tu ne me crois pas, devina cette dernière.

La veille, Hedy ne l'aurait pas crue, en effet, mais aujourd'hui, c'était différent. Est-ce qu'elle n' avait pas elle aussi eu l'impression que des objets posés sur cette console avaient été déplacés ? Sans compter qu'elle avait été contactée par une sorte de fantôme la nuit dernière, qu'elle avait vu de drôles de mouvements dans le sol *et* lu un message écrit à son intention par des magnets de frigo !

— Je te crois *peut-être*.

Jelly sourit.

— On va faire une expérience. Hé, Max, pose ton bocal sur la console.

Celui-ci obéit, puis recula. Hedy observait attentivement son cousin et son bocal.

— Et maintenant, on fait quoi ? demanda-t-elle à Jelly.

— Maintenant, il faut qu'on regarde ailleurs. Toi, Monsieur Crottes de Nez, va te laver les mains, dit-elle en poussant son frère en direction de la salle de bains, avant de prendre sa cousine par la main. Bon, marche et ne te retourne que quand je te le dirai. Un, deux, trois, quatre, cinq, RETOURNE-TOI !

Hedy s'exécuta et en resta bouche bée.

— Il n'est plus là !

Elle courut jusqu'à la console et regarda partout. Il n'y avait rien par terre, aucune trace du bocal nulle part.

— Tu vois, je te l'avais dit ! C'est dingue, non ? lança Jelly, le regard brillant.

— Où il est passé ?

— Aucune idée ! Je crois que cette maison a des pouvoirs magiques.

Une vague de soulagement traversa Hedy.

— J'ai toujours cru que la magie n'existait pas, commença-t-elle, mais je dois te montrer quelque chose…

— Les filles, vous feriez mieux de vous dépêcher si vous ne voulez pas que ces gloutons mangent vos sablés ! cria papi John.

Jelly tira Hedy par la main, l'air inquiète.

— Viens, tu me raconteras en mangeant. Régalez-vous avec ces crottes de nez ! lança-t-elle par-dessus son épaule.

Soudain, alors qu'elles se dirigeaient vers la cuisine, un objet dur jailli de nulle part cogna l'arrière du crâne de Jelly, puis tomba par terre.

— AÏE !

Les filles se retournèrent. C'était le bocal en verre.

Dans la cuisine, Spencer paradait avec son nouveau chapeau haut de forme, le même que celui de son cousin.

— Regarde, Hedy ! C'est un cadeau de Max et de tonton Peter, et ça aussi ! ajouta-t-il en désignant une boîte de magie.

— Où est ton bocal, Max ? demanda papi John en versant le thé.

— Là-bas. Sur la console. C'est Jelly qui m'a demandé de le poser là-bas.

Papi John regarda celle-ci d'un air soupçonneux. Hedy se dit que c'était peut-être le moment de lui parler de toutes ces choses étranges. Elle prit une grande inspiration pour se lancer, mais sa cousine la devança avec un sourire innocent.

— Je ne lui ai rien demandé du tout. Il l'a laissé tomber quand il est parti dans la cuisine en courant. Le bocal est toujours par terre, dans le couloir.

Sur ce, elle mordit dans son sablé en forme de sapin.

— Spencer, pas de chapeau à table, lui rappela papi John.

— Bon sang, John ! le réprimanda son frère. Tu ne peux pas reprocher à un petit garçon de vouloir ressembler à son grand-père !

L'expression grincheuse de papi John s'adoucit. Il se pencha pour prendre le chapeau du garçon.

— Tu pourras le remettre dès qu'on aura fini de prendre le thé. Et à ce moment-là, fais-le à la manière d'un vrai magicien.

Le chapeau noir roula le long des doigts de leur grand-père, comme retenu par une force magnétique. Papi John leva alors son bras bien haut et laissa tomber le haut-de-forme sur sa tête d'un geste parfait. Les garçons applaudirent et le vieil homme inclina une fois la tête avant de poser le chapeau sur le plan de travail en soupirant.

— Tu as déjà besoin d'une sieste, mon vieux ? le taquina tonton Peter.

Hedy vit de la colère dans les yeux de son grand-père alors qu'il trempait un biscuit dans son thé avec plus de force que nécessaire. Pendant que les garçons le harcelaient pour qu'il leur apprenne un tour de magie, Jelly fit un clin d'œil appuyé à sa cousine et demanda d'une voix forte :

— Hedy, tu peux me montrer ta chambre ?

Celle-ci conduisit alors discrètement sa cousine dans la pièce à la porte verte. Bouche bée, Jelly contempla les tas de vieux accessoires de magicien, jusqu'à ce qu'Hedy lui fasse signe d'approcher du petit guéridon sur lequel trônait la photo encadrée. Elle lui montra le message écrit dans l'épaisse couche de poussière.

— TROUVEZ-MOI, lut Jelly avant de chuchoter: C'est oncle John qui a écrit ça?

L'autre secoua la tête.

— J'ai vu de mes propres yeux ces lettres apparaître dans la poussière alors que je regardais le cadre. Elles se sont écrites toutes seules!

— Toutes seules?

— Comme si un doigt invisible…

Elle mima l'action avec son doigt. Jelly prit le cadre et l'examina, son nez touchant presque le verre.

— Et ensuite?

— Ensuite rien. J'ai paniqué et je suis repartie me coucher en courant. Mais ce matin, sur le frigo, les aimants formaient les mêmes mots, «TROUVEZ-MOI». Et ça m'étonnerait que ce soit papi John qui ait écrit ça, quoi qu'il en dise.

Jelly frissonna et remit le cadre à sa place.

— Et ce n'est pas fini, poursuivit doucement Hedy alors qu'elles se laissaient tomber sur le tapis en peau d'ours. Un peu avant, dans la soirée, on était déjà venus ici, avec Spencer, et on a vu une bosse bouger dans le sol. À peu près de la taille de mon poing. Comme une petite taupe qui creuserait un tunnel juste sous la surface, sauf qu'après, le sol est redevenu normal, tout plat, comme s'il n'était rien arrivé. Mais si j'avais tout imaginé ? Il faisait sombre. J'ai peut-être eu une hallucination. C'était peut-être papi qui nous jouait un tour pour plaisanter.

— Je ne crois pas que ton grand-père *sache* plaisanter.

— Bien sûr que si !

Sa cousine se contenta de secouer la tête.

— Autre chose ?

— Avant qu'on voie ce truc bouger par terre, un livre était tombé de la bibliothèque. Tout seul. Enfin, je crois.

Jelly se mit à compter sur ses doigts, tout excitée.

— Le triangle des Bermudes. Le message sur le frigo. Celui sur la photo. Ce truc par terre. Le livre qui a sauté de la bibliothèque. Ça fait cinq.

— Cinq quoi ?

Les deux filles sursautèrent. Spencer se tenait dans l'embrasure de la porte.

— Qu'est-ce que vous comptez ?

— Ça va pas de nous espionner comme ça ? s'agaça sa sœur.

— Papi voulait savoir si vous vouliez un sandwich au jambon ou au fromage ou aux deux. Qu'est-ce que vous fabriquez ici ? demanda-t-il d'un air méfiant. Qu'est-ce que vous comptiez ?

Jelly haussa les épaules en regardant sa cousine, comme pour dire « C'est *ton* frère, à toi de gérer ». Hedy lui fit signe d'entrer d'un air impatient.

— C'est la photo ? devina-t-il en désignant le cadre.

Elle hocha la tête. Il la saisit avec précaution.

— C'est maman, ce bébé ?

Sa sœur opina une fois de plus.

— Mais regarde, Spencer ! s'exclama Jelly. Regarde ce qui est écrit dans la poussière. TROUVEZ-MOI.

— Je sais bien, répliqua-t-il, vexé. Hedy m'en a déjà parlé. Pourquoi ce n'est pas à moi que tu l'as montrée en premier ?

— J'ai pas eu le temps.

— Qui a écrit ça, à ton avis ? demanda-t-il, et comme elle se contentait de hausser les épaules, il ajouta : Tu crois pas qu'on devrait appeler maman et papa ? Pour qu'ils viennent nous chercher ?

— Pourquoi ? l'interrogea sa cousine, stupéfaite. J'adorerais passer les vacances ici, moi. Ça serait trop cool !

— Il a peur, expliqua Hedy.

— Non, c'est pas vrai ! protesta Spencer.

— C'est normal, tu es petit, dit Jelly en lui adressant un sourire compatissant. Max a encore peur du noir.

Il se fit aussi grand que possible et les foudroya du regard.

— J'ai huit ans ! On devrait demander au cadre qui a écrit ça.

— Surtout, ne te gêne pas, le poussa Jelly.

Son irritation prenant le dessus sur ses craintes, il reprit le cadre et le fixa d'un air féroce.

— Qui es-tu ?

Les enfants retinrent leur souffle. Les secondes passèrent. Ils n'entendaient que des bruits étouffés en provenance de la cuisine. *Allez !* pensa Hedy, même si une part d'elle-même, tétanisée, n'était pas sûre de vraiment vouloir le savoir.

Et puis, soudain, un cercle se traça lentement dans la poussière autour du visage de Rose.

Les trois enfants restèrent sidérés. Spencer inspira brusquement et Jelly plaqua la main sur sa bouche pour réprimer un cri.

— Je n'en reviens pas, souffla Hedy. C'est mamie Rose. Elle veut qu'on la retrouve.

CHAPITRE 5
La démangeaison

— Qu'est-ce que vous faites ici ?

Les trois enfants étaient tellement stupéfaits qu'ils n'avaient pas entendu papi John monter l'escalier. Il se tenait désormais dans l'embrasure de la porte, l'air furieux. Spencer lâcha le cadre, qui heurta le sol dans un bruit fracassant.

— Je vous avais dit de ne rien toucher dans cette maison !

Il entra, ramassa brusquement le cadre sur le tapis et le remit sur le guéridon après y avoir jeté un bref regard.

— La porte était ouverte…, commença Hedy d'une toute petite voix.

— Une porte ouverte n'est pas une invitation à enfreindre mes règles, s'emporta leur grand-père, avant de prendre une grande inspiration. Sortez. Tous.

Jelly donna un petit coup dans le dos d'Hedy et désigna le cadre. Ne fallait-il pas lui raconter ce qui venait de se passer ?

— Papi, réessaya Hedy, je crois que mam…

Mais il ne la laissa pas terminer. Il avait beau avoir retrouvé son calme, il affichait une expression très sévère.

— Que cela vous plaise ou non, vous êtes sous ma responsabilité pendant ces deux prochaines semaines. Vous devez comprendre que je dois assurer votre sécurité. Et je ne devrais pas avoir à tout vous expliquer pour que vous m'obéissiez. Si vous refusez de respecter les règles, vous ne pouvez pas rester ici. Je peux appeler vos parents immédiatement s'il le faut.

Ils échangèrent un bref regard et secouèrent la tête. Les enfants sortirent en file indienne et il referma sèchement la porte derrière eux.

Hedy et Spencer gardèrent le silence pendant le déjeuner, pas très fiers de s'être fait gronder. Heureusement, à force de raconter des histoires amusantes, tonton Peter réussit à détendre l'atmosphère. Puis, cherchant apparemment à faire la paix, papi John exécuta une série de tours avec des cartes à jouer pour faire plaisir à Spencer et tapota gentiment l'épaule d'Hedy quand elle entreprit de débarrasser la table.

Pourtant, leur humeur n'avait pas échappé à tonton Peter.

— Tout va bien ? leur demanda-t-il après que papi John eut quitté la pièce.

Ils hochèrent la tête.

— Vous savez, vous pouvez venir chez moi avec vos cousins quand vous voulez.

Hedy réfléchit pendant qu'ils les raccompagnaient jusqu'à leur voiture. Quelque chose lui disait que rester chez tonton Peter serait plus rigolo, mais alors, que deviendrait le message dans la poussière ?

Avant de monter dans la voiture, Jelly sortit un marqueur violet de son sac et nota un numéro de téléphone sur le dos de la main de sa cousine.

— Tu dois absolument tout me raconter. Tu vas aider ta grand-mère, pas vrai ?

— Je ne vois pas comment faire, papi John est si strict avec ses affaires. Je n'ai pas envie d'avoir encore des ennuis avec lui. Ni avec mes parents.

Hedy contempla le manoir, qui semblait les observer.

— Si oncle John savait que vous vouliez aider votre grand-mère, il arrêterait de se comporter comme un dictateur, répliqua Jelly avant d'écarquiller brusquement les yeux, comme si elle venait de penser à quelque chose. Oh non… à moins qu'il ne veuille pas que vous la trouviez.

Le ventre d'Hedy se crispa. Est-ce que c'était possible ?

Jelly la serra avec force contre elle, au point qu'elle en eut le souffle coupé.

— Tu m'appelles, promis ?

La voiture d'oncle John s'éloigna, Jelly agitant la main par la fenêtre, Max son bocal à crottes de nez. La fillette avait l'impression que le soleil venait de disparaître derrière un nuage. En général, elle avait du mal à se faire des amis rapidement, car elle était beaucoup plus sérieuse que la plupart de ses camarades de classe. Mais malgré leurs différences, elle et sa cousine pétillante avaient créé un lien. Elle lui manquait déjà.

— Votre grand-mère aurait aimé une visite comme celle-ci, déclara soudain papi John, les prenant de court. Elle aimait voir des gens et bavarder. Elle s'entendait bien avec presque tout le monde.

On aurait dit que pour lui aussi, le soleil avait disparu derrière un nuage.

Il était environ 21 h 30 ce soir-là quand Hedy et Spencer se glissèrent dans la pièce à la porte verte. Sans leurs cousins, l'après-midi et la soirée leur avaient paru d'un ennui mortel, d'autant que leur grand-père s'était enfermé dans son bureau. Au cours de ces heures interminables, Hedy avait décidé qu'ils ne pouvaient pas attendre sans rien faire que quelque chose se produise, et elle avait convaincu Spencer de rester éveillé une fois au lit.

Les mains tremblantes, elle souleva le cadre.

— Mamie, dis-nous ce qu'il faut faire.

Pendant un long moment, rien. Puis une voix étrange se fit entendre au-dessus d'eux.

— C'est moi, votre grand-mère. Marchez jusqu'au milieu de la pièce.

Hedy était contente que Spencer lui ait pris la main. Ils s'avancèrent lentement jusqu'à l'endroit indiqué, sur le tapis en peau d'ours.

— Deux pas sur la gauche, reprit la voix. Et maintenant, sur la droite.

Les enfants obéirent. Que se passait-il donc ?

Soudain, un rire tonitruant retentit sous leurs pieds. Ils bondirent et baissèrent les yeux. La tête de l'ours riait !

— Ah, que ça fait du bien de se faire gratter le dos ! Continuez ! s'esclaffa-t-il avec un rire rocailleux.

— Tu m'en dois une, Doug, reprit la voix qui leur avait parlé en premier, plus aiguë, et tout aussi hilare.

Cette fois, les enfants regardèrent en l'air. Sur le mur, la tête de cerf semblait contente d'elle. Ils détalèrent aussitôt du tapis.

— Oh, allez ! protesta Doug, le tapis en peau d'ours. Encore quelques pas sur mon épaule droite, s'il vous plaît ! Ça me démange tellement.

— *Ils parlent !* chuchota Spencer.

— Je sais, répondit Hedy, qui n'en croyait pas ses oreilles. Mais c'est impossible !

Doug releva la tête pour regarder le cerf.

— Stan, ils ont dit que c'était impossible.

— J'ai entendu.

— Dans ce cas, ça veut dire *tu-sais-quoi.*

Les deux têtes d'animaux se figèrent subitement, reprenant l'apparence de décorations d'intérieur silencieuses et parfaitement normales. Les enfants demeurèrent eux aussi immobiles comme des statues. Hedy s'apprêtait à rejoindre la porte sur la pointe des pieds lorsque Stan et Doug éclatèrent de rire.

— Oh… non… c'est trop, lâcha le cerf, qui avait du mal à parler tant il riait. Oh, Doug, si tu voyais leurs têtes !

Il écarquilla les yeux et ouvrit son museau en grand pour imiter le visage pétrifié des enfants. Doug donna un coup de patte réjoui sur le plancher.

— Arrêtez de vous moquer de nous ! lança Hedy, vexée. Papi va vous entendre. Qui êtes-vous ?

— Qui nous sommes ? reprit le tapis, parvenant à se reprendre. Nous étions là bien avant vous, jeune demoiselle. Il me semble que ce serait plutôt à vous de vous présenter en premier. Venez vous placer devant moi, comme ça, on pourra tous les deux vous voir, Stan et moi.

Spencer agrippa le coude de sa sœur et ils s'approchèrent d'un pas hésitant en prenant garde de ne pas piétiner le tapis.

— Je m'appelle Hedy, commença la jeune fille, puis elle donna un coup de coude à son frère.

— Et moi Spencer, parvint-il à articuler d'une voix rauque.

Stan poussa un sifflement et Doug pianota sur le sol avec ses griffes.

— Les petits d'Olivia, murmura l'ours – car Hedy ne pouvait s'empêcher de le considérer comme un ours désormais, et non comme un simple tapis.

— Vous la connaissez ? demanda Spencer en se détendant à l'évocation de leur mère.

— Ça oui, je connais votre maman depuis sa naissance. Je m'appelle Doug, autrefois ours et désormais ornement de plancher de luxe. Et voici Stan, qui a fini en ragoût de chevreuil.

Stan renifla d'un air offusqué.

— Je suis Stanley, Seigneur du Bois de la Reine…

— Tu n'as jamais été seigneur de rien du tout !

— Ils ne sont pas censés le savoir ! Regardez mes bois : quatorze pointes en tout ! On ne fait pas plus noble !

Doug soupira.

— Accrochez un cerf sur un mur, et il prend la grosse tête… vu qu'il ne lui reste plus que ça !

Il frappa de nouveau le sol en gloussant. Hedy avait l'impression qu'il attendait depuis longtemps d'avoir un public sur qui tester ses blagues.

— Est-ce que papi sait que vous parlez ? demanda-t-elle.

Stan remua la tête et le rire de Doug s'essouffla.

— Oui et non, répondit le cerf.

— Bien sûr que si ! protesta l'ours.

— Avant, oui.

— Et tu penses qu'il a oublié, espèce de cervidé écervelé ? Évidemment qu'il le sait. C'est bien pour ça qu'on est ici.

Spencer n'avait plus peur désormais. Il s'assit en tailleur devant Doug et caressa d'un doigt sa fourrure brune.

— Comment ça ? demanda-t-il.

— Votre grand-père collectionne les objets magiques, expliqua l'ours.

— Pour ses spectacles d'illusionniste ?

— Je n'ai jamais été utilisé lors d'un spectacle de magie. Je n'ai pas quitté la maison une seule fois depuis mon arrivée. Et toi, Stan ?

— Malheureusement non, soupira le cerf. J'aurais pourtant eu une présence incroyable sur scène. Quel gâchis !

— Quelle chance pour les spectateurs, tu veux dire ! rétorqua Doug d'un air méprisant. John ne nous parle pas. Enfin, plus.

— Pourquoi ? demanda Hedy.

Il y eut une longue pause tandis que les deux animaux soupesaient leur réponse.

— Il pense que ce n'est pas… correct, tenta Stan.

— Il s'est fermé à nous, ajouta Doug, plus direct.

Hedy grimpa sur une chaise pour regarder le cerf de plus près. Sa fourrure marron pâle était tachée de blanc sous son cou, sur le haut de son museau et autour de ses yeux très expressifs.

— Comment ça se fait que vous pouvez parler ? demanda-t-elle.

— C'est papi qui a fait de la magie ? s'enquit Spencer.

Stan réfléchit intensément, ses grands bois se balançant de gauche à droite telles des branches d'arbres dénudées dans le vent.

— Il y a bien eu de la magie, mais ce n'était pas votre grand-père, c'était avant lui. En réalité, j'ignore pourquoi on nous a fait le don de la parole.

— Pour le plaisir de notre compagnie, suggéra l'ours.

— J'ai pitié du fou qui t'a créé pour que tu lui tiennes compagnie, espèce de grincheux miteux, siffla le cerf.

— Papi John a l'air de se sentir un peu seul, intervint Spencer. Il devrait discuter avec vous. C'est ce que je ferais, à sa place !

— Que veux-tu ? Nous ne sommes pas du genre à aller à l'encontre de la volonté du Maître, en règle générale, répondit Doug avec un sourire navré. Alors, nous ne lui parlons pas. Ce serait différent si c'était lui qui entamait la conversation. D'ailleurs, en parlant du Maître et de sa volonté, qu'est-ce que vous faites là, les petits ? N'a-t-il pas des règles strictes concernant ses affaires ?

Hedy et Spencer s'agitèrent d'un air coupable.

— Cela dit, poursuivit l'ours, si vous vouliez bien me gratter le dos, je ne dirais pas non. Allez-y, asseyez-vous sur moi, ça ne me gêne pas.

Les enfants s'installèrent donc sur le tapis et grattèrent sa fourrure longue et rêche. Doug poussa un soupir de bonheur et ses naseaux frémirent.

Spencer adressa à sa sœur un regard plein d'espoir. Elle voyait bien qu'il faisait confiance à ces deux créatures sans corps et douées de parole, et quelque chose dans leur humour grognon la mettait à l'aise, elle aussi. Peut-être qu'ils pourraient les aider.

— On pense que le fantôme de mamie essaie de communiquer avec nous, avoua-t-elle.

Stan siffla entre ses dents. Doug se tordit le cou pour regarder les deux enfants, surpris.

— Votre grand-mère ? Alors c'était à propos de ça, tous ces chuchotements avec l'autre fille, tout à l'heure ? Qu'est-ce qu'elle vous a dit ?

— Qu'il fallait qu'on la retrouve… Elle a écrit TROUVEZ-MOI dans la poussière de ce cadre, expliqua Hedy en le leur montrant. Et sur le frigo, avec des magnets. Et quand on a demandé qui nous parlait, elle a entouré son visage, juste là, sur cette photo !

— Comment pouvez-vous être sûrs qu'il s'agit bien d'elle, et pas d'un esprit qui se fait passer pour elle ? demanda Stan.

Elle fronça les sourcils.

— Pourquoi quelqu'un ferait une chose pareille ?

— Les créatures qu'on rencontre n'ont pas toutes des intentions franches ou louables.

— Et certaines sont carrément dangereuses, renchérit Doug. Voilà pourquoi votre grand-père les collectionne. Pour éviter qu'elles ne tombent entre de mauvaises mains ou qu'elles n'influencent les mauvaises personnes.

— Dangereuses ? répéta doucement Spencer.

Il avait pâli, et ses taches de rousseur ressortaient vivement sur son visage. Hedy retourna tout ça dans sa tête. C'était sans doute pour ça que papi John était entré dans une telle colère quand il les avait surpris ici.

— Comment savoir s'il s'agit de mamie Rose ou non ? demanda-t-elle.

L'ours et le cerf échangèrent un regard.

— Stan, je suis en train de t'envoyer un message télépathique, dit l'ours. Est-ce que tu le reçois ?

— Voyons, Douglas, le Maître ne serait pas content. Personne n'est censé savoir quelles choses *inhabituelles* peuplent cette maison, pas même ses petits-enfants.

— Dixit le cerf qui leur a joué un tour, leur révélant par là même qu'on pouvait parler !

Le cerf toussota d'un air gêné.

— S'il vous plaît, aidez-nous ! insista Hedy. Si ce n'est pas mamie, on s'arrêtera là. Mais si c'est elle, il faut qu'on trouve un moyen de la retrouver. Et on le fera, avec ou sans votre aide.

Elle eut du mal à soutenir le regard scrutateur de Stan, mais elle ne flancha pas, déterminée à ce qu'il la prenne au sérieux. Le cerf finit par cligner des yeux.

— Si on vous aide et qu'il s'avère que ce n'est *pas* votre grand-mère, vous arrêterez de fouiner, nous sommes bien d'accord ?

Hedy interrogea son frère du regard. Il hocha la tête.

— D'accord, dit-elle.

Doug expira bruyamment par les naseaux.

— Très bien. Mais ça suffit pour ce soir. Il faudra faire ça quand votre grand-père sera sorti, ou endormi.

— Pourquoi ? demanda Spencer.

Les griffes de l'ours claquèrent sur le parquet.

— Parce que vous allez devoir nous faire sortir de cette pièce.

CHAPITRE 6

VOUS SAVEZ CROCHETER UNE SERRURE ?

Le lendemain matin, les enfants descendirent l'escalier en bâillant et en se frottant les yeux. Spencer était aussi décoiffé que s'il avait été pris dans une tornade, et Hedy avait l'esprit en pagaille.

— Comment on va faire sortir papi de la maison ? murmura Spencer.

— On trouvera bien une idée.

Ils rejoignirent leur grand-père dans le salon, où il ajoutait une bûche au feu crépitant dans la cheminée.

— Ma parole, vous avez l'air fatigués tous les deux. Vous n'avez pas bien dormi ?

— Mes rêves étaient trop palpitants, répondit Hedy.

Ce n'était pas tout à fait faux. À la lumière du jour, un tapis en peau d'ours et une tête de cerf empaillée qui parlaient semblaient tout droit sortis d'un rêve.

— Les miens aussi, dit Spencer en tendant les mains devant le feu, alors que son ventre se mettait à gargouiller. Est-ce qu'on peut prendre le petit déjeuner ici ? S'il te plaît ?

Papi John regarda par la fenêtre la neige blanche et fraîche qui recouvrait le sol et les toits avoisinants.

— Ma foi, étant donné qu'il a neigé hier soir, pourquoi pas ?

Peu après, assis en tailleur devant la cheminée, les enfants se régalèrent d'un bol de porridge chaud agrémenté de gros raisins secs et de petits morceaux de beurre en train de fondre.

— Papi, commença Hedy, la dame de l'épicerie…

— Mme Sutton, lui souffla son frère.

— Oui, Mme Sutton. Elle a dit que tu devais aller la voir aujourd'hui pour commander le pudding de Noël. Et le sapin.

— Le sapin de Noël ? demanda papi John, étonné.

Les enfants hochèrent la tête.

— Et le pudding, ajouta Spencer, désormais dans le coup. Il faut que tu t'en occupes aujourd'hui !

— Mais j'ai déjà un sapin, répliqua leur grand-père en indiquant l'arbre en plastique délavé de cinq centimètres de haut qui trônait sur la cheminée.

— On le voit à peine ! protesta Hedy.

— Et puis de toute manière, je n'ai pas de décorations.

— On ne pourrait pas en acheter ? Ou alors en emprunter à Jelly ou à tonton Peter ? Ils seront d'accord.

— Vu le bazar que ce serait ensuite pour s'en débarrasser, non, non. En revanche, du pudding, ce serait pas mal, pour changer, dit-il en se dirigeant vers le téléphone. Je vais l'appeler tout de suite.

Elle réprima un grognement. Un coup de téléphone ne leur donnerait pas le temps dont ils avaient besoin. Heureusement, la ligne devait être occupée, car papi John raccrocha au bout de quelques instants.

— Cette femme est toujours pendue au téléphone, marmonna-t-il. Elle passe presque toutes ses journées à faire la commère. Vous savez quoi ? On devrait tous s'habiller et y aller à pied ! Ça nous fera un peu d'exercice.

— On aurait vraiment aimé…, répondit lentement Hedy en se creusant la cervelle à la recherche d'une excuse. Mais maman et papa pourraient appeler, et on ne veut pas les rater. Surtout Spencer. Ils lui manquent trop.

Le garçon prit un air malheureux.

— Oui, j'ai vraiment trop envie de leur parler.

— Mais tu peux y aller sans nous, poursuivit-elle. Ça ne nous gêne pas.

— Je peux attendre, répondit papi John.

— Non, il vaut mieux que tu y ailles maintenant, insista le garçon.

— On était censés te faire passer le message hier, expliqua sa sœur. On a un jour de retard. Si on passe à côté, ce sera un désastre.

— Un désastre de Noël, renchérit Spencer en secouant tristement la tête.

Leur grand-père observa leurs visages inquiets avec un sourire en coin.

— Bon, je suppose que ça ne me fera pas de mal de me montrer au village et de prendre ma dose annuelle de bavardages avec Mme Sutton et les autres commères du coin. Je n'en aurai pas pour plus de quarante-cinq minutes. Ne vous étonnez pas si Mme Vilums entre en mon absence. Elle a une clé. Vous êtes sûrs que ça ira ? demanda-t-il avec une pointe de méfiance.

Hedy ramassa leurs bols et les emmena dans l'évier pour lui montrer à quel point elle était responsable.

— Oui. On va faire la vaisselle et lire nos livres. J'ai déjà gardé Spencer.

— Oui, soupira celui-ci d'un air résigné. Elle me commande tout le temps.

Dès que papi John fut à quelques rues de la maison, les enfants foncèrent en direction de la chambre à la porte verte.

— Règle ton minuteur sur trente minutes ! lança Hedy à son frère.

Quand ils déboulèrent dans la pièce, Doug leur adressa un grand sourire.

— C'est parti pour l'aventure ! s'exclama-t-il.

— Où on va ? demanda la fillette.

— On va aller négocier avec quelqu'un à l'étage du dessus.

— Qui ? demanda Spencer.

L'ours hésita.

— Pour l'instant, montons, on verra après. Par contre, il faut qu'on y aille tous les deux, Stan et moi.

— Comment on va te faire descendre de là, Stan ? l'interrogea Hedy. Tu as l'air lourd, même sans corps.

— L'aventure peut s'arrêter là, si vous n'êtes pas prêts à relever le défi, souffla le cerf. Ce n'est guère ma faute si je suis une créature imposante.

— Du calme, Stanley, je veillerai à ce qu'ils ne te cassent pas plus d'un bois, intervint Doug. Hedy et Spencer, vous avez apporté de l'argent ?

— De l'argent ? répéta Hedy. Pourquoi ?

— Il vous en faudra si vous voulez des réponses.

— Spence, va chercher mon porte-monnaie dans mon sac à dos.

— Ouais ! s'exclama-t-il en donnant un coup de poing enthousiaste dans le vide.

— Et n'oublie pas que c'est mon argent ! précisa-t-elle alors qu'il partait en courant.

Après avoir décalé Doug pour libérer de l'espace devant la cheminée, Hedy entreprit de déplacer les meubles. Quand Spencer revint, elle avait fabriqué à l'aide d'une table basse et de plusieurs cartons un escalier montant jusqu'à Stan.

— As-tu vraiment confiance en ce triomphe de l'ingénierie ? s'enquit le cerf, nerveux.

— Tu veux descendre, oui ou non ? répliqua la fille. Je parie que c'est hyper barbant de rester coincé sur ce mur tout le temps.

— Je me préoccupais simplement de ta sécurité ! s'indigna Stan.

Hedy commença à escalader lentement les cartons. Spencer prit une grande bouffée de son inhalateur.

— Tu vas devoir me soulever pour me déloger de la vis, puis poser une main sous mon menton et m'écarter du mur, dit Stan.

Elle suivit exactement ses conseils. Ses mains se mirent à trembler sous le poids de la tête de cerf.

— Il est lourd ? demanda Spencer en se mordant l'ongle du pouce.

— C'est le poids de sa cervelle, murmura l'ours.

— Tais-toi, Doug, lança le cerf d'une voix tendue alors qu'Hedy descendait à reculons l'escalier en carton.

— Désolé, Stan, répondit l'autre, qui ne semblait pas désolé du tout, avant de chuchoter à l'attention de Spencer : Ce sont ses bois qui pèsent lourd, pas son cerveau.

Hedy réussit à rejoindre le plancher sans encombre. Elle y déposa délicatement Stan et lui caressa le museau.

— Bien joué, petite, dit-il avec soulagement.

— Maintenant, mettez-le sur mon dos, bien au milieu, et on pourra le traîner jusqu'à l'étage supérieur, commanda Doug.

Comme les enfants s'exécutaient, le cerf proclama :

— Doug le Tapis, je vous nomme mon fidèle destrier !

— Regardez-moi charger ! gronda l'ours en remuant les pattes sur le parquet, sans bouger d'un pouce.

Les deux animaux éclatèrent de rire.

— Vous auriez dû me voir pourchasser des humains, à l'époque où j'avais un corps, ajouta Doug en haletant.

— On va devoir vous traîner, dit Hedy.

Les enfants saisirent chacun une patte avant et se mirent à tirer. Quand ils parvinrent à l'embrasure de la porte, l'ours ouvrit brusquement la gueule et relâcha sa tête, reprenant l'apparence d'un tapis normal. Une seconde plus tard, Hedy et Spencer rentraient dans quelqu'un.

— Bonjour.

Sous l'effet de la surprise, les enfants lâchèrent les pattes de Doug et reculèrent en trébuchant. Une grande femme les fixait curieusement de ses yeux sombres.

— Bonjour, croassèrent les enfants.

Elle était d'une beauté sévère, avec sa peau blanche comme de l'albâtre, si fine et lisse qu'elle semblait reluire. Elle n'avait pas l'air vieille, mais pas vraiment jeune non plus. Ses cheveux pâles étaient tirés dans un chignon soigné, si serré que même un typhon n'aurait pu en défaire une mèche. Elle avait typiquement l'air d'une personne qui n'aurait aucun problème à les dénoncer à leur grand-père, se dit Hedy.

— Vous devez être Hedy et Spencer, reprit-elle.

Ils hochèrent la tête. Le garçon fut le premier à retrouver sa langue.

— Vous êtes la cuisinière de papi ?

— Oui, Mme Vilums, répondit-elle en regardant de manière appuyée Doug et Stan, inanimés. Vous alliez quelque part avec ça ?

— Juste dans notre chambre, dit Hedy.

— Je ne suis pas certaine que M. Sung serait d'accord. Il n'aime pas qu'on touche à ses affaires.

— On les remettra à leur place, lui assura la fillette en essayant de prendre un ton léger, responsable et tout sauf mystérieux.

Mme Vilums tendit le cou pour examiner la tour de cartons qu'elle avait construite pour atteindre Stan.

— On les remettra à leur place en faisant *super attention*, réessaya Hedy.

— Promis, ajouta Spencer.

La cuisinière les observa un moment.

— J'espère que vous m'appellerez si vous avez besoin d'aide.

— Bien sûr, répondirent-ils.

Elle leur adressa un regard indéchiffrable avant de repartir en direction de l'escalier. Ils poussèrent un soupir de soulagement.

— Pas de temps à perdre, dit Stan lorsqu'elle fut partie. Emmenez-nous là-haut !

Les enfants prirent chacun deux pattes de Doug et entamèrent maladroitement l'ascension de l'escalier.

— Est-ce que Mme Vilums sait que vous pouvez parler ? demanda Spencer.

— Je crois que oui, répondit Stan.

— Elle nous a surpris en train de discuter, un jour, ajouta Doug.

— De nous disputer, précisa le cerf.

— À propos de… à propos de quoi, déjà ?

— D'abeilles.

— Ne sois pas bête, on ne se serait jamais disputés pour un truc pareil !

— Si ! Tu me racontais la fois où une abeille s'était retrouvée coincée dans ton naseau et je soutenais qu'aucune créature saine d'esprit ne se serait aventurée dans un tel endroit…

Le dernier étage du manoir était sombre et silencieux. Hedy savait que l'air chaud était censé monter, et pourtant, il semblait faire plus froid ici. Les quatre portes étaient fermées et, derrière l'unique petite fenêtre du couloir, la lumière avait du mal à se frayer un chemin entre des branches tordues des arbres. Spencer relâcha doucement les pattes arrière de Doug et se rapprocha de sa sœur.

— On va dans la pièce à la porte jaune, indiqua Stan.

Hedy donna un coup de coude à son frère pour qu'il reprenne l'ours.

— J'aime pas cet endroit, murmura-t-il.

— Je sais, mais il faut bien qu'on sache si c'est mamie, non ?

— Mon petit monsieur, vous avez avec vous le tapis en peau d'ours le plus féroce d'Angleterre, lança Stan, et en ma personne, le Seigneur du Bois de la Reine. Courage ! Avançons avec détermination pour dénouer ce mystère.

Spencer inspira profondément, souleva la patte avant gauche de Doug et repartit au rythme d'Hedy alors qu'elle les conduisait jusqu'à la porte qui, autrefois, avait été jaune comme une jonquille. Elle était fermée à clé.

— Zut ! s'emporta-t-elle en agitant la poignée de porte.

— Vous n'avez pas la clé ? demanda Stan.

— Non.

— Vous savez crocheter une serrure ? s'enquit Doug.

Les enfants secouèrent la tête.

— Doug sait, lui, intervint Stan.

— Tais-toi, vieille pipelette !

— C'est vrai ! Tu m'as dit il y a des années que tu étais capable d'ouvrir les portes, d'allumer un feu en cas de besoin *et* de dévisser des clous ! Grâce au magicien et voleur de bas étage qui t'a créé.

— Qu'est-ce que les petits vont penser de moi, maintenant ? se plaignit l'autre d'un air honteux. Que l'ours le plus féroce d'Angleterre n'est en réalité que l'outil d'un voleur ?

— Pas du tout ! s'exclama Hedy. On pense que tu es un ours honorable. Vraiment. Et on ne veut rien voler à papi John. On essaie juste de l'aider. Retrouver notre grand-mère le rendrait tellement heureux !

— Persuasive, hein ? marmonna Doug. Bon, très bien. Soulevez ma patte et approchez ma griffe de la serrure. Voilà. Maintenant, je vais simplement…

Il ferma les yeux, concentré, et tous les poils et cheveux de ses compagnons se dressèrent. On aurait dit que l'air crépitait. Doug poussa un grognement, et Hedy aurait juré voir un minuscule éclair fuser de sa griffe et pénétrer dans la serrure en métal.

Ils entendirent le verrou tourner. Hedy posa la main sur la poignée : elle était chaude à présent.

La porte s'ouvrit.

CHAPITRE 7

ACCORDS MAJEURS, ACCORDS MINEURS

— Super boulot, Doug, s'enthousiasma Spencer à voix basse alors qu'ils entraient dans la pièce.

— Est-ce que ça va? demanda Hedy. Ta patte est toute pâle.

C'était vrai. La patte dont il s'était servi pour crocheter la serrure avait pâli, prenant une teinte marron grisâtre.

— Il faut croire que je vieillis, murmura l'ours. Allons-y.

La pièce était en bazar. Un piano à queue trônait au milieu de tas de livres posés par terre. De vieilles cages à oiseaux étaient éparpillées un peu partout, certaines pendues au plafond. Sur le piano, un buste de Lord Wellington tourné vers la fenêtre semblait contempler la forêt qui, d'après papi John, s'appelait le Bois du Renard.

À la demande des animaux, ils étendirent Doug par-dessus un fauteuil, face au piano, puis installèrent Stan sur une table.

Hedy balaya la pièce du regard, un peu perdue.

— Et maintenant, qu'est-ce qu'on fait?

L'ours pointa une griffe sur une coupe en cristal posée sur le couvercle du piano.

— Mets un peu d'argent dans cette coupe.

Elle sortit une pièce de son porte-monnaie et la laissa tomber dans la coupe en cristal, où elle émit un tintement musical.

— Simon, souffla Stan, êtes-vous là ?

Hedy se demanda qui pouvait bien être ce Simon. Il n'y avait pas un bruit dans la pièce, à part celui que faisait Spencer en se trémoussant nerveusement d'un pied sur l'autre.

— Hedy, combien tu lui as donné ? demanda Doug.

— Cinquante pence, répondit-elle et, comme les deux animaux ricanaient, elle ajouta : Ce n'est pas assez ?

— Essaie deux livres sterling, suggéra l'ours.

Elle obtempéra.

— Simon, êtes-vous là ? répéta Stan.

Soudain, le couvercle poussiéreux du piano à queue se souleva, révélant ses touches noires et blanches. Des doigts invisibles jouèrent trois notes, et un doux accord flotta dans l'air. Spencer se rua vers le fauteuil bergère et grimpa précipitamment dessus. Son visage inquiet apparut au-dessus de la tête de Doug. Hedy s'écarta du piano, cherchant le musicien invisible.

— C'était un oui ou un non ? demanda Stan.

— Comment ça, *c'était un oui ou un non ?* répliqua Doug, exaspéré. Il n'aurait pas joué s'il n'était pas là. Simon, on essaie de mettre ces deux petiots sur la bonne voie. Tu veux bien nous aider ?

Le son de l'accord s'était dissipé. Ne restait plus que le silence.

— Hedy, chuchota Spencer, rajoute de l'argent.

La jeune fille déposa encore deux livres dans la coupe en cristal.

— Je vais bientôt me retrouver à sec, à ce rythme.

Le même accord majeur retentit de nouveau.

— Simon, reprit Stan, quelque chose dans la maison a contacté les enfants. Cette chose prétend être la femme du Maître, Rose. Sais-tu s'il s'agit effectivement d'elle ?

Au bout d'un moment, l'accord majeur se fit entendre. Hedy et Spencer échangèrent un regard plein d'espoir.

— Attends, intervint Doug, ça veut dire que c'est elle, ou juste qu'il *sait* si c'est elle ou non ? Je ne sais pas à quelle question il a répondu.

— Quoi ? demanda le cerf en plissant les yeux, perplexe.

Un accord mineur, grave et menaçant, les fit tous sursauter.

— Tu compliques tout, espèce de fourrure mangée par les mites, lança Stan à Doug d'un ton désapprobateur.

— Parce que tu n'es pas clair, Bambi !

— Silence ! s'écria Hedy en tapant du pied.

Les animaux se turent, surpris. Hedy se tourna vers le piano.

— Simon, est-ce que ces messages venaient de notre grand-mère ?

Il joua l'accord majeur, mais de façon plus hésitante.

— C'est un oui, non ? demanda-t-elle aux autres, et Doug et Stan acquiescèrent. Bon, on a une autre question. Est-ce que mamie Rose est un fantôme piégé ici ?

Il y eut une longue pause, suivie d'une série d'accords : mineur, majeur, mineur. Au bout d'un moment, la séquence se répéta.

— Qu'est-ce que ça veut dire ? demanda Hedy.

— Il semblerait qu'il dise oui et non, répondit Stan.

— Mais ça veut dire quoi ? Que mamie est un fantôme piégé ici ou non ?

Soudain, un gros soupir irrité se fit entendre et – sorti de nulle part – un homme à l'air impérieux apparut peu à peu sur le siège du piano, coiffé d'une longue perruque de boucles blanches. Un gilet de costume jaune était tendu autour de son gros ventre, qui retombait sur une culotte bleu roi terminée par des bas blancs. Sa chemise blanche et froissée arborait de larges manches à volants.

Et il était complètement transparent.

— Ce que cela veut dire, expliqua l'homme d'un ton pincé, c'est qu'elle n'est pas un fantôme, mais qu'elle est bel et bien piégée quelque part.

— Simon ! s'exclama Doug.

— À votre service.

Il se leva et effectua une profonde révérence. Sa voix, marquée d'un vague accent français, semblait provenir de très loin.

Hedy et Spencer le fixèrent, comme hypnotisés. Ils voyaient clairement le reste de la pièce à travers son corps.

— Monsieur de Polignac, c'est un honneur, dit Stan en s'inclinant autant que possible pour une grosse tête sur un petit cou.

— J'ai pensé qu'il valait mieux faire une apparition. Vos compagnons et vous n'êtes vraiment pas doués pour interpréter ma musique, et je ne voulais pas passer toute la journée ici. Vous ne les aviez pas prévenus ? demanda-t-il en agitant la main en direction des enfants. Ils ont perdu leur langue.

— Nous ignorions que nous aurions le privilège de vous voir, répondit le cerf.

— Laissez-leur un instant, ajouta Doug. Ils se sont habitués à nous assez rapidement, finalement.

Simon haussa un sourcil et fit de son mieux pour débarrasser son visage de son expression hautaine. Il appuya sur quelques touches, et Hedy se rendit compte qu'il avait l'air beaucoup plus gentil quand il touchait son instrument. Son visage s'adoucit encore plus lorsqu'il caressa tendrement un tas de partitions attachées par un ruban bleu marine, sur le mince pupitre. Sur la première feuille, elle apercevait les traits et les ronds des notes écrites à la plume, et elle eut la nette impression qu'il s'agissait de sa propre composition.

Ce fut Spencer qui se débloqua le premier.

— Est-ce que je peux vous toucher ? demanda-t-il.

— Rien ne t'empêche d'essayer, répondit Simon d'un ton dubitatif.

Le garçon descendit du fauteuil et s'avança vers le fantôme à petits pas, puis il passa un doigt à travers le bras transparent. Enhardi, il le refit avec toute la main, et il frémit.

— C'est froid ! dit-il à sa sœur avec une grimace. Essaie.

— Ô, l'ignominie de la mort ! marmonna Simon en levant les yeux au ciel.

Hedy s'approcha, enfonça doucement sa main dans le torse du musicien et agita ses doigts, toujours visibles. Spencer avait raison : du bout des doigts jusqu'au poignet, elle se sentait glacée jusqu'à l'os. Elle porta sa main à ses lèvres et souffla dessus avant de la glisser sous son autre bras pour la réchauffer.

— Simon, je m'appelle Hedy et voici mon frère, Spencer. Nous sommes les petits-enfants de John. Pouvez-vous parler à notre grand-mère, Rose ?

Il secoua la tête.

— Je connais les autres fantômes de cette maison. Elle n'en fait pas partie.

— Il y en a d'autres ? l'interrompit le garçon.

— Oh que oui.

— Où ça ?

— Ce ne serait pas très aimable de ma part de troubler leur repos en vous indiquant où les trouver, répondit-il en décochant un regard critique à Doug et Stan.

— Nous ne voulions pas vous déranger, insista ce dernier. Douglas et moi pensions qu'un autre fantôme se faisait peut-être passer pour la grand-mère des enfants.

— Et on savait que ce n'était pas votre style, renchérit l'ours. Sans compter que vous êtes le seul fantôme de cette maison assez poli pour accepter de parler aux gens.

Ces paroles semblèrent apaiser Simon.

— Eh bien, je suis certain que ce n'est pas l'un des autres, répondit-il. Je ne pense pas que votre grand-mère soit un fantôme. Sinon, je la verrais. Elle n'est pas dans le même endroit que moi.

— Mais… vous êtes ici, rétorqua Hedy, confuse. Et vous avez dit qu'elle aussi était ici.

— Je ne suis pas entièrement ici, comme vous pouvez le voir, expliqua Simon en tendant l'un de ses bras transparents. Je suis principalement ailleurs.

— Où ? demanda Spencer.

Le fantôme détourna le regard, mal à l'aise.

— Ça, je ne peux le dire. En revanche, je peux vous assurer que votre grand-mère n'est pas du tout dans ce « quelque part ». Elle n'est pas morte.

— Mais si elle nous a demandé de l'aide, c'est qu'elle ne va pas bien, insista Hedy, qui se sentait un peu nauséeuse.

L'alarme de la montre de Spencer se mit à sonner.

— Papi va bientôt rentrer, dit-il.

Simon, qui jouait des arpèges ondoyants, parut soudain penser à quelque chose. Il releva la tête en se balançant d'avant en arrière alors que les notes s'élevaient dans l'air.

— Quelqu'un pourrait en savoir plus. Enfin, pas quelqu'un. Personne, en fait. Mais dans cette maison, il est presque impossible de trouver les quelque chose, les rien, les quelqu'un ou les personne. Mon Dieu, même le Maître n'arriverait pas à tout retrouver, il faudrait qu'il demande aux Espionboisés !

— Les Espionboisés ? répéta la fille, s'efforçant de suivre ses paroles incompréhensibles.

— Allez, Hedy, c'est l'heure ! la pressa Spencer.

Ils remercièrent donc Simon en toute hâte avant de filer, traînant chacun une patte de Doug. Dans l'escalier, Stan faillit basculer du dos de l'ours.

— Attention ! s'écria-t-il.

— Désolée, on est pressés, lança Hedy par-dessus son épaule.

— Au moins, la descente est plus facile que la montée, fit remarquer Spencer.

— Pour vous, peut-être ! répliqua Doug, qui grimaçait chaque fois que sa tête cognait contre les marches.

De retour dans la pièce à la porte verte, Hedy fonça jusqu'à la fenêtre.

— Je vois papi ! Il est presque arrivé.

Les enfants remirent l'ours en place sur le sol, devant la cheminée, puis ils posèrent Stan sur la tour de cartons à l'équilibre précaire. Hedy grimpa ensuite sur l'escalier de fortune et Spencer lui passa la tête de cerf en la tenant par les bois.

— Stan, est-ce que tu as compris de quoi parlait Simon ? demanda Hedy. Ces histoires de « quelqu'un » ou de « personne » qui saurait quelque chose sur mamie ?

— Et c'est quoi, les Espionboisés ? ajouta Spencer.

— Cette affaire est beaucoup plus compliquée que ce que nous imaginions, dit le cerf en remuant nerveusement ses naseaux.

Les bras tremblants, Hedy le souleva au-dessus de sa tête. Pendant un bref instant, elle tangua dangereusement, déséquilibrée par son poids, et les cartons oscillèrent sous ses pieds. Stan ferma les yeux.

— Ce n'est peut-être pas le meilleur moment pour en discuter, murmura-t-il d'une voix tendue. Accroche-moi d'abord.

Elle poussa un grognement d'effort et réussit à le suspendre à la vis. Admirant son œuvre, elle recula un peu trop… et elle tomba de l'escalier en carton.

— Hedy ! glapit Spencer. Est-ce que ça va ?

Elle gémit. Son coccyx l'élançait.

— Tu t'es fait mal aux fesses ?

— Oui.

— Pas d'autres douleurs ? demanda Doug.

— Celle aux fesses me suffit amplement, merci, répondit-elle en se relevant difficilement.

Les enfants firent de leur mieux pour remettre les cartons là où ils les avaient trouvés, puis Spencer dérapa jusqu'à la porte et passa la tête dans le couloir.

— Il est en bas ! souffla-t-il.

— Dans ce cas, filez et revenez à la première occasion ! lança Doug. On vous dira ce qu'on sait.

Les deux enfants hésitèrent un instant dans l'embrasure de la porte. Dans ce laps de temps aussi court qu'étrange, ils s'étaient liés d'amitié avec un tapis et un trophée de chasse, et ils n'avaient pas envie de les quitter.

— Merci, les amis, dit Hedy.

Doug agita gaiement les oreilles et Stan sourit en répondant :

— Ça faisait des années que je ne m'étais pas autant amusé.

CHAPITRE 8

La palissade

Même si Hedy avait toujours la main engourdie par le froid après avoir touché Simon, ses poumons étaient gonflés de joie quand elle et Spencer entrèrent dans la cuisine. À en juger par son expression, son frère ressentait la même chose : ses yeux dansaient, et il semblait serrer les lèvres pour empêcher un sourire d'y émerger. *Ça faisait des années que je ne m'étais pas autant amusé*, avait dit Stan. Cependant, quand elle posa les yeux sur la porte du frigo et ses magnets, elle se souvint que le mystère à résoudre était grave.

En tout cas, lorsqu'elle s'assit, la douleur dans son coccyx eut raison de son sourire.

— Aïe !

Papi John interrompit son observation – allez comprendre – d'une boîte de jambon en conserve.

— Qu'est-ce qui t'arrive ? demanda-t-il.

— Hedy est tombée, répondit Spencer.

Mme Vilums, occupée à hacher des légumes, marqua une pause.

— Oui, dans notre chambre, ajouta Hedy pour mettre son grand-père sur une fausse piste. Je me suis pris les pieds dans le bazar de Spencer.

— Je n'ai PAS mis le bazar ! s'écria l'intéressé, outré.

Hedy lui fit les gros yeux pour lui faire comprendre qu'il devait jouer le jeu. Heureusement, le téléphone sonna avant que la discussion ne dégénère.

— C'est sûrement papa et maman ! s'exclama-t-elle avant de courir répondre.

Raté ! C'était une dame très polie souhaitant parler à M. John Sung. Au bout de seulement trente secondes de conversation, papi John revint précipitamment dans la cuisine en se frottant le menton.

— Je dois sortir, annonça-t-il.

— Pour aller où ? demanda Spencer.

Leur grand-père ne répondit pas immédiatement, se demandant de toute évidence ce qu'il allait bien pouvoir faire d'eux. Mme Vilums posa son couteau.

— Je pense qu'il vaudrait mieux que les enfants sortent un peu de la maison, monsieur Sung. Il ne faudrait pas qu'ils se retrouvent à court d'activités.

Hedy se demanda ce qu'elle sous-entendait.

— Bien sûr, bien sûr, acquiesça papi John. Bon, allez chercher vos manteaux, tous les deux.

— Mais on va où ? insista Spencer en allant décrocher son chapeau d'aviateur de la patère.

— À la Palissade.

— Et c'est quoi, la Palissade ? voulut savoir la fille.

Mais il ne leur donna pas plus d'explications. Il se contenta de dire au revoir à Mme Vilums qui, Hedy commençait à le suspecter, risquait bien d'entraver leur enquête.

Papi John écouta la radio pendant tout le trajet, qui dura plus d'une heure. Hedy regardait ses doigts qui pianotaient sur le volant au rythme de la symphonie qui passait. De temps à autre, il bougeait une main devant sa poitrine, comme s'il frottait un archet sur les cordes d'un violon.

— Tu sais jouer du violon ? l'interrogea-t-elle.

— Non, je fais juste semblant quand j'en écoute.

— Comme moi, intervint Spencer. Je joue de la guitare, de la batterie et de la trompette imaginaires. On pourrait monter un groupe imaginaire tous les deux, papi.

— Votre grand-mère adorait ce morceau, dit-il en souriant.

Vu que c'était lui qui avait parlé d'elle en premier, Hedy se lança :

— Est-ce que tu as cherché mamie, après sa disparition ?

Le tapotement de ses doigts sur le volant ralentit, puis s'arrêta tout à fait.

— À ton avis ?

Hedy hocha la tête, un peu honteuse d'avoir posé cette question. La réponse était évidente.

— La police aussi l'a cherchée ?

— La police, moi, Peter, ses sœurs, nos amis, nos voisins…

Il soupira.

— Et personne n'a rien trouvé ?

— Non. Votre maman, qui commençait tout juste à marcher à l'époque, s'approchait parfois de cette maudite boîte magique dans laquelle Rose avait disparu et elle se mettait à pleurer. Je pensais qu'elle était trop jeune pour comprendre ce qui s'était passé, mais peut-être qu'elle sentait quelque chose. On a fouillé cette boîte des milliers de fois. Il n'y avait rien dedans.

— Qu'est-ce qui est arrivé à cette boîte ? demanda Hedy en se creusant les méninges pour se rappeler son nom. Le Kaléidos ?

— Je m'en suis débarrassé. Je ne pouvais pas la garder, avec une toute petite fille à la maison. Je ne voulais pas qu'Olivia s'en approche.

Sur ce, il monta le volume de la radio, mais il ne se remit à faire des percussions sur le volant qu'après un bon moment, et avec moins d'enthousiasme qu'avant.

Ils atteignirent Stradmoor, une ville plutôt ordinaire grouillant de voitures, de vélos, et de personnes absorbées par leurs téléphones. Quand ils étaient arrivés à Marberry's Rest, Hedy avait trouvé le village étrange, comme sur ses gardes, mais elle devait s'y être habituée, car Stradmoor – qui, quelques jours plus tôt, lui serait apparue comme une toute petite ville – lui semblait aussi bruyante et chaotique que la capitale.

Apparemment, papi John connaissait bien les lieux. Ils s'éloignèrent des maisons et des boutiques modernes, remplies de familles en train de faire leurs courses de Noël, pour s'engager dans des rues plus anciennes et tranquilles qui finirent par se transformer en ruelles à sens unique, usées et salies par des années de circulation.

La voiture ralentit devant une rangée serrée de boutiques mitoyennes. Les immeubles crasseux étaient tous couverts de graffitis, et de lourdes barres de sécurité quadrillaient leurs portes.

— Est-ce que c'est dangereux par ici ? demanda Spencer.

— Je veillerai à ce qu'il ne vous arrive rien, répondit fermement papi John en se garant – ce qui n'était pas vraiment une réponse. Allez, sortez.

Une maison à la peinture jaune pâle se dressait au milieu de la rangée. Ses fenêtres n'étaient pas sales, contrairement à celles de ses voisines, mais elles étaient opaques. Sur la porte, banale, s'étalait une inscription en caractères anciens : *La Palissade – uniquement sur rendez-vous.*

Papi John l'ouvrit d'un grand coup d'épaule et les enfants entrèrent à sa suite chez un grossiste dédié aux accessoires de magie. Chapeaux hauts de forme, capes noires, baguettes, foulards en soie de toutes les couleurs de l'arc-en-ciel, cartes à jouer et de nombreux autres objets de toutes sortes étaient soigneusement empilés sur des rayonnages ou suspendus à des portemanteaux. La pièce sentait le citron.

— Monsieur Sung ! s'exclama une voix venue d'en haut.

Un jeune homme avec un pantalon large et les baskets qu'Hedy espérait avoir à Noël descendit l'escalier en glissant sur la rambarde. Il serra chaleureusement la main de leur grand-père en lui décochant un grand sourire, le plus charmeur qu'elle ait jamais vu.

— Comment ça va, Soumitra ? lui demanda papi John. Ça se passe bien, à l'université ?

Le jeune homme passa la main dans ses cheveux hirsutes.

— Vous savez, je préférerais rester ici, mais ma mère dit qu'il me faut un plan de secours, au cas où la magie ne ferait plus recette, expliqua-t-il avant de regarder Hedy et Spencer. Vous êtes les apprentis de M. Sung ?

— Moi oui ! s'exclama le garçon.

Le jeune homme lui fit un check, comme s'ils étaient amis.

— Et toi ? demanda-t-il à Hedy.

Papi John se racla bruyamment la gorge.

— Merci, Soumitra, mais je crois qu'ils sont encore un peu jeunes pour penser à leur future carrière. Ah, madame Pal !

Une femme aux cheveux gris-blanc descendait lentement l'escalier, appuyée sur une canne. Soumitra s'empressa d'aller l'aider. Malgré son boitement, sa canne et ses lunettes à verres épais, elle avait le regard vif, perçant.

— Bonjour, monsieur Sung, dit-elle en serrant la main de papi John, et Hedy reconnut la voix qu'elle avait entendue au téléphone. Vous êtes venus avec vos gardes du corps, aujourd'hui ?

— Avec mon chauffeur et mon déménageur. Permettez-moi de vous présenter Hedy et Spencer.

Comme les enfants la saluaient, elle fit glisser ses lunettes sur son nez pour mieux les observer de son regard bienveillant.

— C'est un honneur de vous rencontrer. Vous avez là des petits-enfants beaux et robustes, monsieur Sung. Et intelligents, si je ne m'abuse.

— Si en plus ils m'écoutaient, j'aurais gagné le gros lot, répondit-il, pince-sans-rire.

Elle gloussa.

— Un jour, ils nous sauveront, nous les vieux, et nous serons heureux qu'ils aient osé se rebeller. Venez, je vais vous montrer notre dernier arrivage.

— Tu voudrais bien surveiller ces deux chenapans ? demanda papi John à Soumitra avec l'air de s'excuser.

— Pas de problème, répondit celui-ci. J'ai un tas de choses à leur montrer.

Le vieil homme décocha un regard entendu aux enfants.

— On ne touchera à rien, réagit aussitôt Hedy.

— Bien sûr que si ! s'exclama Soumitra avant de remarquer le froncement de sourcils de papi John. Enfin, sous ma supervision stricte et extrêmement responsable. Parole de scout !

Leur grand-père n'avait pas l'air très convaincu, mais il suivit Mme Pal dans l'escalier. Quand ils eurent disparu, Soumitra donna aux enfants une canette de soda chacun et s'en ouvrit une.

— En fait, les scouts m'ont viré, leur avoua-t-il, et alors qu'Hedy, choquée, s'apprêtait à lui demander pourquoi, il se dirigea vers l'autre bout du magasin. Vous voulez voir un truc cool ?

Il les conduisit jusqu'à une immense affiche encadrée représentant un magicien sur scène. C'était papi John, jeune. Il était en train de parler, drapé d'une cape en soie ondoyante, sa baguette pointée sur une spirale de fumée qui entourait une petite fille sur un piédestal. Hedy entendait presque les applaudissements de la foule de spectateurs.

— Il avait fière allure, pas vrai ? lança Soumitra d'un ton admiratif. Il était très célèbre.

Spencer sortit son Polaroid de son sac à dos et prit une photo.

— Maintenant, regardez ce type, ajouta le jeune homme en désignant la photo d'un homme chinois d'âge moyen.

Coiffé d'un chapeau rond, sombre, il portait une veste rembourrée, une jupe pâle et de longs rubans sur ses épaules. Il avait un regard sérieux et ses pommettes saillantes créaient des ombres sur son visage.

— Vous savez qui c'est ? demanda Soumitra.

Hedy se pencha pour lire l'inscription sous la photo.

— Tsung Li Ming.

— Votre arrière-arrière-grand-père, ajouta Soumitra, et les enfants le dévisagèrent, incrédules. Parole de scout. Enfin, parole de magicien, si vous préférez.

— Mais il est chinois, dit Spencer, perplexe.

Hedy se rapprocha encore du cliché, scrutant le visage de Tsung Li Ming à la recherche du moindre trait qui pourrait relier cette tête rasée et sa propre touffe de cheveux emmêlés, ou ces pommettes aiguisées et le visage rond de Spencer, baigné de taches de rousseur. Elle ne trouva rien.

— Tu es sûr ?

— C'est ce que m'a dit ma grand-mère. Quelque part en chemin, le « T » a été abandonné pour occidentaliser le nom de famille. Si bien que votre grand-père s'appelle désormais M. Sung.

— Je suis à moitié chinois, chuchota Spencer, ravi.

Hedy fit le calcul dans sa tête.

— Un seizième chinois… Ta grand-mère aussi est magicienne ? demanda-t-elle à Soumitra.

— Elle voit des choses que les autres ne voient pas, mais elle n'a jamais été magicienne. Et maintenant, elle vend des trucs. Des accessoires normaux pour les illusionnistes, et d'autres trucs.

— Quel genre d'autres trucs ? voulut savoir Spencer.

— Oh, rien d'intéressant, éluda Soumitra en toussotant. Des trucs barbants.

Pourtant, le limier intérieur d'Hedy s'était mis à renifler furieusement, ce qui signifiait que ces « trucs » étaient tout sauf barbants. Elle continua de se promener dans la pièce, examinant les posters d'autres magiciens, et s'arrêta devant la photographie d'un homme minuscule aux cheveux vert vif qui sortait un énorme trombone de sa chaussette.

— C'est de ces « autres trucs » que papi John et Mme Pal sont en train de parler ? demanda-t-elle en essayant de prendre un ton dégagé.

— Oui, répondit Soumitra en redressant un portant chargé de capes de magicien. Ils se voient tous les deux ou trois mois. Ma grand-mère guette les produits que votre grand-père pourrait vouloir acheter.

— Papi John a déjà des tas de trucs, intervint Spencer. Sa maison en est remplie et personne n'a le droit d'y toucher. C'est vraiment du gâchis.

— Il fait preuve de prudence, j'imagine.

— Quel genre de choses aime-t-il acheter ? insista Hedy.

— Des trucs ultra magiques ? ajouta Spencer en secouant une boîte de faux glaçons.

— Certains types aiment collectionner les vieilles voitures qui ne fonctionnent plus. Elles restent dans leurs garages à amasser de la poussière, mais ils aiment quand même les admirer et penser à l'époque où elles étaient neuves. Je pense que votre grand-père est comme ça, mais avec des objets… plus insolites, disons.

— Pourtant, certains des trucs de papi fonctionnent encore, lança Spencer, et Soumitra haussa brusquement les sourcils. Mais ne dis pas à papi qu'on est au courant ! Pas vrai, Hedy ?

Celle-ci s'était éloignée et se trouvait désormais devant l'immense affiche d'un autre magicien, un certain Sébastien Sello. Sur l'illustration, on le voyait survoler le London Bridge avec de magnifiques ailes sur le dos.

— Il faut que vous fassiez attention, sérieusement, dit le jeune homme d'un ton grave. Certaines choses peuvent être imprévisibles. C'est comme les voitures, elles peuvent être dangereuses si on ne sait pas les conduire.

Hedy hocha la tête vigoureusement. Il était temps de changer de sujet.

— C'est la première fois que je vois papi John content de rendre visite à une personne qui n'est pas de notre famille, lança-t-elle. Je ne crois pas qu'il ait des amis. Personne ne vient jamais le voir, à part tonton Peter, son frère.

— Vraiment ? demanda Soumitra, apparemment surpris. C'est une bonne nouvelle. Il faut croire que des frères arrivent parfois à dépasser leur rivalité, avec l'âge.

Leur rivalité ? En y repensant, c'était vrai que papi John et tonton Peter semblaient ne pas se supporter, parfois. Elle se demanda si ça avait été pire autrefois.

— Votre grand-père a tourné le dos au côté show-business de la magie, poursuivit Soumitra. Certaines personnes n'ont pas été très sympas avec lui après que votre grand-mère…

Il n'alla pas plus loin, mal à l'aise. Soudain, son visage s'illumina.

— Ça vous dirait d'essayer des costumes ?

Ils passèrent un certain temps à fouiller dans un panier rempli de tenues de scène abîmées, puis le téléphone de Soumitra vibra dans sa poche. Il lut le message.

— Votre grand-père est prêt. Je dois aller l'aider à charger son achat dans la voiture.

— C'est Mme Pal qui t'a envoyé un texto ? demanda Hedy avec curiosité en jetant un coup d'œil à l'escalier.

Il hocha la tête.

— C'est plus facile pour elle que de crier depuis là-haut.

— Je ne suis même pas sûre que papi John sache se servir d'un téléphone qui n'est pas fixé à un mur, commenta la jeune fille.

Soumitra les précéda dans l'escalier grinçant.

— Pas de photos là-haut, avertit-il gentiment Spencer avant d'ouvrir la porte.

Mme Pal et papi John étaient debout autour d'un objet massif, de forme irrégulière et enveloppé dans un drap. Hedy repéra aussi deux paquets cadeaux à côté de la veste de son grand-père.

— Est-ce que ça va tenir dans votre voiture ? demanda Soumitra.

Papi John fit la moue.

— Peut-être, si on démonte les trois parties principales. On pourrait les empiler les unes sur les autres.

Le jeune homme acquiesça et faillit retirer le drap, mais papi John l'arrêta d'un geste sec et se racla la gorge en jetant un bref coup d'œil aux enfants. De toute évidence, il ne voulait pas qu'ils voient de quoi il s'agissait.

— Et si vous alliez discuter un peu avec Mme Pal pendant que Soumitra et moi chargeons la voiture ? leur suggéra-t-il. Ce ne sera pas long.

CHAPITRE 9
Les mains dorées

Hedy et Spencer suivirent les pas traînants de la vieille dame dans un couloir exigu jusqu'à un large atelier. Un long plan de travail en bois s'étirait sur toute la pièce, équipé d'encriers incrustés et assorti d'une boîte à outils dépliante.

Comme Mme Pal se dirigeait lentement vers une porte derrière l'établi, Hedy en profita pour observer le peu qu'elle apercevait de la pièce suivante. Tout un fatras d'objets hétéroclites était suspendu à des baguettes en bois qui s'entrecroisaient en l'air : des lunettes, des dominos qui semblaient faits de pierres précieuses insérées dans du verre, une sorte d'appareil à mesurer composé de cadrans petits et grands, et plein d'autres choses encore. Hedy crut même voir une minuscule boîte de jambon en conserve.

Un morceau de tissu rond et pâle était tendu en dessous de tout ça, tel un filet de sécurité. Soudain, un rayon de soleil pénétra dans la pièce et, rebondissant sur cette étrange installation, se scinda et fusa dans toutes les directions. Tous les objets projetaient un faisceau de couleur différente : violet, ambre, magenta et émeraude. Des gribouillis obscurs apparurent sur le tissu. Les enfants se tenaient trop loin pour bien les distinguer, mais Mme Pal fit claquer sa langue d'un air très satisfait.

— C'est quoi ? demanda Spencer.

— Une expérience, répondit-elle en fermant la porte. Une façon de voir les choses.

— Avec du jambon en boîte ? plaisanta Hedy.

— Tu serais étonnée par tout ce qu'on peut voir avec du jambon en boîte, répliqua Mme Pal, amusée.

— Pourquoi ? Le jambon en boîte possède des pouvoirs ?

— Certaines choses peuvent évoluer ou s'intensifier avec le temps – leurs qualités intrinsèques mijotent et se mêlent jusqu'à former quelque chose de bien plus grand que ce qu'elles étaient à la base.

La vieille femme gloussa, et Hedy se demanda si elle plaisantait.

Un claquement de mains les interrompit et attira leur attention sur quelque chose de plus surprenant encore : une collection de mains dorées, fixées sur un tableau en bois massif lui-même monté sur le mur. Il y en avait plus de vingt, et toutes tenaient des cartes, des foulards ou d'autres accessoires. Comme les enfants s'en approchaient, elles se mirent à bouger. Certaines agitaient les doigts, d'autres fermaient et ouvraient le poing, d'autres encore réalisaient des rotations du poignet. Sous chaque paire, des plaques indiquaient des noms de scène tels que Le Fantastique

Forrest Maymon, Ethel l'Incroyable ou Le Remarquable Rastafari.

— Qu'est-ce que c'est que ce truc ? s'exclama Spencer.

— Ce sont des moulures de mains de magiciens décédés. Mesdames, dit-elle aux mains, je vous présente les petits-enfants de John Sung.

Les vingt-deux mains se figèrent, sous le choc. Hedy ne s'était jamais sentie scrutée de façon aussi intense. Les mains semblaient comme impressionnées.

La première paire à se reprendre fit coucou à Spencer. Nerveux, celui-ci s'en approcha. Il s'agissait des mains d'un certain Samuel Garcia, magicien, qui tenaient deux vieilles pièces de monnaie. Samuel mit ses mains à plat, paumes vers le haut, comme pour demander à Spencer de faire la même chose. Celui-ci s'exécuta, et le magicien tendit alors son index comme si c'était un pistolet. Il tira une première fois, puis une deuxième, et une, puis deux pièces apparurent dans la paume de Spencer. Deux vieilles pièces en argent comme il n'en avait jamais vu, marquées d'un écu en forme de croix. Samuel referma le poing et le secoua, puis désigna Spencer. Le petit garçon l'imita, faisant tinter les pièces à l'intérieur de son poing. Sur un geste du magicien, il rouvrit la main. Les pièces avaient disparu.

— Quoi ?! s'exclama-t-il.

Samuel lui prit les mains et les tourna plusieurs fois dans tous les sens, comme s'il cherchait l'argent évaporé. Puis il lui demanda par mimes de former un pistolet avec ses doigts et de faire semblant de tirer à deux reprises.

Une pièce, et puis une autre, semblèrent alors jaillir de l'index de Spencer et atterrirent dans la paume du magicien. Hedy en resta bouche bée.

— Comment il a fait ça ? demanda le garçon, émerveillé.

Samuel agita l'index de gauche à droite, comme pour dire non.

— C'était de la magie ou juste un truc ? s'enquit Hedy.

— Un vrai magicien ne révèle jamais…, commença Mme Pal, mais elle n'alla pas plus loin, distraite par quelque chose.

Les deux enfants se retournèrent. La vieille femme les examinait intensément. Les poils se dressèrent sur la nuque d'Hedy.

— Quelque chose vous a contactés, murmura Mme Pal.

Les enfants échangèrent un coup d'œil. Parlait-elle de Doug et Stan ? De Simon ? La vieille dame ferma les yeux derrière ses épaisses lunettes, mais son visage ridé resta tourné vers eux.

— Vous avez été contactés par un esprit de la famille, poursuivit-elle.

— Mamie Rose, chuchota Hedy, le cœur battant la chamade. Comment le savez-vous ? Ça fait un moment qu'elle ne nous a rien dit.

— Sa marque est là, sur vous, même si elle-même est absente, comme un bleu qui s'estompe et qu'on oublie.

— Est-ce que papi John peut le voir ?

Mme Pal secoua la tête et rouvrit les yeux.

— Votre grand-père vit tellement immergé dans son souvenir que pour lui, cela reviendrait à distinguer une goutte de pluie dans un déluge.

— Elle nous a demandé de la retrouver, lâcha Hedy. On ne l'a pas encore dit à papi.

Mme Pal écarquilla les yeux.

— Votre grand-père croit qu'elle est morte.

— C'est ce que vous croyez, vous aussi ?

La vieille femme fronça les sourcils, retira ses lunettes et sortit de sa poche un mouchoir de magicien en soie pour les nettoyer.

— Il y a eu des rumeurs. Mais cela remonte à bien longtemps, et elles provenaient de sources auxquelles je ne me fierais guère.

— Pourquoi mamie Rose peut nous toucher, nous, mais pas lui ? demanda Spencer.

Elle réfléchit pendant un long moment.

— Peut-être parce que vous êtes du même sang qu'elle, et pas lui. Mais je crois que la vraie raison, c'est qu'il s'est fermé au pouvoir de la grande magie. Et ce faisant, il s'est aussi fermé à Rose. Il collectionne et protège, mais il refuse de regarder la magie en face.

Alors qu'elle se grattait la tête d'un air songeur, Hedy lui trouva une forte ressemblance avec Soumitra. Les manches de la vieille femme se relevèrent brièvement et Hedy aperçut des tatouages sur ses poignets.

— Alors, les enfants, où est-elle ? insista Mme Pal.

— On n'en sait rien, avoua Hedy.

D'une voix hésitante d'abord, puis à toute vitesse, elle lui raconta tout sur le « TROUVEZ-MOI » dans la poussière, et sur Doug, Stan et Simon.

— Vous savez où elle pourrait être ? demanda-t-elle ensuite.

— Si elle peut vous voir, Rose doit être quelque part dans la maison, mais je n'en sais pas plus…, admit la vieille femme, impuissante.

— Comment on peut la retrouver ?

Mme Pal balaya sa pièce de travail du regard, à la recherche d'inspiration.

— J'entends papi John, dit soudain Spencer.

Des bruits de pas leur parvinrent en effet depuis le magasin, ainsi que la voix de Soumitra en train de raconter une blague.

— Qu'est-ce qu'on doit faire, madame Pal ? chuchota Hedy d'un ton pressant.

Mais c'était trop tard ; papi John passait déjà la tête dans la pièce.

— Prêts à y aller ? lança-t-il.

La vieille dame se leva et lui adressa un sourire cordial, comme si les enfants et elle n'avaient discuté que de jambon en boîte.

Alors qu'Hedy passait devant les mains dorées, celles d'Ethel l'Incroyable lui firent signe de s'arrêter, puis formèrent un cœur avec les doigts. Hedy sourit et l'imita. Du coin de l'œil, elle vit que Samuel avait remis sa main en pistolet et faisait mine de tirer sur sa poche. Elle gloussa, lui rendit la pareille, puis elle se hâta de rejoindre les autres.

Il faisait plus froid dehors, désormais, et les enfants frissonnèrent. Soumitra leur apprit une poignée de main compliquée pour leur dire au revoir, et Mme Pal leur tapota la tête en les invitant à revenir les voir. Elle n'eut pas l'occasion de répondre à la question d'Hedy.

Ils avaient déjà parcouru la moitié du trajet jusqu'à Marberry's Rest quand la jeune fille repensa aux adieux d'Ethel et de Samuel. Elle se rendit alors compte qu'elle avait une carte de visite dans sa poche, celle sur laquelle le magicien avait fait semblant de tirer. Sur le recto apparaissait le nom du magasin, *La Palissade*, ainsi qu'un numéro de téléphone. Au verso, dans une écriture très arrondie, un étrange avertissement :

Demandez l'aide de Personne.

CHAPITRE 10
QUELQUE CHOSE ENTRE LES DEUX

Papi John ne voulut pas rentrer son achat dans la maison devant les enfants.

— Soumitra m'a aidé à le démonter, et les pièces ne sont pas trop lourdes, se justifia-t-il avec désinvolture en verrouillant la voiture. Je m'en occuperai plus tard.

— Et les paquets-cadeaux ? pointa Spencer.

Leur grand-père réprima un sourire.

— Allez, rentrez. Vous tremblez de froid.

C'était vrai. La sensation glacée qu'ils avaient éprouvée au contact de Simon s'était propagée de leurs bras jusqu'à leur poitrine, et l'air hivernal semblait les mordre à travers les manches de leurs manteaux. À l'intérieur, Hedy enfila ses mitaines pour pouvoir tourner les pages de son livre tout en réchauffant la main avec laquelle elle avait touché Simon. Spencer, qui avait perdu ses gants, bien entendu, enfila une longue chaussette de foot jusqu'au coude.

Cette visite à la Palissade avait beau l'avoir mis de bonne humeur, papi John n'autorisa pas son petit-fils à garder cette chaussette sur sa main pendant le dîner, et Hedy dut elle aussi retirer ses mitaines.

— Mais ma main est tellement froide ! protesta Spencer.

— Pourquoi ? Qu'est-ce que tu lui as fait ? demanda papi John.

Ils ne dirent pas un mot. Ils n'allaient quand même pas répondre *On a touché un fantôme* !

Ils se sentirent mieux après une bonne soupe et une douche bien chaude, mais ils rajoutèrent quand même un pull par-dessus leur pyjama au moment de se coucher. Hedy n'arrivait pas à dormir : elle repensait sans cesse au message sur la carte de visite.

— Spencer, ça veut dire quoi « Demandez l'aide de personne », à ton avis ? finit-elle par murmurer. Ça me rappelle un peu ce que Simon nous a dit…

— J'en sais rien, marmonna-t-il dans son oreiller. Sûrement qu'il faut demander à personne de nous aider, non ?

— Alors on va devoir se débrouiller seuls, soupira-t-elle en fixant le plafond. Et on ne doit en parler à personne non plus ?

— Doug et Stan ne sont pas vraiment des « personnes ». On doit pouvoir leur demander de l'aide, à eux.

Hedy leva les yeux au ciel, atterrée par la logique de son petit frère de huit ans. Pourtant, quelque chose la turlupinait, comme un petit pois sous son matelas. Elle pressa ses mains sur ses yeux. Le fil ténu d'une idée se déployait dans l'obscurité, prêt à être saisi, à condition qu'elle ne tende pas la main trop vite, au risque de le voir s'enfuir.

Demandez l'aide de personne, ne demandez d'aide à personne, demandez l'aide de personne…

Elle se redressa brusquement dans son lit.

— Qu'est-ce qu'il y a ? s'alarma Spencer.

Elle repoussa sa couette et enfila sa robe de chambre, glissant la carte de Mme Pal dans sa poche.

— Viens, lui dit-elle.

— Où ça ?

— Il faut qu'on vérifie quelque chose.

— Qu'est-ce que vous manigancez, bande de fripouilles ? demanda Stan lorsqu'ils apparurent dans l'embrasure de la porte.

— On cherche un indice, répondit Spencer en souriant.

Hedy passa l'étagère en revue, à la recherche du livre relié de cuir qui s'était jeté par terre lors de leur première soirée ici. Quand elle finit par le trouver, Spencer, enroulé dans la moitié inférieure de Doug le Tapis, observait la patte dont l'ours s'était servi pour ouvrir la porte de Simon. La fourrure avait encore pâli sur la zone concernée, qui semblait s'être agrandie.

— Qu'est-ce que tu fabriques, petit ? lui demanda Doug en se tordant le cou pour le regarder.

— J'essaie de me réchauffer, répondit Spencer. On a de plus en plus froid, Hedy et moi, depuis qu'on a touché Simon.

— Je me demande si c'était une bonne idée de vous faire entrer dans cette pièce et d'impliquer Simon là-dedans, soupira Stan en secouant la tête d'un air inquiet.

— En effet, tu as déjà eu de meilleures idées, acquiesça l'ours.

Le cerf plissa ses yeux marron.

— Qu'est-ce que tu as dit, vieille peau élimée ? Ah oui, tu as raison, c'était *notre* idée à tous les deux.

— Calmez-vous, les amis, intervint Hedy, ce n'est pas grave. Je crois que Simon nous a donné un indice. Et aujourd'hui, des mains d'anciens magiciens m'ont conseillé de « demander l'aide de personne ».

S'installant par terre près de Spencer et Doug, elle ouvrit l'album sur ses genoux et commença à tourner les pages une par une, examinant les prospectus et les coupures de presse.

— Qu'est-ce que tu cherches ? demanda son frère.

— Une pub, répondit-elle.

Elle ne voulait pas en dire plus, de peur que cela lui porte la poisse et que sa théorie se révèle fausse. Soudain, les pages sur sa droite se soulevèrent d'elles-mêmes, comme si elles *voulaient* être tournées. Hedy les laissa faire et se mit à feuilleter l'album plus rapidement, survolant des années de spectacles acclamés par la critique de « L'Extraordinaire John Sung, magicien ». D'un seul coup, les pages se mirent à défiler de façon incontrôlable.

— Elles avancent toutes seules ! s'écria Hedy en retirant ses mains.

Les pages allaient à toute vitesse désormais, comme si l'album possédait une volonté propre, et un vent venu de nulle part se mit à souffler. Hedy repoussa le livre de ses genoux et recula. Spencer se cacha dans sa caverne en fourrure d'ours.

La fenêtre s'ouvrit subitement, poussée par une rafale, et un tourbillon d'air glacial entra dans la pièce, arrachant une page de l'album, qui s'envola et se mit à planer de-ci de-là, tel un oiseau qui ne voulait pas qu'on l'attrape. Mais comme elle passait derrière Stan, celui-ci ramena brusquement la tête en arrière et la plaqua contre le mur avec l'extrémité de ses bois.

— Oh, bien joué, Stanley ! le félicita Doug.

Le vent tomba aussi vite qu'il s'était levé. Le cerf relâcha sa position inconfortable et la feuille de papier retomba tranquillement jusqu'au sol.

— C'était quoi, ça ? demanda Spencer. C'est le livre qui a fait ça ?

— C'était mamie Rose ? ajouta Hedy.

Stan secoua la tête, incertain.

— C'est la première fois qu'une chose pareille se produit ici.

Les enfants s'agenouillèrent au-dessus de la page de l'album. La jeune fille en eut le souffle coupé. La force qui avait arraché cette page, quelle qu'elle soit, savait très bien ce qu'Hedy cherchait : l'article pas très ragoûtant qu'elle avait vu lors de leur premier soir ici.

Il parlait d'un magicien dont le tour le plus célèbre était l'autodécapitation : apparemment, il se coupait la tête, puis la rattachait. Il se faisait appeler « L'Extraordinaire Albert Personne ».

— Papi John le connaît ! s'exclama Spencer en désignant une photo sur laquelle cinq magiciens en tenue de scène jetaient joyeusement leurs chapeaux en l'air.

D'après la légende, entre les Frères du Bifrost (Anders et Morten) et l'Extraordinaire Albert Personne se tenaient les Stupéfiants Frères Sung : papi John et tonton Peter jeunes.

— Ça m'étonnerait que ça nous aide, grogna Hedy.

Elle était démoralisée : l'article qu'elle venait de lire était une notice nécrologique – c'est-à-dire un court texte biographique sur un individu…

— Mort, chuchota-t-elle. Albert Personne est mort.

Entre leur découverte sur Albert Personne et le froid qui se propageait dans leur corps, les enfants passèrent une mauvaise nuit. Quand ils se réveillèrent, tard le lendemain matin, ils avaient l'impression d'être l'un des plats congelés de Mme Vilums. Suivant l'exemple de son frère, Hedy enroula une couverture en laine par-dessus ses vêtements, puis ils descendirent prendre le petit déjeuner en se dandinant, tout emmaillotés.

— Mais qu'est-ce que c'est que cet accoutrement ? demanda papi John en regardant leurs couvertures d'un air désapprobateur.

— Je crois qu'on a pris froid, répondit Hedy, ce qui n'était pas tout à fait faux.

— Est-ce qu'il reste un peu de soupe ? s'enquit Spencer avec espoir.

Il n'en restait plus, mais leur grand-père leur prépara un thé au citron et au miel, et ils engloutirent toast chaud sur toast chaud jusqu'à ce que tout le pain ait disparu.

Mme Vilums arriva alors qu'ils finissaient la vaisselle et les salua avec entrain tout en suspendant son manteau sur la patère près de la porte de derrière. Hedy sentit qu'elle les observait tenter maladroitement de ranger la vaisselle d'une seule main.

Fronçant les sourcils d'un air inquiet, la cuisinière posa une main sur le front de la jeune fille, puis sur ses joues.

— Tu es glacée, dit-elle lentement, et Hedy eut l'impression qu'elle savait tout sur le fantôme du piano. Il faut que tu sortes prendre le soleil.

— Madame Vilums, je doute que sortir dans le froid soit très sage alors qu'elle a justement pris froid, intervint papi John depuis l'embrasure de la porte, s'apprêtant à rejoindre son bureau.

— Et je crois qu'il n'y a pas beaucoup de soleil aujourd'hui, ajouta Hedy d'un air dubitatif.

— Seul le soleil peut guérir ce genre de coup de froid, insista Mme Vilums. Tu pourras te couvrir autant que tu veux, ça ne servira à rien. Ne vous en faites pas, monsieur Sung, je les surveille. Spencer ? (Elle lui fit signe d'approcher et toucha sa joue d'un air contrarié.) Tu as toi aussi besoin de soleil, jeune homme.

Elle ouvrit la porte de la cuisine à toute volée et contempla le ciel, aussi immobile que les statues sur le toit de papi John. On apercevait au loin une large bande de ciel bleu. Elle pointa son doigt blanc sur le jardin.

— Bien des choses froides peuplent déjà cette maison, dit-elle doucement alors que les enfants sortaient. Vous ne devriez pas en faire partie.

Cette remarque inquiéta encore plus Hedy.

— Viens, lança Spencer en lui donnant un coup de coude. On va retourner voir les statues.

Un sycomore dégarni faisait de l'ombre au jardin en pente, à flanc de colline. Les enfants s'engagèrent sur le sentier rendu glissant par des restes de neige et les plantes qui l'envahissaient. Il était surplombé d'une longue arcade en bois recouverte d'épines qui, l'été venu, se transformerait en un tunnel de roses grimpantes.

Deux murs traversaient le jardin. Le premier, bas, en brique, délimitait un potager à l'abandon. Le second, plus éloigné de la maison, était plus haut et paraissait plus ancien. Il abritait une étonnante collection de grandes statues en pierre.

Il y avait un gros lion chinois avec un lionceau sous sa patte, un bélier dont les cornes recourbées arrivaient presque à la tête d'Hedy et une femme en robe longue tenant une bassine envahie par le lierre. Et tout au bout du jardin, deux silhouettes encapuchonnées en pierre noire étaient assises sur un banc, chacune à un bout, laissant un espace entre elles.

— Qu'est-ce que t-t-tous ces trucs font là ? demanda Spencer en claquant des dents.

— On dirait un cimetière pour statues, fit remarquer sa sœur.

Le garçon jeta un coup d'œil à l'intérieur de la bassine de la femme couverte de lierre.

— Hedy, viens voir ça !

Trois gros œufs reposaient sur un lit de brindilles et d'herbe séchée. Malgré leur coquille gris anthracite, ils n'avaient pas l'air d'être en pierre. Curieuse, la jeune fille en ramassa un, et son frère l'imita. Ils étaient légers.

— Je pense que ce sont de vrais œufs, dit-elle.

— Mais de quel oiseau ?

— Ils sont trop gros pour avoir été pondus par des poules. Et puis les œufs de poule ne sont pas de cette couleur.

Soudain, Hedy fut prise d'un frisson si violent qu'elle faillit faire tomber l'œuf ; elle le remit délicatement dans la bassine, en sécurité. Elle ne sentait presque plus ses orteils et ses doigts.

— Tu as les lèvres toutes bleues, dit Spencer en glissant l'œuf dans la poche de son manteau. Tu crois qu'on est en train de se transformer en fantômes parce qu'on a touché Simon ?

— Impossible, répondit-elle, même si elle craignait qu'il n'ait raison. Les fantômes sont les esprits de personnes mortes, pas des gens vivants transformés en esprits.

— Mais si on se transformait en quelque chose entre les deux ? insista le garçon, inquiet.

— On ne se transforme en rien du tout, affirma Hedy avec plus de conviction qu'elle n'en éprouvait vraiment, avant de se frotter les joues. Mme Vilums a dit qu'on devait se mettre au soleil et que ça irait mieux. Regarde !

Elle pointa le doigt sur un bout de ciel bleu et, engoncés dans leur couverture, ils marchèrent péniblement jusqu'à la portion de pelouse frappée par les faibles rayons de soleil. Au début, ils ne sentirent rien, mais au bout d'un moment, Hedy se rendit compte que ses orteils, ses doigts, ses bras et ses jambes se dégelaient et se décontractaient. Les lèvres de Spencer perdirent leur teinte mauve et ses dents cessèrent de s'entrechoquer.

— Ça a marché, murmura-t-il. Je ne toucherai plus jamais un fantôme. Qu'est-ce qui se serait passé si on n'avait pas réussi à trouver du soleil ?

Derrière la fenêtre, Hedy voyait Mme Vilums aller et venir dans la cuisine.

— Mme V a l'air de le savoir, répondit-elle.

Spencer suivit son regard.

— Tu penses qu'on devrait lui demander, pour Personne ?

CHAPITRE 11
UNE SORTE DE FLAMANT

Quand ils ouvrirent la porte de derrière, Mme Vilums les attendait.

— Comment vous vous sentez maintenant, les enfants ? demanda-t-elle.

— Mieux, répondit Hedy. Merci.

La cuisinière posa les yeux sur Spencer.

— Et toi, jeune homme ?

Celui-ci retira son chapeau d'aviateur.

— Moi aussi, merci.

— Dans ce cas, vous êtes tirés d'affaire, dit-elle avant de disparaître dans la buanderie.

Les enfants la suivirent à pas de loup. Ils la trouvèrent devant l'évier de la buanderie, occupée à laver deux chiffons.

— Comment vous saviez qu'on devait se mettre au soleil ? demanda subitement Hedy.

— Je le savais, c'est tout, répondit Mme Vilums en se retournant légèrement. Ça paraît logique de prendre le soleil quand on a froid, non ?

— Pas en Angleterre. Ici, on peut attendre le soleil pendant des années.

La cuisinière rit doucement.

— Est-ce que vous étiez magicienne autrefois, comme papi John ? souffla Spencer en jetant un regard méfiant derrière lui.

— Moi ? Non.

Les enfants l'observèrent un instant puis, sans se consulter, ils s'avancèrent un peu plus dans la pièce, comme pour lui bloquer le passage. Quand elle commença à sortir un seau et une serpillière, Hedy se lança :

— Est-ce que vous savez comment entrer en contact avec Albert Personne ?

Mme Vilums appuya trop fort sur le flacon qu'elle tenait entre ses mains, faisant gicler du détergent un peu partout. Elle déglutit, et ses oreilles rosirent un peu.

— Je vous demande pardon ?

— Albert Personne. Y a-t-il quelque chose à lui dans la maison ?

La femme entreprit d'essuyer l'évier. Puis, sans les regarder, elle reprit la parole d'un ton neutre.

— Je n'ai jamais entendu parler d'un Albert Personne.

Teur ! Teur !

Ils se figèrent tous les trois sous l'effet de la surprise. Puis Spencer mit la main dans la poche de son manteau et en sortit délicatement l'œuf en pierre. Celui-ci remua très légèrement dans sa paume, et de fines marbrures cuivrées se mirent à palpiter sur la coquille gris foncé. Le gazouillis étouffé se fit de nouveau entendre : *Teur ! Teur !*

— Qu'est-ce que vous avez là ?

Ils sursautèrent. Papi John, qu'ils n'avaient pas entendu approcher, venait de se matérialiser dans l'embrasure de la porte.

— Un œuf ! s'exclama Spencer.

Leur grand-père semblait stupéfait. Il fixa l'œuf un long moment en se grattant le menton.

— Il était comme ça quand vous l'avez trouvé ? demanda-t-il finalement.

— Non, il était gris comme de la pierre, répondit Hedy.

— C'est quoi, papi ? s'enquit Spencer en caressant doucement la coquille. Quel genre d'oiseau, je veux dire ?

Leur grand-père hésita. Il tendit un doigt vers l'œuf, mais il laissa retomber sa main avant de l'avoir touché.

— Eh bien, c'est une sorte de fla… de flamant. Les œufs étaient déjà dans la bassine quand j'ai acheté cette statue, alors je les y ai laissés. J'aimerais que vous le remettiez là où vous l'avez trouvé.

Juste à ce moment, on sonna à la porte, et des voix d'enfants étouffées leur parvinrent.

— Max et Jelly sont là ! s'écria Spencer en fonçant en direction du couloir.

Hedy s'élança derrière lui, mais alors qu'elle manquait trébucher dans l'embrasure de la porte, elle aperçut du coin de l'œil une bosse dans l'encadrement, comme celle qu'ils avaient vue dans le parquet, lors de leur première soirée. La bosse tremblota un instant avant de rétrécir et de disparaître.

Tonton Peter et Jelly attendaient sur le porche avec un véritable sapin de Noël. Un carton débordant de guirlandes et de décorations était posé par terre, sans doute abandonné par Max, qui lançait désormais une boule de neige sur Spencer.

— J'ai piqué toutes les préférées de ma mère ! s'exclama Jelly en désignant la boîte de décorations.

— J'espère que vous n'avez pas l'intention d'apporter tout ça à l'intérieur ! lança papi John d'un ton courroucé en voyant l'esprit de Noël se rapprocher inéluctablement de sa porte d'entrée.

— Ce n'était pas mon idée, se défendit tonton Peter en riant.

— Mon école de gym vend des sapins de Noël, c'est une collecte de fonds, expliqua Jelly, alors on en a acheté un pour vous faire une surprise – le plus beau qui restait !

— Vous auriez pu appeler avant, grommela papi John.

— Papi était sûr que vous seriez à la maison, lança Max, car il dit que tu es un ermite, ce qui veut dire que tu ne vas jamais nulle part !

Tonton Peter réprima un gloussement.

— Désolé, mon vieux, mais c'est vrai. (Il sortit de sa poche un bonnet de père Noël identique à celui qu'il portait et l'enfonça sur la tête de son frère.) Ne sois pas aussi rabat-joie. Tu ne peux pas recevoir tes petits-enfants à Noël sans un vrai sapin.

Ravis, Hedy et Spencer suivirent leurs cousins dans le salon, où Jelly voulait à tout prix installer le sapin. Les deux grands-pères se chargèrent de placer l'arbre sur son support.

— J'ai plein de choses à te raconter ! murmura Hedy à sa cousine, juste au moment où celle-ci chuchotait : « J'ai quelque chose à te montrer ! »

Elles éclatèrent de rire et sortirent dans le couloir.

— Vous l'avez trouvée ? demanda Jelly.

— Non, mais on a découvert un tas d'autres trucs. Des trucs dans le même genre que le triangle des Bermudes.

— Nan, tu exagères ! Tu aurais pu m'appeler, quand même !

Dès qu'elles le purent, elles envoyèrent leurs grands-pères prendre le thé dans la cuisine. Quand elles revinrent dans le salon, Spencer et Max étaient occupés à trier les décorations par genre et par couleur. Jelly entraîna Hedy et Spencer un peu à part.

— Regardez ça !

Elle leur fourra son téléphone dans les mains, puis elle alla aider son frère. Hedy et Spencer se glissèrent dans l'espace étroit derrière le canapé et prirent chacun un écouteur. Jelly avait préparé une vidéo qu'elle avait sauvegardée. Il s'agissait d'un extrait tiré d'un documentaire intitulé *Les Grands Mystères des magiciens*. On y voyait l'Extraordinaire John Sung dans une salle de spectacle, la Castille. Ils ne reconnurent pas leur grand-père. Sa voix était la même, mais le discours du jeune homme était rapide et assuré, celui d'un véritable showman dans la fleur de l'âge. Soudain, une jeune Rose le rejoignit sur scène. Elle avait moins de trente ans et portait un costume à paillettes. Malgré la qualité médiocre de l'image, il ne faisait aucun doute qu'ils se regardaient avec amour. Ils se tinrent la main pendant un moment, puis ils se séparèrent et contournèrent une grande boîte dont la hauteur arrivait à peu près à la taille de John.

C'était donc elle, la boîte au cœur de tout ce mystère.

— Le Kaléidos, souffla Hedy.

Il s'agissait d'un rectangle parfait composé de centaines de cubes aux facettes en miroir, tous à peu près deux fois plus petits qu'un poing. Ils pouvaient être déplacés de différentes manières qui semblaient toutes défier les lois de la physique : ils s'écoulaient comme une cascade, se repliaient comme de la pâte ou s'éparpillaient comme des dés sur un plateau de jeu. Après avoir fait au public une démonstration de la capacité remarquable du Kaléidos à se métamorphoser, John marcha jusqu'à l'autre bout de la scène et, sans toucher la boîte, il agita les mains pour lui redonner sa forme initiale.

Il choisit ensuite un spectateur au hasard, un homme costaud d'âge moyen, et l'invita à monter sur scène et à essayer de faire bouger les cubes ne serait-ce que d'un centimètre. En vain. John fit alors tourner le Kaléidos sur lui-même, puis il demanda à l'homme de se placer sur la seule trappe dans le plancher de la scène, pour s'assurer que rien ni personne ne pourrait passer par là. Il retourna ensuite vers la boîte dont il ouvrit la face antérieure. Rose salua le public d'un geste de la main, puis elle se recroquevilla à l'intérieur du Kaléidos et John le referma.

Des flammes de trente centimètres de haut jaillirent alors des cubes. L'homme sur scène tressaillit. Le public était soufflé. John enfonça plusieurs rangées de cubes à l'endroit où Rose aurait dû se trouver, sans que le feu le blesse. Puis il recula d'environ deux mètres et, en remuant les bras, il déplaça les cubes enflammés jusqu'à ce que toute la boîte soit sens dessus dessous. Il semblait impossible qu'une personne soit blottie à l'intérieur. John fit ensuite pivoter la boîte et les flammes s'éteignirent. D'un geste théâtral, il ouvrit de nouveau la face avant, s'attendant de toute évidence à retrouver Rose, entière et épargnée par le feu.

Mais elle n'était pas là.

John sursauta et dit en plaisantant qu'elle devait être en train de se repoudrer le nez. Refermant le Kaléidos, il demanda alors au public de compter jusqu'à trois avant de le rouvrir.

Les rares applaudissements se dissipèrent rapidement quand tout le monde comprit que le tour n'était pas censé se dérouler comme ça. Elle n'avait pas réapparu. On n'entendait plus un bruit dans la salle à part John qui criait : « Rose ! »

Par-dessus un montage d'images de journaux télévisés et de photos d'articles de presse, une voix off expliquait ensuite plusieurs théories concernant cette disparition. Rose ne pouvait pas avoir brûlé, contrairement à ce qu'avait affirmé quelqu'un : on n'avait retrouvé ni corps ni la moindre cendre. Un membre de la communauté des magiciens avait tenté d'accuser John, mais, après avoir enquêté sur lui, la police l'avait lavé de tout soupçon. L'opération de recherche publique n'avait rien donné. À l'heure actuelle, presque tout le monde en était venu à croire qu'elle s'était tout simplement enfuie, qu'elle avait mené une vie à l'abri des regards et qu'elle était morte avant que quiconque puisse la retrouver.

Hedy savait que cette théorie se tenait. Sauf que tous ces gens n'avaient pas vu ce qu'eux avaient vu au manoir de Hoarder Hill : un message écrit sur un cadre poussiéreux…

Quand la vidéo se termina, ils la regardèrent une seconde fois avant de sortir à quatre pattes de leur cachette pour aller rendre son téléphone à Jelly. Leur cousine sortit un morceau de papier de la poche de son jean et le leur tendit.

— Qu'est-ce que c'est ? demanda Hedy tandis que Spencer le dépliait.

— Je me suis dit que vous aimeriez avoir cette photo d'eux.

Elle leur avait imprimé un article de journal illustré d'un cliché de John, Rose et le Kaléidos. D'après la légende, elle avait été prise juste avant que la jeune femme ne s'évapore, et montrait le couple de profil. Rose souriait gaiement au public ; un pas derrière elle, John lui tenait la main et la regardait avec un air radieux. Quelques instants après, ils se lâcheraient la main et commenceraient leur numéro. Et ils ne se reverraient plus jamais.

Hedy avait une boule dans la gorge. Elle renifla.

— Elle me plaît beaucoup, mais c'est tellement triste, expliqua-t-elle à sa cousine.

Jelly la serra dans ses bras avant de se tourner vers Spencer.

— On va démêler les guirlandes, Hedy et moi. Tu peux aller aider Max ?

Puis elle fit asseoir sa cousine par terre et déposa un tas de guirlandes devant elle.

— Alors, qu'est-ce que vous avez trouvé ?

Hedy lui raconta à voix basse tout ce qu'ils avaient découvert ces deux derniers jours, se sentant mieux à mesure qu'elle parlait. À chaque nouvelle révélation, Jelly écarquillait un peu plus les yeux : Doug et Stan, Simon, Mme Pal et les mains dorées, le froid, Albert Personne.

— Je veux rencontrer Doug et Stan ! s'exclama-t-elle en agrippant le genou de sa cousine.

— Papi n'était pas franchement content la dernière fois qu'il nous a surpris là-haut, lui rappela Hedy.

— *Brr*, non, c'est vrai. Il va falloir que les garçons l'occupent pendant, disons, dix minutes. Regarde, ils ont déjà terminé !

Spencer avait laissé Max monter sur ses épaules et ce dernier était en train d'accrocher soigneusement un ange au sommet du sapin en guise de touche finale. Hedy ne put s'empêcher de réaliser quelques ajustements pour que le rouge soit réparti de façon plus harmonieuse et qu'il y ait des stalactites en bas et pas seulement au milieu. Elle fut étonnée de voir cinq magnifiques boules sur lesquelles étaient peints différents illusionnistes en pleine représentation. Comme elles étaient toutes collées les unes contre les autres en haut de l'arbre, elle les déplaça aussi pour équilibrer un peu l'ensemble.

— Pourquoi tu touches aux magiciens? se plaignit Max. Je voulais qu'ils restent en haut, juste sous l'ange.

— Hedy est une vraie maniaque, expliqua Spencer d'un ton désabusé.

Elle le fusilla du regard. Il se hâta de quitter la pièce à reculons.

— J'ai faim. Viens, Max!

Jelly passa un bras autour des épaules de sa cousine.

— Le sapin est bien plus beau quand c'est une maniaque qui s'en occupe, la rassura-t-elle. Bon, je peux rencontrer Doug et Stan maintenant?

Hedy la précéda dans l'escalier et elles se dirigèrent sur la pointe des pieds vers la pièce à la porte verte, qu'elle commençait à considérer comme celle des animaux.

— Les amis? lança-t-elle avant de faire entrer Jelly et de refermer la porte derrière elle. Doug, Stan, voici ma cousine, Jelly.

— Je suis une amie et je viens en paix, promis juré, ajouta celle-ci.

Mais l'ours et le cerf demeurèrent parfaitement silencieux et immobiles. Hedy réessaya en s'agenouillant devant Doug pour le regarder dans les yeux.

— C'est bon, je lui ai parlé de vous. Et du message de mamie Rose. Elle ne dira rien à papi John.

L'ours ne cilla même pas.

— Pourquoi ils ne veulent pas me parler ? demanda Jelly.

— Je ne sais pas, répondit-elle en haussant les épaules, déçue. Tu veux voir la photo de Personne ?

Spencer et elle avaient passé une bonne demi-heure à remettre toutes les coupures de presse qui s'étaient envolées dans l'album. Hedy le sortit de la bibliothèque et les deux filles s'assirent sur le repose-pied pour le feuilleter jusqu'à l'article en question. Jelly se pencha sur la photo.

— Hé, regarde mon grand-père sans barbe. Comme il est mince ! gloussa-t-elle. Ils se ressemblaient, à l'époque. C'est lui, Personne ?

— Je suppose, répondit Hedy en relisant la légende.

— Il est plutôt mignon.

— Je suppose, répéta-t-elle en riant.

— Qui est mignon ? demanda Spencer, qui avait passé la tête dans la pièce.

Hedy referma brusquement l'album, agacée.

— Tu pourrais frapper !

— Ce n'est pas *ta* chambre, répliqua-t-il en entrant, suivi de Max. Alors, qui est mignon ?

— Oh, personne, répondit Jelly d'une voix chantante, ravie de sa propre petite plaisanterie.

Mais évidemment, Spencer ne tomba pas dans le panneau.

— Tu trouves que Personne est beau ? demanda-t-il, incrédule.

— Lequel est Doug et lequel est Stan ? les interrompit Max en observant les têtes d'animaux.

Hedy lança un regard noir à son frère.

— Je n'en reviens pas que tu lui en aies parlé !

— Pourquoi ? Tu l'as bien dit à Jelly, toi !

— Ouais, mais ils ne veulent pas me parler, intervint celle-ci, alors ça m'étonnerait qu'ils parlent à Max.

Hedy jeta un coup d'œil dans le couloir.

— Où sont papi John et tonton Peter ?

— Dans le garage, répondit Spencer. Ils se disputent sur la meilleure façon de construire un abri à hérissons.

— Vous devriez les rejoindre pour continuer à les distraire, dit Hedy.

— Mais j'ai envie d'explorer cette pièce ! rétorqua Max, qui était grimpé sur une table.

— Tu ne peux pas faire du parkour ici, lui rappela sa sœur.

— Je sais !

Il décrocha alors du mur le tas de plumes métalliques. En voyant les sangles en cuir brun avec des attaches usées pendues à l'épine dorsale, Hedy repensa soudain au poster de Sébastien Sello à la Palissade et comprit qu'il s'agissait de ses ailes.

— Est-ce que vous les avez essayées ? demanda Max, les yeux écarquillés.

— Tu n'as pas le droit de toucher aux affaires de papi, intervint sèchement sa cousine.

— Pourquoi vous ne les avez pas essayées ? insista-t-il, stupéfait.

Elle le foudroya du regard alors qu'il commençait à les enfiler.

— D'accord, céda-t-elle, plus pour l'arrêter qu'autre chose.

Elle prit les ailes et se tourna pour que les autres l'aident à les mettre. Elles étaient lourdes et rigides.

— C'est impossible que ces trucs-là fassent voler, dit-elle.

— Alors je peux les essayer ? la supplia Max. Ça risque rien, si elles fonctionnent pas.

— Rien qu'une minute.

Les ailes sur le dos – si lourdes qu'elles le faisaient tanguer –, le garçon se dressa fièrement sur la table.

— Je peux voler ! s'écria-t-il d'un air radieux en contemplant le plafond.

Et il sauta de la table tel un super-héros s'élançant dans le ciel. *Crac !* Une fraction de seconde avant qu'il ne touche le sol, l'une des ailes se déplia entièrement. Déséquilibré, il s'écroula sur le tapis en peau d'ours.

— Tu vois ? Si tu étais censé voler, tu serais né avec un bec ! souffla Doug avec mauvaise humeur.

Les quatre enfants en restèrent bouche bée.

— Les chauves-souris n'ont pas de bec et pourtant elles volent, répliqua finalement Spencer.

— Qui voudrait ressembler à une satanée chauve-souris ? lança l'ours, sans se laisser démonter.

— Le Maître ne serait pas content qu'ils soient au courant de notre existence, Douglas, intervint Stan, tendu.

— Je sais, admit l'ours en se grattant la tête. Mais c'est un peu tard, maintenant.

Max roula sur lui-même et se mit à genoux. L'aile à demi déployée se replia quand il se leva.

— Comment tu as fait pour faire bouger les ailes ? lui demanda Hedy. Tu as appuyé sur un bouton ?

Max secoua la tête en dévisageant Stan.

— Je sais pas. J'ai juste sauté.

— Bon, la minute est écoulée, dit Hedy.

Elle défit les attaches tout en cherchant un quelconque mécanisme qui aurait pu déclencher le déploiement de l'aile. À peine libéré, Max s'accroupit à côté de Spencer, juste devant la tête de Doug, ayant déjà oublié les ailes. Jelly grimpa quant à elle sur le repose-pied pour mieux examiner Stan.

— On voulait juste, vous savez, vous voir parler, et tout ça, expliqua-t-elle.

— Eh bien, vous nous avez vus, répliqua le cerf, alors vous feriez mieux de filer maintenant, sinon le Maître risque de vous reprendre ici – et alors, je n'aimerais pas être à votre place.

— Je peux vous filmer en train de parler ? demanda Jelly en fouillant dans sa poche.

— NON ! s'écrièrent en chœur Hedy et Spencer.

— Pourquoi ?

— Parce qu'ils sont à nous, répondit le garçon d'un air sévère.

Malgré toute l'affection qu'elle portait à sa cousine, Hedy doutait qu'elle soit capable de ne pas partager une vidéo pareille avec ses amis, sans parler de ses parents.

— C'est trop risqué, poursuivit-elle. Tonton Peter ou papi John pourraient la trouver.

Soudain, Spencer repensa à l'œuf dans sa poche. Il l'en sortit.

— Regardez ce que j'ai trouvé. Papi John dit que c'est un œuf de flamant.

— Un flamant, vous dites ? s'étonna Doug en l'examinant attentivement. Tiens donc…

— Je peux le voir ? intervint Stan.

Spencer refusa jalousement de laisser Jelly tenir l'œuf et alla le montrer lui-même au cerf.

— Ah, en effet, dit Stan en hochant la tête. De bien belles créatures.

— Tu en as déjà vu ? demanda Hedy. Je croyais qu'on n'en trouvait pas par ici.

— Il n'existe rien que le Seigneur du Bois de la Reine n'ait jamais vu, répondit-il d'un ton pompeux.

L'œuf se mit à trembler dans la main de Spencer et ils entendirent tous le *Teur ! Teur !* à l'intérieur. Doug s'esclaffa si fort qu'Hedy dut sauter sur son museau pour qu'il fasse moins de bruit. Ses gros éclats de rire faisaient onduler tout le tapis et la secouaient dans tous les sens.

— Qu'est-ce qu'il y a de si drôle ? demanda-t-elle.

— Je donnerais ma queue à couper que ce n'est pas un *flamant*, répondit Doug, une fois calmé.

— Mais si ! répliqua-t-elle avec une légère exaspération.

— Non, c'est un flamenteur, expliqua-t-il, et il vient de prendre le Seigneur du Bois de la Reine en flagrant délit de bobard. *Il n'existe rien que le Seigneur du Bois de la Reine n'ait jamais vu.* Ah, ah, ah, elle est bien bonne, celle-là !

— Sornettes, répliqua Stan.

— J'en ai entendu parler à l'époque où j'étais tapis dans la maison d'un magicien italien. Lors des procès criminels, les flamenteurs prévenaient tout le monde lorsqu'un prévenu ne disait pas la vérité.

— Je peux en avoir un ? les supplia Jelly, les mains en prière. S'il vous plaît !

— Pas question, répondit fermement Spencer. Ils appartiennent à papi.

Pile à ce moment-là, ils entendirent leur grand-père qui les appelait depuis le rez-de-chaussée. Il était temps de filer. Hedy fit signe à tout le monde de sortir.

— Il y a des millions de trucs cool ici, commenta Max en balayant la pièce d'un regard neuf.

— Ouais, mais rien de tout ça ne nous aide à trouver ce qu'on cherche, se désola la jeune fille.

Ce n'était peut-être qu'un effet de la lumière, mais juste au moment où elle prononçait ces mots, un nœud sombre dans le parquet sembla lui faire un clin d'œil.

CHAPITRE 12
Le lustre

Tap. Tap. Tap.

Hedy émergea lentement de son rêve, persuadée que ce bruit s'arrêterait à la charnière entre le sommeil et le réveil. Mais non. Les cubes à miroirs tourbillonnants dont elle avait rêvé, les mêmes que ceux qu'ils avaient vus dans la vidéo, commencèrent à se dissiper…

Tap tap tap !

Les coups étaient plus insistants cette fois-ci, et provenaient du pied de son lit. Elle se redressa brusquement, et vérifia que ni ses membres ni sa couette ne pendaient en dehors du matelas, afin d'éviter d'être victime d'un monstre dans l'obscurité. Elle rampa alors avec prudence jusqu'au bout de son lit…

Tap tap tap !

La lampe ne projetait qu'une faible lueur jaune, mais Hedy dut quand même plisser les yeux le temps qu'ils s'y habituent. Spencer poussa un gros soupir et entrouvrit ses paupières.

— Quoi ? parvint-il difficilement à articuler.

Tap tap tap !

Cette fois, ses yeux s'ouvrirent complètement. D'un signe de tête, sa sœur lui indiqua d'où provenait le bruit. Ils rampèrent tous les deux jusqu'à ce que leurs pieds se retrouvent sur leurs oreillers, puis ils se penchèrent pour regarder par terre. Trois bosses dessinaient des huit à toute vitesse entre leurs lits. De temps à autre, elles se cognaient en succession rapide contre le cadre du lit, d'où ce *tap tap tap.* L'une d'elles était plus petite que les autres, mais tout aussi excitée.

— Comme le premier soir, chuchota Spencer.

Des créatures dans le bois… Soudain, Hedy eut un déclic.

— Les Espionboisés, souffla-t-elle.

L'une des bosses s'arrêta subitement. Les autres ne s'en rendirent pas compte et lui rentrèrent dedans, comme des voitures dans un carambolage.

— Tout va bien, leur murmura la jeune fille, consciente de leur nervosité. Qu'est-ce que vous voulez ?

— J'ai une idée, dit Spencer.

Il prit sa chaussette pleine de billes et en sortit quelques-unes. Puis il les cogna doucement contre le parquet.

— Hé, venez, dit-il.

Les Espionboisés s'immobilisèrent. Le garçon fit rouler les billes et chaque créature, tour à tour, choisit la sienne. En se déplaçant dans le bois, les bosses faisaient s'éloigner les billes, viraient à droite ou à gauche pour les faire changer de direction et tournaient rapidement autour d'elles quand elles voulaient les arrêter.

Les enfants se laissèrent glisser sur le sol et se rapprochèrent tout doucement. Spencer attrapa son Polaroid et prit une photo. Au moment où l'un des Espionboisés heurta sa jambe, le petit garçon avait lui aussi perdu toute nervosité.

— Salut, dit-il. Mes billes vous plaisent ?

Les Espionboisés rapportèrent à toute vitesse leurs billes vers lui et lui donnèrent de petits coups.

Les derniers mots de Simon revinrent alors à l'esprit d'Hedy. *Même le Maître n'arriverait pas à tout retrouver, il faudrait qu'il demande aux Espionboisés*. Elle se pencha vers eux, appuyée sur ses coudes.

— Est-ce que vous savez où est Albert Personne ?

Les créatures parurent surprises et s'éloignèrent un instant avec leurs billes, avant de revenir se blottir contre le coude d'Hedy et de lui donner à elle aussi de petits coups.

— Oui, vous le savez. C'est pour ça que vous êtes venus nous réveiller ?

Les créatures se serrèrent les unes contre les autres, puis, tour à tour, elles firent rouler leurs billes jusqu'à un gros nœud sombre dans le plancher. Celui-ci s'ouvrit juste un peu et les aspira une par une avant de se refermer. Les Espionboisés se dirigèrent ensuite lentement vers la porte, puis ils s'arrêtèrent.

— Tu crois qu'ils veulent qu'on les suive ? demanda Spencer.

— Peut-être bien, répondit Hedy en prenant sa lampe torche dans sa malle. Il ne faut pas les perdre !

— Je me demande si Personne pourrait m'apprendre comment il fait pour se couper la tête et la recoller ensuite.

Dans le couloir, le faisceau de la torche de la jeune fille se posa sur les trois créatures qui zigzaguaient en direction de l'escalier, qu'elles commencèrent à gravir.

— Ça va pas nous avancer à grand-chose, fit-elle remarquer. Toutes les pièces sont fermées à clé, là-haut.

Ils les suivirent quand même en prenant soin de ne pas faire craquer les marches.

— Comment va être Personne, d'après toi ? demanda Spencer.

— J'en sais rien. Pourquoi ?

— Ils vont pas nous conduire jusqu'à un cadavre, hein ?

— Pourquoi grand-père garderait un cadavre dans sa maison ?

— Il y a tellement de trucs bizarres ici qu'un cadavre, ça serait même pas le truc le plus dingue.

— Bien sûr que si !

Balayant le sol avec la lumière de sa lampe torche, Hedy repéra les Espionboisés, attroupés autour d'un autre nœud dans le plancher. Ils l'encerclèrent lentement, jusqu'à ce que – *pop pop pop* – en jaillissent les billes qui avaient disparu à l'étage inférieur. Puis, accompagnés de leurs jouets, ils foncèrent jusqu'à une porte bleue.

L'un d'eux remonta alors l'encadrement jusqu'à la serrure et, soudain, ils entendirent le verrou se retirer. La porte s'ouvrit.

Contrairement au reste des pièces encombrées de la demeure, celle-ci ne contenait que deux choses : un lustre très bas, et un coffre en bois à peu près de même taille que les malles dans leur chambre, peint comme un domino, avec un carré tout blanc et l'autre marqué de cinq points noirs.

Hedy et Spencer entrèrent prudemment tandis que les Espionboisés s'amusaient à pourchasser leurs billes.

— Il doit être dans ce coffre, souffla la jeune fille.

— Tu crois qu'il faut qu'on l'ouvre ?

— Vas-y, toi.

— Non, toi.

— Pourquoi ?

— Parce que c'est toi la plus grande.

Le coffre était effectivement assez grand pour abriter un corps. Hedy tenta d'ignorer le petit frisson qui courait le long de sa nuque et décida d'aborder la situation avec le même état d'esprit que lorsqu'elle sautait du plongeoir de la piscine : *ne réfléchis pas et vas-y d'un coup.* Elle s'approcha du coffre d'un pas déterminé et souleva brusquement le couvercle, le cœur tambourinant.

Il était vide, à part un jeu de cartes dans un coin.

— Bonjour ? lança-t-elle. Albert Personne ?

Rien. Rassuré, Spencer la rejoignit.

— Tu crois qu'on doit faire quelque chose de spécial pour qu'il accepte de nous parler ? demanda-t-il.

— Les Espionboisés sont peut-être au courant, répondit Hedy.

Elle remarqua alors que les trois créatures s'étaient rassemblées sous le lustre. Elle s'agenouilla à côté d'elles et regarda en l'air.

— Albert Personne est là-dedans ?

Elles oscillèrent.

— Je crois que ça veut dire oui, intervint Spencer.

Le lustre, aussi large et rond qu'une roue de chariot, était composé de huit tubes où pendaient des ornements en cuivre. Au centre de chaque tube se trouvait un compartiment en verre, noir et vert, comme la peau d'un serpent magnifique et dangereux.

Quand Hedy se leva, les Espionboisés passèrent à toute vitesse sous l'un de ses pieds, si bien qu'elle perdit l'équilibre et se cogna la tête contre le lustre.

— Aïe !

Elle entendit alors un cliquetis, comme si quelque chose roulait dans l'un des compartiments. Spencer se mit à tripoter la décoration en cuivre à sa base.

— Ça se détache ! s'exclama-t-il.

Il la dévissa et un minuscule objet blanc tomba par terre.

Une dent d'enfant.

— Berk ! fit Hedy en grimaçant.

— Qu'est-ce que cette dent faisait là-dedans ?

— Je ne veux même pas le savoir.

— Tu crois qu'elle appartient à Personne ? Peut-être qu'il gardait ses dents de bébé.

Loin d'être dégoûtés par cette mystérieuse dent, les Espionboisés se mirent à la pousser dans tous les sens, comme si c'était une bille.

— Tu devrais peut-être la remettre à sa place, suggéra la jeune fille.

— Pourquoi moi ?

— Parce que c'est toi qui l'as sortie !

— Je l'ai pas fait exprès !

— Alors pourquoi tu as dévissé ce truc ?

— Mais je savais pas que… *non !* s'écria-t-il soudain en plongeant vers le sol.

Les Espionboisés avaient traîné la dent jusqu'à un nœud dans le parquet et, avant que Spencer puisse la récupérer, le bois l'aspira.

— Rendez-la, ordonna quelqu'un derrière eux.

Ce n'était pas la voix de papi John.

Les enfants firent volte-face. Il n'y avait personne, mais le verre sombre du lustre s'était mis à briller, projetant une lueur bleu roi.

— Rendez-moi cette foutue dent !

Des éclairs bleus parcouraient le lustre. Spencer se colla contre Hedy.

— Albert Personne ? demanda-t-elle.

Leur interlocuteur invisible ignora sa question.

— Qu'est-ce que c'est que ce bazar ? Comment osez-vous saccager ma maison comme une horde de barbares ! Vous avez été élevés par des babouins ou quoi ? Rendez-moi ma dent et fichez-moi le camp !

— On va devoir rappeler les Espionboisés pour pouvoir récupérer votre dent, expliqua Hedy. Mais nous voulions justement vous parler, Albert.

— Pour toi, ce sera monsieur Personne, petite moins-que-rien.

Elle se mordit la langue. Il fallait qu'ils gagnent ses bonnes grâces, d'une manière ou d'une autre.

— Essaie, toi, murmura-t-elle à son frère.

— J'aime beaucoup vos numéros, monsieur Personne…

— Évidemment, petit crétin provincial, cracha la voix d'un ton condescendant. Je suis sûr que tu n'as jamais vu la moindre once de magie de toute ta vie.

Spencer eut l'air déconfit.

— Je crois en la magie, essaya-t-il. Comment vous faites pour vous couper la tête ?

— Que veux-tu savoir ?

— Je peux apprendre à le faire ?

— Bien sûr, voyons ! s'exclama Personne d'un ton soudain aimable.

Le visage du garçon s'illumina d'espoir.

— Approche-toi ! ajouta le magicien invisible.

Spencer jeta un coup d'œil à sa sœur. Il n'avait pas l'intention d'aller où que ce soit sans elle. Elle lui prit la main et, ensemble, ils avancèrent jusqu'à n'être plus qu'à deux pas du lustre.

— Choisis un outil très, *très* coupant, commença Personne, et coupe…

— Ça suffit ! s'emporta Hedy. Ne l'écoute pas, Spence.

Celui-ci recula et croisa les bras.

— Non, petits crétins, reprit Personne d'une voix doucereuse. Les descendants de John Sung, la Suffisance Incarnée, ne *peuvent pas* apprendre *mon* tour de magie emblématique.

Des vrilles de lumière bleue se mirent à palpiter sur le lustre. Soudain, il se mit à glousser.

— Ooh, trouvez-moi ! Trouvez-moi ! s'exclama-t-il, hilare.

— Qu'est-ce que vous venez de dire ? demanda la jeune fille.

— Trouvez-moi, je suis votre tendre grand-mère Rose, reprit-il en imitant une voix de femme.

— Comment vous êtes au courant ?

— Parce que même mort, je suis intelligent. Même enfermé dans cette prison, je prête attention à ce qui se passe sur Hoarder Hill. Contrairement à certains anciens magiciens vivant ici…

— Où est-elle ? insista Hedy.

— Oh, Dieu seul le sait, répondit Personne avec désinvolture. Je ne sais ce qui lui est arrivé que jusqu'à un certain point.

— Quel point ?

— Le moment où elle a disparu pour ne jamais réapparaître, gâchant pour toujours la vie de votre grand-père – et, si j'ose dire, celle de votre mère.

Hedy et Spencer échangèrent un regard. Ils n'avaient jamais beaucoup pensé à la vie de leur mère avant leur naissance, ni à la façon dont la disparition de Rose avait changé le cours de son existence.

— Vous voulez bien nous raconter ce qui s'est passé ? demanda la jeune fille.

Il y eut un silence alors que l'invisible Personne réfléchissait.

— Tout compte fait, vous me plaisez bien, dit-il finalement. Il fallait être malin, après tout, pour réussir à me trouver.

Hedy ne put s'empêcher d'éprouver une certaine méfiance face à ce revirement soudain.

— Je ne vais pas vous raconter ce qui s'est passé, je vais faire encore mieux : je vais vous le montrer. Mais vous risquez de ne pas aimer ce que vous allez voir.

— On fera avec, dit Hedy d'une voix ferme.

— Vraiment ? Quoi qu'il en soit, mon assistance est soumise à conditions.

— Comment ça ?

— Si vous voulez que je vous aide, libérez-moi de cette prison.

— De quelle prison vous parlez ? demanda Spencer, perplexe. Les fantômes peuvent traverser les murs, non ?

— Qui a dit que j'étais un fantôme ?

— Vous êtes quoi, alors ?

— Vous ne pourriez pas comprendre.

Hedy se renfrogna. C'était le genre de réflexion d'adulte dont elle avait horreur.

— Comment on peut vous faire sortir, alors ? s'enquit-elle.

— Rendez-moi ma dent et dévissez les compartiments du lustre, c'est tout. Facile, non ? Ensuite, je débarrasserai le plancher.

— Et vous m'apprendrez votre tour ? insista Spencer, sentant que c'était le moment de négocier.

— Oh, bien sûr.

— On va réfléchir, dit Hedy, les yeux plissés.

Elle fit signe à son frère de la suivre. Il était temps de partir.

— Libérez-moi, souffla Personne d'une voix enjôleuse, et je vous aiderai à libérer votre grand-mère.

Les enfants ne répondirent rien. Ils quittèrent la pièce en toute hâte, la laissant déverrouillée. Plus ils s'éloignaient de cette voix étrange et désincarnée, mieux ils se sentaient.

CHAPITRE 13
TEUR ! TEUR !

Le lendemain matin, Hedy et Spencer réfléchirent à la proposition de M. Personne. Ils erraient de pièce en pièce, à l'affût d'une dent blanche ou d'une bosse remuante dans le parquet.

— Comment faire confiance à une personne si méchante au premier abord et qui, pile au moment où elle a besoin de quelque chose, devient soudain gentille ? chuchota la jeune fille.

— Tu es comme ça avec moi, répliqua son frère en lui jetant un regard accusateur.

— Je ne suis jamais aussi méchante que ça avec toi ! protesta-t-elle avant d'éprouver une bouffée de remords. Si ?

D'ordinaire, papi John passait une heure ou deux dans son bureau après le petit déjeuner. « Pour écrire des lettres », leur avait-il dit. Hedy supposait que c'était comme ça qu'il dégotait de nouveaux objets à acheter. À peine eut-il refermé la porte derrière lui que les enfants filèrent retrouver Doug et Stan pour leur parler de leur découverte et de la proposition de Personne.

— Cet individu ne m'inspire rien de bon, marmonna le cerf.

— Je suis d'accord avec Stan, renchérit Doug. Vous savez, tous les objets que collectionne le Maître ne sont pas aussi gentils que nous. Certains croient peut-être qu'il achète bêtement le moindre objet vaguement enchanté, mais d'aucuns vous diraient qu'il choisit justement ceux qui ne sont *pas* gentils pour les empêcher de faire des bêtises.

— Et à en juger par votre confrontation avec Albert Personne, il entre dans la catégorie des « pas gentils », poursuivit Stan. Franchement, jeune Spencer, oser te traiter de crétin, toi !

Le garçon haussa les épaules.

— C'est une mauvaise idée de négocier avec lui, gronda Doug en secouant la tête.

— Mais c'est notre meilleure chance d'apprendre ce qui s'est passé, leur rappela Hedy.

Les deux animaux se turent. Ils n'avaient rien à répondre à ça.

— Tant que vous nous promettez de ne pas lui faire confiance, reprit finalement Doug.

— Et de lui révéler le moins de choses possible, ajouta Stan.

— Et je ne pense pas non plus que vous devriez le libérer, continua l'ours. S'il est enfermé là-dedans, c'est qu'il y a une bonne raison.

— De toute manière, il faut déjà que les Espionboisés nous rendent la dent, soupira Hedy.

Tout le bois qu'ils examinèrent à l'intérieur de la maison – le parquet, les portes, les rebords de fenêtre, les tables et les chaises – était aussi immobile qu'il est censé l'être. Désemparés, les enfants allèrent aussi fouiller le garage, inspectant les manches des pelles, des râteaux et des houes, les planches en bois, un vieux jeu de quilles en bois : rien ne semblait sortir de l'ordinaire.

Ils se hâtèrent de remettre les quilles à leur place en entendant des pas dans l'allée. Papi John jeta un coup d'œil par la porte du garage.

— Qu'est-ce que vous faites là, tous les deux ?

Il n'avait pas l'air fâché, mais le pli entre ses sourcils traduisait un certain malaise.

— On, euh, on regarde tes motos, répondit Hedy. Sans rien toucher.

Son front se détendit.

— Là, c'est une Gillet de 1929, leur dit-il. Et celle-ci, une Indian. Et l'orange, c'est une Honda.

— Pourquoi tu en as autant ? demanda Spencer.

— Oh, je faisais pas mal de moto, autrefois. Et quand votre grand-mère se joignait à moi, elle prenait l'Indian. C'est agréable de rouler dans la campagne.

— Mamie Rose savait conduire une moto ? demanda Hedy, stupéfaite.

— Absolument. C'était son casque.

Il désignait un vieux casque rouge avec une bande blanche au milieu.

— Et toi, tu conduisais celle-ci ? l'interrogea Spencer en s'approchant de la moto orange.

— Parfois. D'autres gens la conduisaient aussi. Peter, par exemple, plusieurs fois. On faisait partie d'un groupe qui aimait prendre la route et faire du bruit.

Il secoua la tête, perdu dans ses souvenirs. Soudain, il prit un air grave.

— N'oubliez pas, vous n'aurez pas d'autre frère et sœur, tous les deux.

— Comme toi et tonton Peter, dit Spencer.

Mais Hedy était restée bloquée sur ce qu'il avait dit avant.

— Vous faisiez partie d'un gang de bikers ? lâcha-t-elle.

— On était pas des bikers, voyons. On avait d'autres intérêts en commun.

— Un gang de bikers magiciens, alors ?

— Dit comme ça, ça a l'air beaucoup plus cool que ça ne l'était, répondit papi John en prenant sa boîte à outils. À t'entendre, on dirait qu'on sillonnait la Grande-Bretagne avec nos capes sur le dos et notre baguette à la main. Allez, sortez maintenant ! Vous avez passé toute la matinée à l'intérieur alors que vous pourriez profiter du grand air.

— Tu viens avec nous ? demanda Spencer.

— J'ai quelque chose à terminer, répondit leur grand-père en secouant ses tournevis.

Spencer prit une voix aussi grave que possible et plissa le front pour imiter papi John.

— Mais tu as passé toute la matinée à l'intérieur.

— La prochaine fois, petit polisson.

Le « grand air » était froid et couvert, mais c'était revigorant de sortir de la maison. Hedy et Spencer se promenèrent dans le jardin, arrachant des épines sur les rosiers grimpants dénudés et donnant des coups dans les cailloux. Ils grimpèrent non sans maladresse sur les branches les plus basses du sycomore. Hedy parcourut du regard le tronc et les branches à la recherche d'Espionboisés, mais, au bout d'un moment, elle abandonna et s'amusa simplement d'être dans l'arbre. Elle voyait Mme Vilums qui allait et venait dans la cuisine, mais leur grand-père devait être retourné dans son bureau avec ses tournevis.

— Tu sais, dit-elle, je crois que papi John est content qu'on soit là, maintenant.

— J'aimerais bien qu'on habite plus près d'ici, répondit Spencer. Je serais déjà magicien.

— Tu n'as encore appris aucun tour ! s'esclaffa sa sœur.

— C'est pas ma faute ! On a été trop occupés. Allez, on va voir les œufs.

À leur grand plaisir, ils les trouvèrent changés, même celui que le garçon avait gardé pendant une demi-journée. Les coquilles, auparavant d'un gris sombre et poli, arboraient désormais la couleur plus pâle de lointains nuages d'orage. Des filaments cuivrés de plus en plus nombreux étincelaient à la surface, comme si du feu couvait en dessous.

— Je me demande si ça veut dire qu'ils vont bientôt éclore, commenta Spencer.

— On pourrait demander à papi. Ça semble moins le stresser que les affaires qu'il garde dans la maison.

Le garçon n'avait pas besoin d'en entendre plus. Il plaça aussitôt les trois œufs dans trois poches différentes de son manteau.

— S'ils éclosent, il nous laissera peut-être en garder un comme animal de compagnie ! s'exclama-t-il avant de remonter la pente en courant, sa sœur sur les talons.

Ils ralentirent près de la maison. Hedy tira sur la manche de son frère pour qu'il s'arrête, puis elle alla regarder par une fenêtre de la cuisine. Mme Vilums leur tournait le dos, debout dans l'embrasure de la porte, entre la cuisine et le couloir. On aurait dit qu'elle parlait à l'encadrement de la porte. Quelques instants plus tard, des bosses apparurent dans le bois, montant à la surface puis replongeant telles des baleines en pleine mer. La cuisinière leur sourit et approcha son visage du bois. L'un des Espionboisés toucha sa peau, comme s'il l'embrassait sur la joue.

— Mme V connaît les Espionboisés, souffla Hedy.

Amusée, la cuisinière observa les créatures qui jouaient à se poursuivre sur l'encadrement de la porte. Arrivées de l'autre côté, elles disparurent dans le bois. Les enfants se baissèrent aussitôt pour éviter que Mme Vilums ne les surprenne en train de l'espionner.

— Qu'est-ce qu'on fait ? chuchota Spencer.

Sa sœur se mordilla la lèvre.

— On va lui demander de l'aide. On a besoin de la dent. Pour mamie.

— Qu'est-ce qu'on lui dit ?

— Fais comme moi.

Ils entrèrent par la porte de derrière et sourirent innocemment à Mme Vilums qui s'était mise à couper des pommes. Après avoir vérifié que papi John n'était pas dans le couloir, Hedy prit une grande inspiration.

— Est-ce que vous connaissez les Espionboisés ?

La cuisinière garda le silence une seconde de trop avant de réagir :

— Je te demande pardon ?

— On vient de les voir avec vous, reprit la jeune fille en tapotant l'encadrement de la porte.

— L'un d'eux vous a même embrassée ! renchérit Spencer.

Mme Vilums se retourna pour poser une assiette de pelures de pommes sur la table.

— J'ignore de quoi vous parlez.

Teur ! Teur ! Teur !

Troublée, la cuisinière renversa l'assiette en se retournant pour voir d'où venait ce pépiement, envoyant valdinguer des pelures de pommes sur la table.

Spencer sortit à moitié un œuf de la poche de son manteau.

— Un œuf de flamenteur, dit-il.

— Ils savent quand quelqu'un ment, précisa Hedy à voix basse.

— Pourquoi suis-je soudain soumise à un interrogatoire ? demanda Mme Vilums.

— S'il vous plaît, madame V, on a besoin de l'aide des Espionboisés, expliqua la jeune fille. Ils ont pris quelque chose qui ne leur appartient pas. Une dent. Il faut qu'ils nous la rendent, c'est très important.

Elle resta de marbre. Hedy décida d'insister.

— Est-ce que papi John sait que vous les connaissez ?

— Ça ne le dérangerait pas, répondit la femme en agitant la main d'un air dédaigneux.

Teur ! Teur ! Teur !

— Vous connaissez les Espionboisés, répéta la jeune fille. Et vous saviez comment nous guérir de ce froid, l'autre jour. Vous n'êtes pas que la cuisinière, pas vrai ?

Mme Vilums avait l'air de vouloir s'enfuir par la porte de derrière. Spencer sortit entièrement l'œuf de sa poche et le tint dans ses mains. Les filaments cuivrés reluisaient et l'œuf remuait, agité.

— Je… j'ai été envoyée ici il y a des années par un rival de votre grand-père, répondit la cuisinière, sans quitter l'œuf des yeux. Je devais m'intégrer chez lui et apprendre ses secrets. Cette personne voulait ensuite que je les lui répète.

— Albert Personne ? demanda Spencer.

— Non, quelqu'un d'autre.

L'œuf garda le silence, signe qu'elle disait la vérité.

— Il menaçait de faire du mal à mes sœurs, mais je ne lui ai jamais rien révélé d'important. Et de toute manière, il est mort, désormais. De mort naturelle ! ajouta-t-elle en voyant l'expression horrifiée des enfants.

— Alors pourquoi vous êtes encore ici ? voulut savoir la jeune fille.

— Pour rester avec mes sœurs, répondit-elle en regardant par la fenêtre, avec une telle tristesse dans la voix qu'Hedy s'en voulut de ce qu'elle s'apprêtait à faire.

— Si vous nous aidez à récupérer la dent qu'ont volée les Espionboisés, on ne répétera pas à papi John ce que vous venez de nous dire.

Faire du chantage ne réussissait pas à Hedy : ses joues se mirent à rougir et à la démanger.

— Ça pourrait nous aider à retrouver notre grand-mère, ajouta-t-elle dans l'espoir d'adoucir la méchanceté de ses paroles.

Les yeux de la cuisinière étincelaient de colère et de surprise. Hedy jeta un coup d'œil à son frère, en quête de soutien, mais il regardait l'intérieur de sa poche.

— Euh… un œuf est en train d'éclore.

CHAPITRE 14
TOUR DE CARTES

Non seulement l'œuf dans la poche droite de Spencer était en train d'éclore, mais celui qu'il tenait dans sa main aussi, tout comme le troisième. Quelques minutes plus tard, les enfants sortaient trois oisillons humides de leurs coquilles brisées et toutes gluantes, et les déposaient dans des nids de fortune fabriqués avec des torchons. Leur peau rose grisâtre transparaissait sous leurs plumes lisses et ils semblaient épuisés.

Hedy et Spencer n'avaient encore jamais vu de bébés oiseaux tout juste sortis de leur coquille. Ils les admirèrent en chuchotant, observant leurs petits yeux sombres et leurs becs minuscules qui ne cessaient de s'ouvrir et de se refermer. Même Mme Vilums, sous le charme, leur chantonnait une douce berceuse dans une langue inconnue.

— On ferait mieux de prévenir votre grand-père, dit-elle quand elle eut fini de chanter.

Au bout d'un long moment, papi John entra dans la cuisine en se grattant la tête, affirmant qu'il n'aurait jamais cru que ces œufs finiraient par éclore. Hedy, Spencer et lui se perdirent dans la contemplation des oisillons, petites boules duveteuses marron argenté, couronnées d'une petite crête de la couleur des braises. Puis, autour d'une tasse de chocolat chaud, les enfants bombardèrent leur grand-père de questions : d'où venaient-ils, comment fallait-il les nourrir, qu'allait-il faire d'eux ?

À un moment donné, Mme Vilums se glissa par la porte de derrière sans se faire remarquer. Quand Hedy s'en rendit compte, elle eut un coup au cœur : la cuisinière était-elle partie pour de bon ? Mais quand les enfants allèrent se coucher ce soir-là, la minuscule dent blanche était sur le parquet, au milieu de leur chambre.

Le réveil de Spencer se déclencha à minuit et les enfants se réveillèrent difficilement, en bâillant à s'en décrocher la mâchoire, le regard embrumé. Avec la dent à l'abri dans la poche de robe de chambre du garçon, ils rejoignirent sur la pointe des pieds la pièce de Personne. Devant la porte, Hedy marqua une pause.

— Prêt ? demanda-t-elle.

Il hésita.

— J'ai plus très envie d'apprendre son numéro, murmura-t-il.

— Je ne le laisserai pas te faire de mal, répondit sa sœur d'un ton déterminé, même si elle n'en menait pas large.

Puis elle prit une grande inspiration et entra, Spencer sur les talons.

— Ah ! roucoula Personne alors qu'ils contournaient le coffre en bois au motif de domino. Ne serait-ce point la marmaille Sung – je veux dire, les *enfants* Sung ?

— Notre nom, c'est van Beer, pas Sung, marmonna Spencer à l'intention de la lumière bleue qui s'enroulait et se déroulait dans le verre.

— Bien sûr, sot que je suis ! Pas étonnant que votre mère n'ait pas voulu que ce nom de famille entache l'avenir d'aussi merveilleux enfants. Vous avez la dent, je présume ?

— Oui, répondit le garçon en la sortant de sa poche.

— Ce que vous êtes intelligents ! Dans ce cas, il est temps de me libérer, souffla-t-il d'un ton charmeur.

Hedy avança d'un demi-pas, puis s'arrêta.

— Non, vous devez d'abord nous montrer ce qui est arrivé à notre grand-mère.

— Comment être sûr que vous n'allez pas vous enfuir une fois que vous aurez obtenu ce que vous voulez ? demanda Personne d'un ton peiné. L'un de nous doit céder le premier ; or c'est *vous* qui êtes venus me trouver, pas l'inverse.

Mais elle campa sur ses positions, gardant en tête les avertissements de Doug et Stan.

— Montrez-nous d'abord ce que vous savez.

La lumière bleue se déplaçait dans le verre en clignotant d'agacement.

— Aussi têtus que votre grand-père, à ce que je vois.

— Eh oui.

Personne poussa un énorme soupir.

— Très bien. Vous voulez du spectacle, vous allez en avoir. Mais si vous ne tenez pas parole, il y aura des conséquences… Maintenant, remettez la dent à sa place. Je ne peux rien faire si c'est vous qui l'avez.

Ni Hedy ni Spencer n'avaient envie de toucher le lustre, mais ils dévissèrent l'un des compartiments cylindriques. Un tout petit disque de la taille d'un ongle tomba sur le plancher.

— Vite, ramassez-le, imbéciles ! siffla Personne. Ce n'est pas le bon. La dent va dans le suivant, en allant dans le sens des aiguilles d'une montre. Ne les mélangez pas, sinon je vais me retrouver avec des dents au bout des doigts !

C'était une image horrible, mais avant qu'ils puissent lui demander ce qu'il entendait par là, trois bosses familières apparurent dans le parquet. Les Espionboisés, attirés par le disque. Hedy se hâta de le ramasser avant qu'ils ne puissent le chiper, et elle se rendit compte alors qu'il ne faisait pas seulement la taille d'un ongle : *c'était* un ongle. Pas seulement une rognure, mais un ongle entier, arraché à un doigt. Elle faillit le relâcher, dégoûtée. Il était d'une couleur très sombre, entre le rouge, le violet et le noir. S'efforçant de ne le tenir que du bout des doigts, elle le remit à sa place et Spencer revissa le compartiment. Puis ils ouvrirent le suivant et le garçon y inséra soigneusement la dent avant de le refermer.

— Bon, maintenant, c'est à vous, dit Hedy en s'écartant du lustre et en entraînant son frère avec elle.

Les Espionboisés tournaient autour de leurs pieds ; elle n'arrivait pas à savoir s'ils avaient peur ou s'ils voulaient les protéger.

— Il y a un jeu de cartes dans le coffre. Sortez-le, ordonna Personne.

Hedy ouvrit le couvercle du coffre domino et, après en avoir extrait le paquet, elle le secoua doucement pour que les cartes glissent sur sa paume.

— Maintenant, jette-les en l'air.

— Pardon ?

— Jette-les en l'air.

Lançant un regard dubitatif à son frère, elle s'exécuta. Les cartes retombèrent mollement sur le sol.

— Quelle tentative pathétique, maugréa Personne. Réessayez, tous les deux, avec une moitié du jeu chacun. Et cette fois, jetez-les vraiment. Je ne peux pas faire grand-chose si elles sont éparpillées par terre.

Tels des bulldozers, les Espionboisés poussèrent les cartes dans les mains d'Hedy et Spencer jusqu'à ce qu'ils en aient à peu près la moitié chacun. Au cœur du lustre, la lumière bleue de Personne s'était rassemblée et formait une sphère compacte.

— Un, deux, trois ! compta le garçon, et ils lancèrent tous les deux les cartes en l'air.

Elles s'envolèrent en tournoyant. Mais alors, quelque chose d'étrange se produisit. Toutes les figures – carreaux, piques, cœurs et trèfles rouges et noirs – et les nombres se détachèrent des cartes et s'élevèrent, de sorte que seuls des bouts de carton vierges retombèrent par terre. Les motifs rouges et noirs se rassemblèrent en un gros nuage mystérieux.

— Mesdames et messieurs, la disparition de Rose Sung ! lança Personne d'une voix grave et théâtrale.

Le nuage de figures et de numéros se mit à tourbillonner jusqu'à prendre la forme d'une longue boîte : celle qu'ils avaient vue sur le portable de Jelly.

— Le Kaléidos de papi John, souffla Hedy.

Le plus petit des Espionboisés allait et venait entre ses pieds, tout énervé, se cognant contre ses orteils.

Les figures et les numéros vacillèrent et tout se remit à tourbillonner. Le Kaléidos réapparut, et une silhouette rouge et noire s'en approcha – une femme vêtue d'une jupe courte, évasée. Cela ne pouvait être qu'une seule personne.

— Mamie ! dit Spencer, subjugué.

La silhouette de mamie Rose caressa affectueusement le Kaléidos, puis s'éloigna. Les motifs qui la dessinaient se dissolurent. Il ne restait plus que la boîte. Mais soudain, un autre individu se présenta. Plus grand, aux épaules plus larges, une cape remuant derrière lui alors qu'il marchait. À l'instar de mamie Rose, on ne distinguait pas son visage. Il s'agenouilla à un bout du Kaléidos et en retira un cube, représenté par un tas de carreaux. Puis il s'éloigna à son tour et sa silhouette se défit.

— C'était qui, ça ? demanda Hedy, mais Personne ne répondit pas.

Les motifs rouges et noirs se mirent à bouillonner et quand la boîte en émergea de nouveau, elle était plus petite, comme vue de plus loin. Sur une de ses faces, une zone remplie de piques noirs indiquait l'endroit où manquait le cube.

Des silhouettes de la taille de poupées représentant John et Rose sortirent du tourbillon de formes et s'inclinèrent devant un public imaginaire. Après une révérence, Rose pénétra dans le Kaléidos. Le petit John noir fit le tour de sa création scintillante, poussant et tirant sur les pièces, les renversant tandis que des sortes de flammes rouges dansaient au-dessus du tout.

Puis John s'arrêta, reforma un rectangle avec le Kaléidos et l'ouvrit. La boîte était vide. La petite Rose rouge avait disparu. La silhouette de John se courba en pleurant.

Comme le nuage de figures et de numéros se fondait de nouveau en une image plus grande du Kaléidos, celui-ci se mit à flotter en direction d'Hedy et de Spencer. La zone vide où aurait dû se trouver le cube retiré s'agrandit encore et encore, puis fonça à toute vitesse sur les enfants, et les espaces entre les motifs disparurent jusqu'à ce que tout soit noir. Un tunnel de pure obscurité les enveloppa. Hedy ne voyait rien, mais elle serrait de toutes ses forces la main de Spencer. Quand elle sentit la deuxième main de son frère tâtonnant dans les ténèbres, elle l'agrippa aussi. Elle avait beau cligner des yeux, elle ne distinguait rien à travers cette noirceur terrifiante, elle n'entendait rien. Comme seul réconfort et point d'ancrage, elle avait les mains de Spencer et la bosse d'un Espionboisé sous son pied.

Enfin, la lumière. L'obscurité se divisa, comme si on ouvrait la fermeture Éclair d'une tente. Les figures rouges et noires se mélangèrent, puis elles plongèrent sur les cartes éparpillées par terre pour y reprendre leur place. Quelques secondes plus tard, les cartes avaient retrouvé leur état normal.

— Et voilà ! lança gaiement Personne.

À l'intérieur du lustre, la lumière bleue ne formait plus une boule mais s'était remise à danser dans les compartiments en verre.

Hedy et Spencer se tenaient toujours les mains, haletants.

— C'était quoi ce truc, à la fin ? demanda la jeune fille d'une voix tremblante.

— La fin, justement.

— Comment ça ?

— La nuit assourdissante et interminable qu'endure d'après moi votre grand-mère. Vous voulez tout revoir ?

Elle n'en avait pas la moindre envie. Tout en elle se hérissait instinctivement à l'idée de se noyer une fois de plus dans cette noirceur. Pourtant, elle ne tenait pas non plus à ce que Personne sache qu'elle avait peur.

— C'était qui, l'homme qui a pris le cube ?

— Oh, tu le sais très bien, répondit Personne d'un ton sournois.

— Qui ?

— Le plus grand magicien de votre famille, bien sûr !

Hedy eut l'impression que son cœur tombait dans un gouffre sans fond. Spencer retira ses mains des siennes, sous le choc, blanc comme un linge.

— Papi John ? murmura-t-il.

Personne ricana pendant un long moment.

— C'est impossible, réussit à articuler la jeune fille.

— Vraiment ? Pourquoi ?

— Il l'aimait. Il est tellement triste, il est… il est *brisé* depuis qu'elle a disparu.

— La tristesse et le déchirement d'un homme coupable, si vous voulez mon avis. À moins qu'il joue la comédie ? Vous ne vous êtes jamais demandé pourquoi votre mère était partie vivre si loin du seul parent qui lui restait ? Peut-être qu'elle savait au fond de son cœur ce qu'il avait fait, et qu'elle le détestait.

— Maman et papa ont déménagé pour le travail, protesta Spencer.

Et maman ne déteste pas papi John, pensa Hedy, se raccrochant comme à une bouée de sauvetage à ce qu'elle pensait savoir. Elle se repassait dans son esprit des souvenirs de leur mère et de leur grand-père ensemble. Ils se montraient peut-être un peu gauches l'un envers l'autre, parfois, et des semaines entières pouvaient s'écouler sans un coup de fil. Hedy ne les avait jamais entendus se disputer, mais pourquoi vivaient-ils si loin l'un de l'autre ? Pourquoi ne se rendaient-ils pas visite plus souvent ?

— C'est ce qu'elle vous a raconté, évidemment, soupira Personne. À l'époque, votre grand-père était le magicien le plus arrogant de tout le milieu. Nous le détestions tous. Même Peter le trouvait insupportable. John prétendait qu'il était le meilleur, mais moi, j'aurais parié sur d'autres que lui. Je n'ai jamais compris pourquoi la police avait cessé aussi rapidement de soupçonner l'Extraordinaire John Sung. À mon avis, votre grand-père a fait ça pour faire parler de lui.

Pour Hedy, le profond chagrin de papi John était incompatible avec la cruauté d'un homme ayant fait disparaître sa propre épouse.

— Enfin, reprit Personne, j'ai tenu mon engagement, maintenant c'est votre tour. Libérez-moi.

— Qu'est-ce que vous allez faire quand vous serez dehors ? demanda Spencer.

Le magicien ne répondit pas immédiatement.

— Voyager à travers le monde pour mettre ma gorge au soleil. Regarder le tonnerre dans les yeux. Mordre le vent à pleines dents.

Les enfants restèrent sonnés un moment. Qu'est-ce que ça voulait dire, regarder le tonnerre dans les yeux ?

— Je vous voyais plutôt hanter quelqu'un, avoua le garçon.

— Ça te plairait ? le taquina Personne.

Hedy essayait de réfléchir.

— Que doit-on faire maintenant ? demanda-t-elle. Pour retrouver mamie Rose ?

— Eh bien, cela me semble évident : il va falloir retrouver cette boîte dont elle est prisonnière, et la reconstituer.

— Mais papi John a dit qu'il avait détruit le Kaléidos pour protéger notre mère.

— Ha ! Mieux vaut espérer que ce ne soit pas vrai ! Sinon, vous êtes mal partis ! Maintenant, libérez-moi.

— Mais on doit trouver la pièce manquante… ?

Personne prit le temps de réfléchir.

— Si je suis libre, je pourrai vous aider à la chercher. Ainsi que le Kaléidos.

— Comment ça ?

— Je peux atteindre des endroits qui vous sont inaccessibles.

— Promis ? demanda Hedy, méfiante.

— Parole de magicien.

Elle se mordilla l'ongle du pouce.

— Bon, d'accord, marmonna-t-elle au bout d'un long moment de réflexion.

— Doug et Stan nous ont dit de ne pas lui faire confiance ! murmura Spencer en la retenant par le coude.

— Je ne vois pas de moyen plus rapide.

Les enfants s'avancèrent lentement vers le lustre.

— Comment on fait ? demanda Hedy à Personne.

— Sortez toutes mes reliques et posez-les par terre. La dent, l'ongle et tout ce que contiennent les autres compartiments. Sortez-les et disposez-les comme je vous l'indiquerai.

Ils dévissèrent nerveusement chaque compartiment et en retirèrent les mystérieuses reliques. Elles n'étaient pas toutes déplaisantes, mais toucher des objets appartenant à un homme mort qu'ils n'avaient jamais rencontré leur donnait la chair de poule. Après la dent et l'ongle, ils trouvèrent une montre de gousset contenant une toute petite photographie : un enfant chauve et souriant dans les bras de sa mère, elle aussi souriante.

— C'est qui ? demanda Spencer.

Mais Personne ne daigna pas répondre. Il demanda sèchement au garçon de la poser par terre. Ils découvrirent ensuite une bague en or, une paire de lunettes en écaille de tortue, une cravate à motif cachemire dans des tons bleu et rouge, et une mèche de cheveux châtains attachés avec un beau ruban noir. Enfin, Hedy plongea la main dans le dernier compartiment. Au toucher, on aurait dit un gros raisin sec, mais quand elle le sortit, il était de couleur grise, avec un rond plus foncé au milieu.

— Et maintenant, je pourrai voir, ronronna Personne.

Elle le lâcha sur-le-champ, dégoûtée.

— C'est quoi ? demanda Spencer.

— Un œil, répondit sa sœur.

Elle mourait d'envie de se laver les mains – pendant des heures, des jours, peut-être même jusqu'à l'année suivante.

Lorsque Personne insista pour qu'ils installent le globe oculaire entre la bague et l'ongle, afin de compléter le cercle, Hedy le poussa du bout de sa chaussure. Une lumière bleu roi irradia alors depuis le centre du lustre, illuminant les reliques sur le sol.

— Qu'est-ce qui se passe ? demanda la jeune fille.

— Ça suffit, toutes ces questions ! s'agaça Personne. Pas étonnant que vos parents vous aient laissés ici. Maintenant, sortez !

CHAPITRE 15
PORTSALL

— Qu'est-ce qu'on fait, Hedy ?

Trop effrayé pour dormir dans son propre lit, Spencer prit quelques bouffées de son inhalateur, lança son oreiller au pied du matelas de sa sœur et se glissa sous ses couvertures, tête-bêche. Celle-ci non plus n'arrivait pas à dormir. Assise contre le mur, elle jouait avec la carte de visite qui avait été glissée dans sa poche, à la Palissade.

— Les mains dorées nous ont conseillé de demander de l'aide à Personne, commença-t-elle. Ce qui signifie sans doute qu'il disait la vérité…

— … et que c'est papi John le coupable, conclut Spencer.

Hedy se recroquevilla sous sa couette, envahie par un froid glacial qui n'avait rien à voir avec la température hivernale. Elle tenta de se rappeler l'expression de leur grand-père toutes les fois où mamie Rose avait été mentionnée dans une conversation. Elle n'avait jamais rien remarqué à part un immense chagrin et de la nostalgie. Est-ce qu'il était vraiment si bon acteur ?

Elle sortit de son carnet l'article que Jelly leur avait imprimé. Et là, elle vit ce qui leur avait complètement échappé jusque-là : il y avait un trou noir et vide sur la face lisse du Kaléidos. Elle fixa avec tristesse les visages de John et Rose jeunes, qui se regardaient avec adoration. Le sourire de son grand-père était-il hypocrite ?

Peut-être que si elle décomposait le problème, elle se sentirait un peu moins désarmée. Elle prit un marqueur rouge et se mit à écrire sur les marges de la page. D'un côté, elle griffonna *Où est le cube ?* et de l'autre, *Où est le Kaléidos ?* En bas, sous la photo de papi John, elle écrivit simplement *Pourquoi ?*

C'était court, comme liste de questions. Au lieu d'être inspirée, elle se sentit d'humeur plus sombre qu'avant.

— Alors, Hedy, qu'est-ce qu'on fait ? répéta Spencer.

— On verra demain.

Le lendemain matin, ils se réveillèrent tard. Ils n'avaient pas eu d'idée lumineuse pendant la nuit et ils traînèrent au lit un long moment, jusqu'à ce que le ventre d'Hedy se mette à gargouiller encore plus fort que celui de son frère.

— Est-ce que tu as quelque chose à manger ? demanda Spencer.

— Rien. Je crois qu'on va devoir descendre.

— Tu penses que papi John a déjà fini son petit déjeuner ?

— Peut-être.

Elle repoussa sa couette à contrecœur et ils sortirent dans le couloir, s'approchèrent de l'escalier et descendirent.

L'obscurité qui les avait enveloppés pendant le tour de cartes de Personne avait laissé des traces : Spencer insista pour allumer toutes les lumières afin de bannir les ombres.

Papi John releva les yeux en souriant quand ils entrèrent dans la cuisine. Caché derrière sa sœur, le garçon bredouilla un « Bonjour », tête basse, puis il se ferma comme une huître. Hedy dut répondre à sa place quand leur grand-père leur proposa du porridge, Spencer se contentant de fixer la table en bois sans un mot.

— Qu'est-ce qui ne va pas, mon garçon ? demanda papi John avec inquiétude.

— Il n'a pas très bien dormi, expliqua Hedy après un silence gênant.

Leur grand-père hocha la tête d'un air compréhensif.

— Un bon petit déjeuner lui fera du bien. Et ensuite, que diriez-vous d'une promenade dans le Bois du Renard ?

Il se tourna vers la cuisinière pour préparer le porridge.

— Comporte-toi normalement ! souffla Hedy à son frère.

— Mais j'ai peur, chuchota-t-il.

— Il n'a jamais essayé de nous faire du mal.

Le fait de le dire à voix haute lui permit soudain de douter ne serait-ce qu'un peu de ce que Personne leur avait montré la veille.

Quand il eut terminé son bol de porridge, Spencer avait un peu meilleure mine, même s'il n'avait toujours pas dit un mot. Tout en mangeant, Hedy avait réfléchi, retournant dans sa tête le mystère des magnets sur le réfrigérateur, dont le message avait depuis longtemps été dispersé. Mamie Rose les aurait prévenus si le coupable était papi John, non ? À moins qu'elle ne le sache pas ? Des questions s'entrechoquaient dans sa tête, défendant tour à tour deux théories contradictoires.

Après avoir fini son petit déjeuner et lavé son bol, elle alla s'asseoir à côté des oisillons flamenteurs blottis dans un grand carton, dans le coin le plus chaud de la cuisine. Papi John les avait déjà nourris, et ils dormaient d'un air bienheureux.

— Papi, commença-t-elle d'une voix nerveuse, aiguë et bien trop forte. Papi, sais-tu qui est derrière la disparition de mamie Rose ?

Il reposa bruyamment sa cuillère à thé sur le plan de travail. Hedy se ratatina sur elle-même, réalisant la maladresse de cette question venue de nulle part.

— On en a déjà parlé, répondit-il en fronçant les sourcils. Pourquoi cette question ?

Elle haussa les épaules.

— Tu le sais, oui ou non ?

— Quelle curieuse façon de commencer la journée, marmonna-t-il, mal à l'aise (à cause des flamenteurs ?). Crois-moi que si je l'avais su, j'aurais réagi.

L'un des oisillons duveteux remua, fit bouffer ses plumes et entrouvrit un œil avant de se rendormir contre ses frères et sœurs. Hedy n'aurait su dire si c'était une réaction à la réponse de papi John. Une part d'elle ne tenait pas à le savoir.

Le téléphone se mit à sonner dans le couloir et papi John se hâta d'aller répondre, soulagé.

— Qu'est-ce que tu en penses ? murmura Spencer. Il est coupable ?

Hedy fronça les sourcils.

— Il n'a pas vraiment répondu à ma question, si ?

Le garçon retournait sans cesse sa cuillère dans sa main.

— On peut appeler papa et maman ? demanda-t-il. Leur demander de rentrer plus tôt ?

— Et qu'est-ce qu'on leur dirait ?

— Tout !

— Mais Personne va nous aider à chercher mamie Rose, lui rappela-t-elle.

Dans le couloir, papi John murmurait avec animation. Hedy se rapprocha doucement du couloir pour écouter sa conversation.

— Non, bien sûr que je le veux toujours, disait-il, mais faut-il vraiment que ce soit aujourd'hui ? J'ai mes petits-enfants à la maison…

Spencer s'approcha en douce de sa sœur et tendit l'oreille lui aussi.

— Non, non, ce n'est pas la peine, je le prends. Je dois juste m'organiser.

Il raccrocha, hésita un moment, puis composa un numéro.

— Salut, c'est moi, dit-il sèchement. Est-ce que tu peux t'occuper des enfants pendant deux heures ? Ce matin…

Spencer regarda sa sœur d'un air interrogateur et elle articula « tonton Peter ». Lorsque papi John raccrocha, ils coururent reprendre leur place à table et tâchèrent de prendre un air surpris lorsqu'il leur annonça qu'ils allaient sortir.

— Je vais vous déposer chez Peter le temps d'une courte visite. Juste le temps d'aller récupérer quelque chose.

— On pourrait rester ici, suggéra Hedy en pensant à tout ce qu'ils pourraient accomplir en quelques précieuses heures.

Papi John lui jeta un regard soupçonneux.

— Cette fois, je ne vais pas seulement faire un petit saut au village. Allez, habillez-vous.

À l'étage, les enfants se brossèrent les dents et s'habillèrent rapidement. Lorsque Spencer tira sur sa couette à la recherche de ses chaussettes, il poussa un couinement de surprise.

— C'est quoi, ça ? demanda-t-il en se tournant vers sa sœur, le doigt pointé sur son matelas.

Il s'agissait d'une petite tête de statue. Hedy mit un moment à la resituer.

— C'est la tête du type sur le chariot romain, dit-elle alors lentement. La figurine dans la pièce de Doug et Stan.

— Mais qu'est-ce qu'elle fait sur mon lit ? Oh, je sais ! C'est sûrement les Espionboisés qui l'ont mise là.

— Je suppose. Mais c'est bizarre qu'ils aient pu monter sur le lit, vu qu'il n'est pas en bois.

Pour la première fois de la matinée, Spencer sourit.

— C'est comme une offrande à un roi.

Hedy empocha l'article imprimé sur lequel elle avait écrit leur courte liste de questions à fouiller. Tonton Peter saurait peut-être quelque chose.

Enfilant leurs sacs à dos, ils se dirigeaient vers l'escalier quand, en passant devant la chambre de Doug et de Stan, ils perçurent un grognement étouffé, outré. Ils s'arrêtèrent. Comme ils entendaient papi John au rez-de-chaussée, ils jugèrent qu'ils ne risquaient rien à ouvrir la porte pour vérifier rapidement que leurs amis allaient bien.

— Ça va, vous deux ? murmura Spencer.

— Loin de là ! s'exclama Stan. Regardez !

Trois fléchettes dépassaient de son pauvre museau et les plumes qui les terminaient gigotaient au rythme des efforts du cerf pour s'en débarrasser.

— Il a été embroché d'un seul coup, sans préavis ! gronda Doug.

— Ce sont des fléchettes magiques ? demanda Spencer.

— Elles n'avaient jamais donné le moindre signe d'enchantement, répondit l'ours. Ça faisait des années qu'elles étaient dans cette pièce, parfaitement immobiles. Elles ont été lancées !

— Par un être cruel ! ajouta Stan avec véhémence. Je pensais en avoir fini avec les objets tranchants qui vous prennent par surprise le jour où ce maudit chasseur m'a eu. Et là, ce n'est même pas du sport, vu que je suis immobilisé sur ce mur !

— En tout cas, c'était bien visé, commenta Doug en secouant la tête.

Tandis que les deux animaux parlaient, les enfants construisirent hâtivement une autre tour de cartons afin qu'Hedy puisse retirer les fléchettes du museau de Stan.

— Merci, dit-il avec reconnaissance.

— Pas de problème, répondit-elle en fuyant son regard, car une idée dérangeante germait au fond de son esprit, une idée qu'elle n'avait pas envie de formuler.

— Hedy, papi nous appelle, lança nerveusement Spencer, une oreille plaquée contre la porte.

Le cerf se racla la gorge d'un air anxieux.

— Emportez ces fléchettes, d'accord ? Et débarrassez-vous-en.

— Le Seigneur du Bois de la Reine en a assez de jouer à la Chasse au Cerf, plaisanta Doug, qui avait retrouvé son sens de l'humour maintenant que son ami était tiré d'affaire.

Celui-ci lui lança un regard acerbe.

— J'espère pour toi que tu n'es pas le prochain sur la liste, vieux paillasson.

Laissant les deux animaux à leurs insultes, Hedy ferma la porte et poussa Spencer en direction de l'escalier. Celui-ci s'arrêta subitement en lui agrippant le poignet.

— C'est Personne qui a fait ça, hein ? Il a lancé ces fléchettes et il a laissé la tête dans mon lit.

Tonton Peter vivait à Portsall, à environ quarante minutes de voiture en direction de la côte. Une légère odeur de sel entra dans le véhicule lorsque Spencer descendit sa vitre. Comme à Stradmoor, Hedy se sentit décalée en arrivant à Portsall, comme si elle revenait d'un voyage dans l'espace et qu'elle avait raté tout ce qui s'était passé sur Terre entre-temps. Elle avait gardé le silence pendant la plus grande partie du trajet, ressassant l'incident de la figurine décapitée et des fléchettes, mais surtout le tour de cartes de Personne, et ce qu'il leur disait sur papi John.

Ils se garèrent devant une large maison mitoyenne en brique brune, agrémentée d'une grande fenêtre bordée de blanc. Hedy et Spencer sortirent avec empressement de la voiture. Quelques instants plus tard, tonton Peter ouvrait la porte d'entrée.

— Bienvenue au Palais du rire ! brailla-t-il.

Il se décala sur le côté, et Jelly et Max apparurent.

— Surprise ! cria Max en essayant d'entraîner Spencer dans une course-poursuite.

Jelly passa un bras autour des épaules d'Hedy.

— On habite juste à côté, et maman nous a autorisés à venir vous voir.

— Depuis le temps que j'attends que tu me rendes visite, John ! lança tonton Peter. Tu veux un thé avant de partir ?

— Non, merci, on m'attend ailleurs, répondit brusquement leur grand-père. Soyez sages, les enfants, d'accord ? Ne touchez à rien.

Tonton Peter poussa un gloussement amusé.

— Bien sûr qu'ils peuvent toucher ce qu'ils veulent, tant qu'ils ne cassent rien !

Papi John pinça les lèvres.

— Je vais faire comme si je n'avais rien entendu, marmonna-t-il.

Il informa Hedy et Spencer qu'il reviendrait les chercher dans environ deux heures, puis rejoignit précipitamment sa voiture.

— Est-ce que tu sais où il va, tonton Peter ? demanda la jeune fille. Il n'a rien voulu nous dire.

— À moi non plus, malheureusement, répondit-il en tirant sur sa barbe. Il garde jalousement ses petits secrets.

Hedy et Spencer suivirent leurs cousins dans une petite pièce bien rangée où ils se déchaussèrent et accrochèrent leurs manteaux avant d'entrer dans la maison à proprement parler. Une délicieuse odeur de gâteau en train de cuire régnait dans le vestibule. Entre ces effluves et le raffut que faisaient ses cousins, Hedy sentit s'estomper l'angoisse qui la rongeait.

À droite de l'entrée se trouvait un salon donnant sur la rue. La lumière pénétrant par la fenêtre était partiellement bloquée par un énorme sapin de Noël chargé de décorations. Bien que parsemée d'objets qui attiraient l'œil, la pièce était propre, accueillante et ordinaire – bien différente de la maison encombrée de papi John. Il y avait un piano droit noir et luisant, deux canapés en cuir, et des guéridons sur lesquels trônaient des photos des cousins avec leurs parents, Toni et Vincent.

— Viens voir ça, dit Max en traînant Spencer jusqu'à trois affiches encadrées de tonton Peter jeune («Venez voir de vos propres yeux les pouvoirs du magicien Peter Sung!»).

Hedy jeta un coup d'œil dans une grande bibliothèque vitrée, remplie de bibelots intrigants: des plaques en pierre érodées, ornées de symboles sculptés, un petit couteau à gaine en argent, des œufs en émail aux couleurs vives et filigrane en or, et différents masques en bois arborant tous une expression féroce. Un cadre argenté abritait une photographie sépia de Tsung Li Ming.

— C'est votre arrière-arrière-grand-père, dit tonton Peter en la voyant l'examiner.

— Est-ce que tu l'as connu?

— Je ne l'ai vu que deux fois. Il avait pris sa retraite et vivait en Chine quand je suis né. C'était un magicien célèbre, tu sais.

— Je crois que j'en ai entendu parler, répondit-elle avec prudence. C'est pour ça que vous êtes devenus magiciens, papi John et toi?

Tonton Peter réfléchit un instant.

— Je dirais que John, oui; mais moi, je suis devenu magicien à cause de John, dit-il, et il sourit en voyant l'air surpris d'Hedy. Il y a parfois de la concurrence, entre frères.

Alors qu'il sortait de la pièce, elle avisa un petit sac rouge suspendu au-dessus de la cheminée.

— C'est quoi, ça? demanda-t-elle à Jelly.

— Une amulette protectrice, pour repousser le mal. On en a une plus grosse chez nous, mais elle est dans un carton en ce moment, vu qu'on fait des travaux à la maison, et qu'il y a de la poussière partout. C'est ma mémé qui les fabrique.

— Elle vit où ? demanda Hedy avec curiosité.

Jelly contempla l'amulette d'un air mélancolique.

— En Amérique, à La Nouvelle-Orléans, d'où elle vient. Papi et elle ont divorcé avant ma naissance. Tu vois, ton grand-père n'est pas le seul capable de faire disparaître sa femme ! ajouta-t-elle d'un air malicieux avant de demander, devant l'air scandalisé de sa cousine : Quoi, c'est trop tôt pour faire ce genre de blagues ?

Hedy ne put s'empêcher d'éclater de rire, et Jelly la prit par le bras pour lui montrer le reste de la maison.

Pour le déjeuner, ils se rendirent tous les cinq à pied dans un restaurant chinois, *La Cour de l'Empereur*, afin d'y déguster des raviolis vapeur « en l'honneur de votre arrière-arrière-grand-père », selon tonton Peter, que le patron accueillit avec effusion. Aux petits soins, ce dernier leur fit la conversation et apporta aux enfants de la limonade rose et des raviolis spéciaux qui n'étaient pas sur le menu. Tonton Peter les emmena ensuite chez un glacier, où le gérant sortit de derrière le comptoir pour lui serrer la main et discuter longuement avec lui. Le gérant gardait un grand seau rempli de sucettes et il autorisa les enfants à en prendre quelques-unes. Évidemment, Spencer en remplit sa poche. Tonton Peter semblait se délecter de toute cette attention, tel un roi bienveillant.

Alors qu'ils rentraient tranquillement à la maison, Spencer le bombarda de questions sur sa carrière d'illusionniste. Il se fit un plaisir de les régaler d'histoires sur le spectacle qu'il avait donné pour la famille royale et pendant lequel il avait transformé une calèche en citrouille, et sur la fois où il avait réussi à démasquer un espion russe grâce à la magie. Fasciné, Spencer en oubliait même de lécher son cône, si bien que sa glace au caramel fondue lui coulait sur la main. *C'est à ça que devraient ressembler des vacances*, songea Hedy.

Jelly tira sur sa manche pour la faire ralentir, et elles se mirent à marcher un peu derrière les autres.

— Quoi de neuf dans la maison des horreurs de tonton John ?

— Ce n'est pas une maison des horreurs ! chuchota Hedy, indignée, avant d'admettre à contrecœur : Mais c'est vrai qu'on a découvert des trucs flippants.

Elle lui raconta leur rencontre avec Albert Personne et la révélation sur papi John. Jelly en tomba des nues.

— Tu ne vas quand même pas y retourner, hein ?

— Je n'ai pas le choix, répliqua sa cousine.

— S'il est coupable et qu'il le cache depuis tout ce temps, tu ne *peux pas* y retourner ! Tu n'as pas peur ? Vous pourriez venir chez nous. Oh, sauf que Max dort déjà avec moi vu que sa chambre est en travaux. Mais vous pourriez rester chez mon grand-père. Tu veux que je lui demande ?

Ils étaient arrivés à la maison et tonton Peter les attendait devant la porte. Hedy secoua fermement la tête à l'intention de sa cousine, ne sachant pas quoi faire. Elle avait peur, bien sûr, mais qu'arriverait-il à mamie Rose si elle et son frère n'étaient plus sur place ? Personne chercherait-il quand même le Kaléidos et la pièce manquante ?

Hedy et Jelly retrouvèrent les garçons à l'étage, dans la pièce où tonton Peter gardait ses vieux costumes, posters et accessoires.

— Tu peux me montrer comment ça marche ? demandait Spencer à son cousin en soulevant une cage à oiseaux de magicien.

La cage s'effondra juste à ce moment-là et lui coinça les doigts. Ils durent appeler tonton Peter à l'aide.

— La magie est une vocation dangereuse, l'avertit ce dernier en dégageant les doigts de Spencer.

— C'est ce que dit papi, répondit le petit garçon en secouant sa main endolorie. Mais ça, ce n'est qu'un truc, non ?

Max s'intéressait désormais à une cape d'un vert sombre irisé. Il la déposa autour de ses épaules.

— Au fait, Hedy, est-ce que tu as réessayé les ailes ? demanda-t-il. Tu as réussi à en faire quelque chose ?

— Quelles ailes ? voulut savoir tonton Peter.

La jeune fille toussota et foudroya Max du regard.

— Euh… des ailes de poulet. Madame V a une recette secrète, mentit-elle, et, pour couvrir cette bourde, elle se planta devant son cousin. Hé, Max, tu sais faire la révérence comme ça ?

Elle s'inclina profondément en dessinant un grand demi-cercle avec son bras, et l'article annoté qu'elle avait rangé dans sa poche glissa par terre. Tonton Peter le ramassa et écarquilla les yeux.

— Que fais-tu avec ça ? demanda-t-il doucement.

Hedy, qui avait pourtant apporté cet article justement pour pouvoir interroger son grand-oncle, se sentit prise de court.

— Euh… on voulait voir le Kaléidos de papi John.

— Pourquoi ?

— À cause de mamie Rose. On… on veut savoir ce qui lui est arrivé. Est-ce que tu le sais, toi ?

— Personne ne le sait, répondit-il en secouant la tête, les yeux rivés sur la photo. Cette maudite boîte…

— Papi John a dit qu'il s'en était débarrassé pour qu'elle ne fasse plus de mal à personne.

Une expression de stupeur traversa le visage de tonton Peter.

— Vous êtes sûrs ? Je pensais qu'il la gardait quelque part.

— Où ça ? demanda aussitôt Spencer.

— Je n'en sais rien. Je pensais simplement…

Il n'alla pas plus loin.

— Tu connais Albert Personne ? demanda soudain Hedy.

— Cette espèce de frimeur pompeux qui ne connaissait qu'un seul numéro ? lança-t-il, surpris. Pourquoi ?

— J'ai lu qu'il était présent ce soir-là.

— C'est vrai, mais il est mort il y a déjà un certain temps, et de toute manière, il n'a pas été très gentil avec votre grand-père quand c'est arrivé.

Il contempla la photographie et les notes d'Hedy pendant un long moment, puis il lui adressa un regard pénétrant.

— Tu dois comprendre que ces souvenirs sont douloureux pour John. Je pense que vous devriez éviter de remuer tout ça tant que vous serez chez lui. Il a été soupçonné pendant quelques semaines, vous savez. Ça a été une période difficile.

— Mais si on arrivait à la retrouver ? insista Hedy.

— C'est impossible, répondit-il en posant doucement une main sur sa tête. Ne vous lancez pas dans une quête perdue d'avance. Dans quelques jours, vous rentrerez chez vous. Voulez-vous vraiment ouvrir la boîte de Pandore et le laisser ensuite gérer ça tout seul ? Je trouverais ça particulièrement cruel. À votre place, je jetterais cet article et je me concentrerais sur le moment présent.

Hedy mourait d'envie de lui parler des mots tracés dans la poussière, de Doug et de Stan, des Espionboisés et de tout le reste, rien que pour lui prouver qu'il avait tort. Mais elle n'en fit rien. À tous les coups, il répéterait tout à papi John, prendrait son parti, et ils ne retrouveraient jamais leur grand-mère.

Jelly profita de ce moment pour faire une suggestion malicieuse :

— Papi, est-ce qu'ils peuvent rester ici ? Juste pour qu'on puisse passer plus de temps ensemble, s'empressa-t-elle d'ajouter quand sa cousine lui fit les gros yeux.

— Bien sûr, vous seriez les bienvenus. Est-ce que ça vous plairait ?

Hedy sentait peser sur elle le regard suppliant de son frère. Elle repensa aux moments parfaitement normaux et agréables qu'ils avaient passés ici, où tout était simple et amusant. Mais alors, un rayon de lumière se refléta sur la cape que portait Max, et ce vert sombre lui rappela le lustre de Personne, son tour de cartes, l'obscurité qui les avait submergés et dans laquelle, d'après Personne, mamie Rose était emprisonnée.

— Non, dit-elle, en fait on ferait mieux de rentrer chez papi John.

CHAPITRE 16

AILLEURS EST ICI

Papi John ne leur dit pas où il était allé, mais en tout cas, son achat l'avait mis de bonne humeur. Et à en juger par la façon dont il ne cessait de mettre la main dans sa poche pour vérifier que l'objet était encore là, il n'était pas très gros.

Spencer garda le silence pendant presque tout le trajet du retour. Hedy supposa qu'il n'avait toujours pas envie de parler à leur grand-père.

— Personne a peut-être déjà trouvé le Kaléidos, lui murmura-t-elle quand ils arrivèrent à Marberry's Rest.

À travers sa vitre, Spencer contemplait le manoir de Hoarder Hill, qui avait l'air particulièrement tranquille et solitaire après leur visite chez leur grand-oncle avec leurs cousins.

— J'espère, dit-il en lui jetant un regard mécontent. J'aurais préféré rester chez tonton Peter.

Papi John remua les épaules d'une telle façon qu'Hedy se demanda s'il l'avait entendu. Malgré tout, elle n'avait pas envie de lui faire de la peine…

Quand ils entrèrent dans la maison, Hedy espérait à moitié y trouver leur grand-mère, miraculeusement revenue, en train de faire les cent pas dans le vestibule, ou assise à la grande table de la cuisine. Mais tout était silencieux, figé. Aucune Rose ne les attendait et, avec papi John qui s'affairait de-ci de-là, ils ne pouvaient pas partir à la recherche de Personne.

Ni Hedy ni Spencer ne furent très bavards cet après-midi-là. Ils mangèrent leur dîner du bout des dents, absents, puis la jeune fille prétexta qu'ils ne se sentaient pas très bien et ils allèrent se coucher de bonne heure. La peine que prit leur grand-père à les border et à tout préparer pour une nuit avec deux enfants patraques était touchante. Il posa un seau à côté de chacun de leurs lits, au cas où ils auraient soudain envie de vomir, et s'assura que Spencer avait son inhalateur à portée de main. Puis, après avoir lu les instructions très détaillées laissées par Olivia dans la trousse à médicaments, il disposa du paracétamol pour enfants et des crackers dans une assiette, sur l'étagère, au cas où il faudrait leur en donner pendant la nuit.

— Appelez-moi si vous avez besoin de moi, dit-il enfin en s'attardant dans l'embrasure de la porte, inquiet.

— Merci, papi, dit Hedy. Je crois qu'on a juste besoin de dormir.

Puis elle se recroquevilla sous sa couette et se força à garder en tête qu'il était peut-être coupable de la disparition de sa femme.

Quand ils entendirent ses pas s'éloigner, ils s'assirent tous les deux dans leur lit. Elle examina le plafond.

— Monsieur Personne ?

— Il est là ? demanda Spencer en serrant son oreiller contre lui.

Hedy attendit un moment.

— Je ne pense pas. Je voulais juste vérifier, expliqua-t-elle, puis elle sauta de son lit et fit signe à son frère de la suivre. Viens, on va essayer de le trouver.

— Où ça ?

— Je suppose qu'on devrait commencer par sa pièce.

Ils se faufilèrent dans le couloir, puis jusqu'à l'escalier. Heureusement, il n'y avait pas de mouvement au rez-de-chaussée ; papi John devait être dans son bureau. Lorsqu'ils parvinrent au deuxième étage, Hedy osa allumer sa lampe torche et ils filèrent jusqu'à la pièce de Personne.

— Je vais ouvrir la porte, et toi tu éclaireras la pièce avec ta lampe, lança Spencer. C'est comme ça que font les policiers à la télé.

— On n'est pas de la police, Spence, et c'est pas un pistolet.

Elle accepta quand même de procéder comme ça, ce qui aurait mieux fonctionné si, anxieux, il n'avait pas poussé la porte bleue un peu trop fort, l'envoyant s'écraser contre le mur.

— Attention ! le gronda-t-elle.

Elle illumina la pièce avec sa lampe torche. Le sol sur lequel ils avaient placé les sinistres reliques de Personne était vide, et ils eurent beau l'appeler doucement, ni sa lumière bleue ni sa voix ne répondirent.

— Il n'est pas là, conclut Hedy en refermant la porte.

— Tu penses qu'il est toujours dans la maison ? lui demanda Spencer en se rapprochant de la flaque de lumière.

Soudain, un *psssst* perçant attira leur attention, provenant de plus loin dans le couloir. La jeune fille dirigea le faisceau de sa lampe dans cette direction. La tête fantomatique de Simon apparut à travers la porte jaune.

— Vous devez prévenir le Maître, dit-il d'une voix rauque, comme s'il avait pleuré. Prévenez John.

— Que se passe-t-il ? demanda Hedy.

Elle se dirigea vers lui, flanquée de Spencer, sentant l'air refroidir à mesure qu'ils s'approchaient du pianiste fantôme.

— Albert Personne s'est échappé !

— Il, euh… il nous aide à chercher notre grand-mère, bredouilla-t-elle.

— C'est vous qui l'avez relâché ? demanda Simon, horrifié.

— C'est vous qui nous avez dit de lui poser des questions sur mamie Rose ! répliqua Hedy, sur la défensive.

— L'interroger, oui. Le libérer, *non !*

— Pourquoi ? chuchota le garçon. Qu'est-ce qu'il a fait ?

— Il m'a volé mon *do* central !

Ni Hedy ni Spencer ne comprirent ce que ça voulait dire. Des larmes immatérielles emplirent les yeux de

Simon et coulèrent jusqu'à son menton, mais elles disparurent avant de toucher le sol.

— Il a volé cinq touches de mon piano. Comment puis-je jouer sans elles ? Mon concerto ressemble à du gruyère – il est plein de trous ! Et le buste de Wellington posé sur mon piano a été décapité. Sa tête a abîmé mon pauvre instrument en tombant. Plus rien n'est sûr avec Personne dans la nature ! Vous devez prévenir le Maître, ou c'est moi qui le ferai. Je l'attirerai jusqu'ici et je lui dirai que tout est votre faute !

— Non, s'il vous plaît, ne lui dites rien ! le supplia la jeune fille. Personne a promis de nous aider à chercher mamie Rose. C'est tout ce qu'on essaie de faire.

— La prochaine fois qu'on le verra, Hedy lui demandera d'arrêter ses bêtises, ajouta Spencer.

Simon n'avait pas l'air convaincu.

— On va retrouver vos touches de piano et on vous les rapportera, d'accord ? insista-t-elle. Est-ce que vous savez où elles sont ?

Le pianiste secoua la tête en s'essuyant les yeux avec sa manche à volants.

— Je ne peux pas beaucoup m'éloigner de ma banquette de piano, vous savez. C'est là que j'étais assis quand j'ai poussé mon dernier souffle. Je n'ai donc pas pu le suivre. J'ignore où il les a emmenées.

— Il ne vous a rien dit du tout ?

— Il m'a juste nargué en précisant qu'elles auraient « une très belle vue », répondit-il avant de croiser les bras d'un air buté. Si vous n'arrivez pas à les retrouver et à me les rapporter, le Maître devra être prévenu de ce que vous avez fait !

Les enfants lui assurèrent qu'ils feraient de leur mieux et il s'évapora, tout à son chagrin. Ils redescendirent ensuite sur la pointe des pieds, à l'affût du moindre signe de Personne. Se cachait-il dans l'une des pièces verrouillées aux portes rose, rouge ou bleu ciel fanées dans lesquelles ils n'étaient jamais entrés ?

— Tu penses qu'il va tenir sa promesse ? demanda Spencer.

Hedy croisa les doigts de ses deux mains.

— J'espère. Sinon, je ne sais pas comment on va retrouver mamie Rose, dit-elle en s'arrêtant devant la porte de Doug et Stan. On va vérifier que Stan n'a pas reçu d'autres fléchettes.

Lorsqu'ils ouvrirent la porte verte, ils furent accueillis par une autre scène pathétique : l'ours était à l'envers sur le sol, tout froissé, comme s'il s'était battu. Il inclina la tête quand les enfants s'agenouillèrent à côté de lui.

— Ne tournez pas autour du pot, les petits. C'est vraiment horrible ?

— Quoi donc ? demanda Hedy.

— Je lui ai dit que ce n'était pas si affreux que ça ! intervint Stan d'un ton nerveux.

— Retournez-moi, ordonna Doug.

Les enfants obéirent et durent réprimer un cri. Toute une bande de fourrure manquait sur son dos, comme si quelqu'un l'avait rasé. Et ce n'était pas tout : sa queue avait disparu !

— Oh, Doug ! souffla Hedy alors que Spencer restait sans voix.

L'ours ferma les yeux.

— Je savais que c'était grave.

— Est-ce que tu as mal ? demanda la jeune fille.

— Oui, à la croupe.

— Qu'est-ce qui s'est passé ? parvint enfin à articuler Spencer.

— Je n'ai rien vu, répondit Doug en s'évertuant à voir l'endroit où aurait dû se trouver sa queue. Raconte-leur, Stan.

Le cerf se lécha nerveusement le museau.

— C'était un poignard incrusté de perles, luisant dans la pâle lumière, manié par un agent invisible…

— C'est reparti, marmonna Doug.

— J'essaie juste de donner un peu de grandeur à tes malheurs, se justifia Stan, vexé.

— Viens-en aux faits, espèce de cible de tir dérangée.

— Tu préfères que je dise qu'un couteau a surgi de nulle part, t'a rasé pour te donner l'apparence d'une moufette puis t'a tranché la queue ?

— Oui ! s'exclama l'ours en levant les pattes en l'air.

— Pfff. En tout cas, la conclusion, c'est que nous n'avons pas de conclusion. On ne sait pas ce que c'était. Le Maître a dû faire quelque chose et maintenant, c'est le chaos.

Hedy déglutit difficilement.

— Je crois qu'on sait, nous.

Les enfants leur firent alors le récit entrecoupé de ce qui s'était passé la nuit précédente – le tour de cartes de Personne, sa libération, la tête du conducteur de char romain. Au fur et à mesure, Hedy parlait de moins en moins, laissant son frère combler les trous. Elle se sentait sous pression ces derniers temps, en proie à des vagues d'inquiétude – parce qu'elle ne savait pas quoi penser de papi John, parce qu'elle devait veiller sur Spencer, parce qu'elle se sentait coupable de ce qui était arrivé au museau de Stan, aux touches de piano de Simon et à la queue de Doug. Soudain, toutes ces vaguelettes se fondirent en une énorme houle menaçant de s'abattre sur elle. Elle tenta de la repousser…

— Nous vous avions dit de ne pas faire confiance à Personne, dit Stan en secouant la tête.

— Et de ne pas le laisser sortir, ajouta Doug.

Leur exaspération fit sauter les digues et le raz-de-marée emporta Hedy, qui fondit en larmes. Spencer la dévisagea, dérouté par ce changement soudain chez sa sœur d'ordinaire si solide. Il l'enlaça d'un geste hésitant, et elle sanglota de plus belle.

— Pourquoi ces larmes, ma petite ? demanda l'ours.

— Je… je suis désolée de l'avoir laissé sortir.

— Allons, ce qui est fait est fait, murmura le cerf. Vous pensiez bien faire.

— Mais je m'en veux tellement. Tu as été blessé, et toi, Doug, ta queue…

L'afflux de culpabilité et de regret la submergea de nouveau. Les autres firent donc ce qu'ils pouvaient faire de mieux : la laisser pleurer.

Au bout d'un long moment, ses respirations haletantes finirent par se calmer, et elle se rendit compte qu'une chose la minait par-dessus tout.

— Je n'ai pas envie de détester papi, avoua-t-elle.

— Moi non plus, dit Spencer.

Il enlaçait toujours sa sœur et lui tapotait l'épaule à intervalles réguliers. Elle n'avait pas l'habitude d'être réconfortée par son petit frère, mais c'était agréable.

— Non, en effet, soupira Stan. Votre grand-père est une personne étrange, même pour un humain, mais je n'aime pas penser qu'il ait pu dissimuler un pareil secret.

— Qu'allez-vous faire ? demanda Doug.

Hedy prit une grande inspiration. Étonnamment, elle se sentait plus légère.

— On doit retrouver Personne. Le convaincre d'arrêter ses bêtises et lui rappeler qu'il est censé nous aider.

— Il m'a coupé la queue il y a déjà plusieurs heures, dit l'ours. Je ne veux pas être défaitiste, mais s'il s'était lassé de mettre le bazar ici et était parti le faire ailleurs ?

— La bête libérée toujours s'agite et saccage, déclama Stan.

— C'est quoi, ça ? demanda Doug en fronçant les sourcils. Un extrait de poème ?

— Non, je viens juste de l'inventer, répondit fièrement le cerf. C'est pour ça qu'il se conduit de façon aussi imprévisible. Comme un tigre tout juste échappé de sa cage qui a envie de se faire les griffes. (Il marqua une pause.) En fait, je pourrais peut-être en faire un poème.

Il ferma les yeux et commença à chuchoter pour lui-même.

— Vous feriez mieux de ficher le camp d'ici, conseilla l'ours aux enfants. Il est d'humeur poétique, et vous n'avez pas de temps à perdre avec ce genre de choses.

Des petits signes révélateurs de la présence de Personne se mirent à apparaître dans la maison, même s'il ne leur parlait pas et ne se montrait toujours pas. Hedy et Spencer retrouvèrent leurs brosses à dents dans les toilettes. Une page d'un livre qu'Hedy avait laissé dans le salon fut arrachée. En milieu de matinée, ils virent un Espionboisé en train de jouer sur le parquet avec la tête d'une des figurines de Spencer.

— Ça suffit ! s'emporta celui-ci en la ramassant pour l'enfoncer brusquement sur le corps de son jouet en plastique. C'est pas parce qu'il est expert en décapitation qu'il peut couper la tête de mes jouets !

Il prit la main de sa sœur et l'entraîna jusque dans la buanderie, au rez-de-chaussée, où il entreprit de sortir l'aspirateur du coin où il était rangé.

— Qu'est-ce que tu fais ? demanda Hedy.

— On arrivera peut-être à aspirer M. Personne.

Elle lui lança un regard dubitatif.

— D'où tu sors ça ? D'un film ?

— Tu as une meilleure idée, peut-être ?

Elle n'en avait pas. Ils inventèrent donc une histoire selon laquelle leurs parents leur avaient promis de leur donner de l'argent de poche en échange d'un peu de ménage pour papi John.

— Vous n'allez rien casser, hein ? demanda celui-ci d'un air sceptique en les regardant passer l'aspirateur dans le vestibule. Et si je vous payais pour *ne pas* faire le ménage ?

— Nous devons apprendre le sens des responsabilités, répondit Hedy. Et la valeur du dur labeur.

— Il va vraiment falloir que je trouve de quoi vous occuper, répliqua-t-il en secouant la tête.

Il les regarda passer l'aspirateur dans le couloir et le salon puis, apparemment convaincu qu'ils n'allaient rien détruire par accident, il finit par se retirer dans son bureau.

— OK, dit Spencer, on essaie.

Ensemble, ils se mirent alors à balancer la tête de l'aspirateur en l'air et firent lentement tout le tour de la pièce.

— Comment on saura si on réussit à l'aspirer ? demanda la jeune fille.

— Peut-être que sa dent ou son œil ou d'autres morceaux de lui se retrouveront là-dedans, répondit son frère en désignant le bac en plastique de l'appareil, dans lequel la poussière tournoyait à toute vitesse.

Ils parcoururent en vain toutes les pièces du rez-de-chaussée avant de se rendre à l'étage. Les bras endoloris à force de tenir le tuyau, ils passèrent l'aspirateur dans leur chambre, dans le couloir, et même, rapidement, dans la pièce de Doug et Stan. Mais c'est dans la salle de bains que leur plan fonctionna, quoique pas tout à fait comme le garçon l'avait imaginé.

— Vous avez l'air ridicules, dit une voix.

Hedy et Spencer relâchèrent le tuyau qui s'écrasa bruyamment par terre. L'ampoule du côté gauche du miroir de la salle de bains émettait une lumière bleue et vacillante. La jeune fille se hâta de pousser l'aspirateur en marche dans le couloir, pour que papi John pense qu'ils étaient encore en train de nettoyer, puis elle ferma la porte de la salle de bains.

— Pourquoi est-ce que vous faites l'idiot avec nos affaires ? Et avec celles de papi John ? s'enquit-elle en lançant un regard mauvais à la lumière bleue.

— *La bête libérée toujours s'agite et saccage*, répondit Personne en imitant la voix de Stan.

— Vous étiez en train de nous espionner ? demanda Spencer en tressaillant.

Personne ricana.

— Je menais l'enquête !

— Oh, vraiment ? répliqua Hedy. Vous voulez nous faire croire que vous « meniez l'enquête » quand vous avez coupé la queue de Doug ?

— Oh, le pauvre nounours sans queue !

— Vous nous êtes redevable, poursuivit-elle, les yeux plissés. Vous avez trouvé quelque chose, ou vous vous êtes juste amusé à faire du mal aux autres ?

— Eh bien, il se trouve que j'ai trouvé quelque chose de très intrigant – et de très éclairant – au sommet de cette maison, répondit Personne, manifestement très content de lui.

— Vous voulez dire au dernier étage ? demanda Spencer.

— Plus haut encore. *La bella vista.* Dans le belvédère.

— Le truc qu'on appelle la tourelle, expliqua Hedy à son frère. Et qu'est-ce qu'il y a, là-haut ?

— Je ne veux pas vous gâcher la surprise, ronronna le magicien, mais vous vous rendrez compte qu'on y jouit effectivement d'une très belle vue.

Elle tressaillit. *Une très belle vue.* C'étaient les mots qu'avait employés Simon. Les touches de son piano se trouvaient-elles là-haut, elles aussi ?

— Vous n'aurez qu'à m'appeler quand vous y serez, ajouta Personne avec désinvolture. Oh, et à votre place, je ne prendrais pas la peine de trimballer l'aspirateur jusque là-haut.

D'après Hedy, l'accès intérieur du belvédère devait se trouver dans le grenier, mais la porte de celui-ci était fermée à clé.

— Tu ne pourrais pas l'ouvrir, Doug ? lui demanda Spencer avec espoir après qu'ils eurent raconté leur conversation avec Personne.

Mal à l'aise, l'ours jeta un coup d'œil à la patte avant dont il s'était servi pour ouvrir la porte de la pièce de Simon. La zone de fourrure qui avait d'abord viré au marron pâle était blanche désormais, et encore plus grande qu'avant.

— Je crains que cette patte ne soit encore plus vieille que le reste de ma personne, après cette petite effraction magique.

— Vous vous souvenez dans quel état ça l'a mis, l'autre fois ? leur demanda Stan, soucieux. On aurait dit une vieille chaussette ramollie portée de trop nombreuses fois. Mieux vaut ne pas lui pomper toute son énergie. Déjà qu'il ressemble à une moufette sans queue, je ne voudrais pas qu'il se transforme en ours polaire comateux.

Hedy se rapprocha des ailes suspendues au mur et passa un doigt sur les plumes en cuivre argenté. Max avait réussi à les faire fonctionner – enfin, presque.

Aidée de Spencer, elle réussit à les enfiler et se mit à sautiller sur place. Mais quand elle s'imagina en train de chuter du toit, entraînée par le poids des ailes métalliques, celles-ci la tirèrent brusquement vers le bas, bien plus lourdes qu'elles ne l'étaient une seconde auparavant. Ses genoux cédèrent et elle tomba par terre. Au moins, la question était tranchée : ce n'était pas le moment d'essayer d'apprendre à voler.

Ce qui ne leur laissait qu'une seule option : escalader.

CHAPITRE 17
CE QUI ARRIVE À CEUX QUI CHERCHENT

Après le petit déjeuner, Hedy et Spencer annoncèrent à leur grand-père qu'ils partaient explorer le jardin et, concentré sur l'appareil sur lequel il travaillait (et qui, curieusement, tachait ses mains de bleu), il les y autorisa de bonne grâce.

Ils sortirent en douce une échelle rouillée du garage – en s'efforçant de ne pas érafler la voiture de papi John, ce qui n'était pas chose facile – et ils l'emportèrent jusqu'au côté du manoir le plus éloigné du bureau de leur grand-père. Là, ils la firent coulisser pour qu'elle atteigne sa taille maximale et l'appuyèrent contre le mur en brique.

— On est encore loin du dernier étage, fit remarquer Spencer, et en plus, il manque des barreaux.

Hedy se creusa la cervelle, observant le toit avant d'aller jeter d'un coup d'œil par-delà le coin de la maison. Sur l'autre façade, la gouttière du premier étage était à portée de l'échelle. De là, elle pourrait continuer son ascension en s'aidant d'un tuyau d'écoulement et d'un rebord de fenêtre, jusqu'à l'endroit où les deux pignons se rejoignaient. Une fois qu'elle aurait escaladé cette portion, elle pourrait facilement se frayer un chemin entre les gargouilles sur l'avant-toit, et rejoindre le belvédère en passant par-dessus la rambarde. Elle visualisa ce qu'elle s'apprêtait à faire, essayant d'ignorer son ventre noué.

— Toi, tu montes la garde, dit-elle à Spencer.

— Encore ?

— Parce que tu as envie de monter là-haut, peut-être ? Si jamais papi John sort de la maison, dis-lui que je suis en train de récupérer une balle de tennis.

Ses jambes tremblaient lorsqu'elle commença à gravir l'échelle. Elle s'efforça de ne pas trop penser aux barreaux branlants et de ne pas regarder en bas. Quand elle parvint à la gouttière, elle dut réprimer un couinement de surprise en voyant un gros scarabée sortir de sous les feuilles humides. Le vent s'était levé et soufflait dans ses cheveux, mais heureusement, il avait emporté presque toute la neige qui restait sur le toit, qui n'était du coup pas trop glissant. En revanche, elle avait très froid aux mains.

Elle s'accrocha au pignon et se hissa sur le toit. *Fais-toi légère comme une plume*, se motiva-t-elle en posant les pieds sur les tuiles qui lui paraissaient les plus solides. Elle atteignit le tuyau près du rebord de la fenêtre et se dit que si elle tombait de là, ce ne serait qu'une petite chute, finalement. S'agrippant fermement au tuyau, elle s'écarta du rebord de fenêtre, posa un pied sur une brique, puis elle grimpa doucement entre les pignons jusqu'à ce que, miraculeusement, elle se retrouve à avancer entre les gargouilles, s'en servant comme de prises. Le belvédère n'était plus qu'à quelques pas.

Elle s'autorisa à admirer la vue un instant. Vus d'en haut, les quelques rues sinueuses de Marberry's Rest, le patchwork des champs environnants saupoudrés de neige et les bouquets d'arbres sans feuilles ressemblaient à un décor pour jouets.

Quand elle jeta un coup d'œil par-dessus la balustrade du belvédère, elle aperçut non seulement les cinq touches que Personne avait volées à Simon, mais aussi une queue d'ours en fourrure marron. Elle sourit et enjamba le muret en se demandant si Mme Vilums pourrait l'aider à recoudre la queue de Doug. Après avoir mis les touches et la queue en sécurité dans la poche intérieure de son manteau, elle tenta d'ouvrir l'unique porte sans fenêtre donnant sur ce qui devait être le grenier de la maison, mais elle était fermée à clé.

— Bien joué, tu as réussi, lança une voix désormais familière derrière elle.

Elle se retourna et, pendant une fraction de seconde, elle distingua un visage d'homme brumeux qui flottait dans l'air. Il se dissipa presque aussitôt.

— B-bonjour, dit-elle, essayant de se convaincre que c'était le vent glacé qui la faisait frissonner. Je vais rapporter les touches de piano et la queue de l'ours dans la maison.

— Si tu insistes, répondit Personne d'un ton aimable.

— Qu'est-ce que vous avez trouvé sur mamie Rose, ici ?

Il éclata de rire.

— J'ai découvert ce qui arrive à ceux qui cherchent.

— C'est-à-dire ?

— Votre grand-père a conçu un système de sécurité remarquable. Sommaire, mais remarquable. Essaie de ne pas trop abîmer le toit dans ta chute.

— Qu'est-ce que vous avez trouvé ? s'écria-t-elle.

Les railleries de Personne s'étaient interrompues. Le vent froid sifflait autour du belvédère vide. Soudain, du coin de l'œil, elle vit bouger l'une des gargouilles de l'autre côté du toit – un diablotin en pierre. Il contracta ses petites épaules musclées et se redressa en poussant un croassement guttural. Derrière lui, un bruit de grattement s'éleva et un petit groupe de gargouilles apparut, s'avançant furtivement sur les tuiles.

— Des espions ! grogna le diablotin d'un ton dur et froid.

— Quoi ? fit Hedy d'une toute petite voix.

— Des ennemis ! renchérit un griffon avec mépris.

— Je… je ne suis pas votre ennemie ! bredouilla-t-elle. Je suis la petite-fille du Maître.

Mais les créatures continuaient d'approcher. Hedy escalada la balustrade, le cœur battant à cent à l'heure, et rebroussa chemin aussi rapidement que possible. Terrifiée, elle glissa et poussa un petit cri. Le dragon en pierre auquel elle se raccrocha remua sous sa main, se réveillant à son tour. Hedy gémit, se mit à quatre pattes et repartit.

— Protégez-la ! s'écria d'une voix grinçante le dragon le plus proche d'elle.

Pendant une seconde, Hedy crut qu'il venait à son secours, mais il tenta au contraire de lui mordre le pied. Elle lui décocha un coup de pied le plus fort possible ; surpris, il battit en retraite et alla rejoindre les autres. Mais en se démenant ainsi, Hedy dérapa sur une bande de lichen et commença à glisser sur les tuiles, jusqu'à ce qu'un pignon arrête sa chute. Les créatures en pierre la suivaient toujours. *Je n'ai plus le choix*, pensa-t-elle. *Il faut que je crie pour que papi vienne m'aider.*

Juste au moment où elle prenait une grande inspiration, quelque chose passa au-dessus de sa tête et se posa devant elle. C'était un corbeau. Un énorme corbeau dont la pierre se transformait en plumes blanches et inversement. C'était celui qui les avait guidés jusqu'à la maison de papi John le jour de leur arrivée, elle en était sûre ! Elle se prépara à subir ses coups de bec, mais il s'élança dans les airs et fondit sur les gargouilles en décrivant des cercles menaçants. Il était en train de l'aider ! Les petits monstres de pierre grondaient et tentaient de le mordre, mais il les esquivait avec adresse, toutes serres dehors. Des éclats de pierre se mirent à voler et les créatures effarouchées commencèrent à reculer.

Hedy continua de descendre, reposant un moment ses pieds sur un rebord de fenêtre. Elle se retrouva avec le nez collé à la vitre sale d'une fenêtre verrouillée, au travers de laquelle elle distingua des mannequins vêtus de tenues de magicien et, dans un coin obscur, la faible lueur d'un objet métallique. C'était le grenier.

Le corbeau revint à son niveau et la fixa d'un œil sévère. Les gargouilles s'étaient remises à avancer vers elle.

— *Croâ*, la pressa-t-il.

Hedy entendit un petit bruit dans le grenier. Elle le scruta de nouveau. Y avait-il du mouvement parmi les ombres ?

Et alors, dans la couche de saleté qui recouvrait la vitre, exactement comme dans la poussière de la photo encadrée, apparurent trois mots : TU ES PROCHE.

Mamie, pensa Hedy. Elle était proche de sa grand-mère !

Le corbeau piqua doucement sur elle, la poussant à s'en aller. Elle se laissa prudemment glisser le long du tuyau, puis se hâta de rejoindre le toit du premier étage et le sommet de l'échelle que Spencer tenait toujours fermement.

— Je descends ! cria-t-elle.

Bouche bée, le garçon vit une gargouille et un griffon échapper au corbeau et sauter sur les tuiles en ardoise à la poursuite de sa sœur.

— Attention ! cria-t-il.

Elle descendit l'échelle aussi vite que possible. Quand elle releva les yeux, elle aperçut les petites têtes des gargouilles, mais elles avaient cessé de la pourchasser. De toute évidence, papi John leur avait confié une mission : empêcher quiconque d'approcher du sommet du manoir.

— Que s'est-il passé ? Est-ce que ça va ? Ces créatures te poursuivaient !

Haletante, Hedy entraîna son frère loin de la maison ; elle avait l'impression que son cœur essayait de défoncer sa cage thoracique. Ils virent les gargouilles reprendre leurs places le long du toit puis se figer. Personne n'aurait pu se douter désormais qu'il ne s'agissait pas que de simples statues de pierre.

— *Croâ.*

Le corbeau se posa en douceur sur la clôture et les étudia de ses yeux intelligents.

— C'est le même que le premier jour ? chuchota Spencer. Celui qui nous a conduits jusque chez papi ?

— Je crois bien, murmura sa sœur, et je crois que c'est un ami. Il m'a aidée là-haut, sur le toit.

L'oiseau se gratta le dos avec son bec puis, après un dernier « *croâ* », il rejoignit le toit.

Les enfants rapportèrent l'échelle dans le garage. Spencer, qui avait assisté à une partie de la poursuite sur la partie inférieure du toit, bombardait désormais sa sœur de questions pour savoir ce qui s'était passé plus haut, jusqu'à ce qu'il se rende compte qu'elle avait les mains qui tremblaient. Il lui offrit alors une des sucettes qu'il gardait dans sa poche depuis Portsall ; le sucre l'aida à détendre son ventre crispé. Mais une peur tenace la poussait à mettre de la distance entre elle et la maison. Ils allèrent donc se réfugier plus bas dans le jardin, où, au moins, les statues étaient inoffensives et immobiles, contrairement aux gargouilles.

Là, installée sur le genou de l'un des trois personnages en pierre assis sur le banc, elle se sentit enfin assez calme pour tout raconter à Spencer.

— Alors, si mamie Rose a dit que tu te rapprochais, on va devoir retourner là-haut ? demanda-t-il en regardant le toit du manoir d'un air anxieux.

— Je ne me sens pas de remonter sur le toit, admit Hedy d'un air sombre. Personne devait savoir que les statues m'attaqueraient. Il faut qu'on trouve un moyen d'accéder au grenier par l'intérieur.

CHAPITRE 18
FIL ET AIGUILLE

Malgré le vent glacial, les enfants restèrent dans le cimetière des statues. Ils firent un sort au stock de sucettes de Spencer tout en réfléchissant à un moyen d'entrer dans le grenier. Environ une heure plus tard, ils entendirent papi John qui les appelait. Ils le rejoignirent au milieu du jardin.

— Vous essayez d'attraper des engelures ou quoi ? fit-il. Rentrez. J'ai quelque chose pour vous, et vous n'aurez pas besoin de vous geler le bout du nez pour en profiter.

Il avait installé dans le salon une table carrée aux bords en bois, avec de petits tiroirs et recouverte de feutre vert. Une grande boîte remplie de pièces de puzzle était posée dessus.

— C'est une table de puzzle ? demanda Spencer.

— Une table de mah-jong. Un héritage familial. C'est un jeu chinois, mais ne me demandez pas de vous l'expliquer, je serais bien incapable de me rappeler les règles, quand bien même ma vie en dépendrait ! Mais je me suis dit qu'un puzzle serait une activité parfaite pour vous. Il y a deux mille pièces.

Il souleva le couvercle de la boîte pour leur montrer l'image à reconstituer : une scène de fêtes, avec le père Noël dans son traîneau chargé de paquets, des sapins et des tonnes de neige, dont les pièces promettaient d'être difficiles à différencier.

— Deux mille, ça fait beaucoup, marmonna Hedy. Papa et maman doivent rentrer… demain soir !

Elle n'arrivait pas à le croire : demain, ce serait déjà le réveillon de Noël. Avec tout ce qui s'était passé, elle avait complètement perdu la notion du temps.

— Dans ce cas, vous feriez mieux de vous y mettre tout de suite, répondit papi John en souriant. Il ne faudrait pas qu'un puzzle incomplet hante vos pensées une fois rentrés chez vous.

À court d'arguments, Hedy et Spencer s'affalèrent chacun sur une chaise et se mirent à trier les pièces à contrecœur. Néanmoins, quand papi John finit par les laisser à leur tâche, ils commençaient à se prendre au jeu.

Ils avaient reconstitué deux bords du puzzle lorsque leur grand-père refit surface et se rendit dans la cuisine, où il se mit à fouiller bruyamment dans les placards.

— Qu'est-ce qu'il fabrique avec cet entonnoir et cette carafe ? s'interrogea Spencer alors qu'il retournait dans son bureau.

Une seconde plus tard, un bruit fracassant retentit : papi John venait de laisser tomber ce qu'il avait dans les mains, et ils l'entendirent jurer très distinctement, ce qui ne lui était jamais arrivé en leur présence.

Hedy se leva d'un bond et, Spencer sur les talons, elle se précipita dans le couloir.

— Papi John ?

Mais il n'était pas tombé. Il se tenait dans l'embrasure de la porte de son bureau, des éclats de grès à ses pieds, l'entonnoir toujours dans la main. En entendant ses petits-enfants, il se retourna, une expression inquiète sur le visage.

— Vous êtes entrés ici pendant que j'étais dans la cuisine ? aboya-t-il.

Les deux enfants eurent un mouvement de recul. Ils secouèrent la tête.

— On était occupés à faire le puzzle, répondit Hedy. Promis.

Papi John se voûta et passa la main dans ses cheveux, qui se dressèrent en touffes hirsutes.

— Bien sûr. Je suis désolé, dit-il – et on voyait bien qu'il l'était. Je ne voulais pas vous parler comme ça.

— Que s'est-il passé ? demanda Spencer.

— Quelque chose s'est cassé pendant que j'étais dans la cuisine… c'est sûrement moi qui l'ai renversé en me retournant.

Mais Hedy voyait bien qu'il n'était pas convaincu par sa propre explication. Il entra dans son bureau à reculons et, comme il refermait la porte, les enfants eurent le temps d'entrapercevoir l'intérieur de la pièce et un *quelque chose* à moitié construit sur son bureau. On aurait dit une double hélice composée de queues écaillées et ondulantes, entourées par des anneaux et charnières métalliques, avec une demi-boîte de jambon en conserve.

Il les poussa à continuer leur puzzle tandis qu'il se mettait à ranger son bureau. Ils retournèrent à leur occupation en traînant les pieds, en se retenant de dire à voix haute ce qu'ils pensaient très fort : Personne était toujours en cavale.

À l'heure du coucher, Spencer se rendit compte que sa figurine de combat avait encore été décapitée, mais cette fois, il ne retrouva pas la tête. Lorsqu'il enroula une écharpe autour de son cou et insista pour qu'Hedy en fasse de même pour éviter qu'on leur coupe la tête, elle n'eut pas le cœur de lui expliquer qu'une écharpe ne servirait à rien face à un outil suffisamment aiguisé. Mais, après avoir été attirée par ruse sur un toit d'où elle avait failli tomber, elle se dit que toute protection était bonne à prendre.

— Je dois sortir faire une course en voiture aujourd'hui, leur annonça papi John quand ils descendirent, le lendemain matin.

— Chez Mme Pal ? demanda Hedy avec espoir. On peut venir ?

— Non, chez quelqu'un d'autre. Un peu plus loin que la Palissade et… eh bien, il faudra que vous restiez dans la voiture.

— Pourquoi ? demanda Spencer, contrarié.

Papi John ne dit rien et distribua un peu de nourriture aux oisillons affamés, qui remuaient avec enthousiasme leurs crêtes de couleur vive. Finalement, il soupira.

— Je préférerais vous savoir dehors, c'est tout. Ne me demandez pas pourquoi. Ce n'est tout simplement pas un endroit pour les enfants.

Hedy repensa subitement à la queue d'ours et aux touches de piano, toujours sous son oreiller, puisqu'elle n'avait pas eu le courage de les rapporter pendant la nuit. Ils pourraient profiter de l'absence de leur grand-père pour rendre les touches à Simon, essayer de rattacher la queue de Doug et, avec un peu de chance, trouver un moyen d'accéder au grenier.

— Mme Vilums doit venir aujourd'hui ? demanda-t-elle.

— Elle sera là d'une minute à l'autre. Elle a dit qu'elle allait apporter des choses de dernière minute pour Noël.

— On ne pourrait pas plutôt rester ici avec elle ? l'interrogea Hedy qui, voyant l'hésitation de son grand-père, ajouta d'un air grave : On ne doit pas laisser des enfants seuls dans une voiture.

— Même un chien, on n'a pas le droit ! renchérit Spencer.

— Donc si on t'accompagne, tu seras obligé de nous faire entrer aussi, conclut la jeune fille.

Elle avait beau vouloir convaincre leur grand-père de les autoriser à rester, une part d'elle mourait d'envie de voir cet endroit top secret interdit aux enfants.

Papi John décida finalement qu'ils pourraient rester à condition que Mme Vilums soit d'accord, et ils l'attendirent non sans stress. Elle arriva un peu après neuf heures, salua papi John comme à son habitude, mais se montra nettement plus froide avec les enfants.

— Ils veulent rester avec moi ? s'étonna-t-elle en haussant un sourcil et en déposant des patates douces sur le plan de travail. Vous ne prévoyez pas de faire des bêtises, j'espère ?

— Ça ne leur viendrait pas à l'idée, madame Vilums, répondit leur grand-père en adressant un regard sévère aux enfants.

Moins de dix minutes plus tard, il s'éloignait au volant de sa voiture après y avoir transporté discrètement un objet depuis son bureau, peut-être l'appareil à double hélice qu'ils avaient aperçu la veille.

Il y avait quelque chose de terriblement gênant dans la manière dont Mme Vilums les ignorait ostensiblement alors qu'ils tournaient autour d'elle. Hedy, qui avait prévu de lui demander de l'aide, se ratatina lorsque la cuisinière, muette, les évita purement et simplement pour aller polir la table de salle à manger, comme s'ils étaient de parfaits intrus.

— Excusez-moi, madame Vilums, vous savez si papi John a du fil et une aiguille ? demanda-t-elle finalement, alors qu'elle avait prévu de l'interroger sur le grenier.

— Je crois qu'il y en a dans la buanderie.

Les enfants sortirent discrètement et, après avoir fouillé dans les placards surplombant les paniers à linge, ils trouvèrent un vieux kit de couture contenant une grosse aiguille et un peu de fil.

— On va réparer Doug, chuchota la jeune fille.

Ils filèrent à l'étage et récupérèrent la queue dans le lit d'Hedy avant de se faufiler dans la pièce de Doug et Stan.

— Tu l'as retrouvée! s'exclama l'ours alors que la jeune fille brandissait la queue.

— Vous auriez dû voir Hedy en train d'esquiver tous ces petits monstres sur le toit! lança Spencer. Elle avait trop la classe!

Celle-ci fut surprise de la franche admiration de son frère. Haussant les épaules avec modestie, elle ouvrit le kit de couture sur le dos de l'ours.

— Eh bien, ça alors! s'exclama Stan en remuant ses bois. Il faut que vous nous régaliez du récit de ce sauvetage héroïque! Au fait, comment comptez-vous rattacher la queue de Doug?

— Aïe! s'écria celui-ci en apercevant l'aiguille d'Hedy. Tu ne comptes quand même pas te servir de cette lance répugnante, hein?

Le cerf éclata de rire.

— Tu vas enfin comprendre ce que j'ai ressenti, Douglas. Dis-moi, quelle couleur de fil vas-tu choisir? Que penses-tu du pourpre royal?

Après lui avoir suggéré de se coudre la bouche avec son pourpre royal, l'ours choisit un fil marron tout simple et autorisa Hedy à recoudre sa queue. Il grimaçait à chaque passage de l'aiguille à travers sa peau, si épaisse qu'Hedy avait mal aux doigts à force de pousser sur l'aiguille. Elle laissa avec plaisir Spencer prendre le relais tandis qu'elle racontait aux deux animaux ce qui s'était passé sur le toit.

— Maintenant, il faut qu'on arrive à entrer dans le grenier, était-elle en train de dire quand la porte s'ouvrit à toute volée.

— Qu'est-ce que c'est que ça ? demanda Mme Vilums, les mains sur les hanches.

Spencer tenta précipitamment de cacher l'aiguille sous Doug, mais c'était trop tard. Son geste n'avait pas échappé au regard perçant de la femme ; et de toute manière, il était impossible de dissimuler le kit de couture posé sur le dos de l'ours.

— J'espère ne pas t'avoir entendue dire que vous alliez essayer d'entrer dans le grenier en l'absence de votre grand-père, poursuivit la cuisinière en entrant dans la pièce. Qu'est-ce que je dois lui répéter, exactement ?

— Vous n'êtes pas obligée de lui répéter quoi que ce soit, madame V, répondit Hedy, la gorge sèche.

— N'est-ce pas ce qu'on fait, ici ? répliqua Mme Vilums d'une voix tendue. Du chantage ?

La jeune fille baissa la tête. Au bout d'un long moment, elle réussit à regarder la cuisinière dans les yeux, ce qui était encore plus dur que de parler.

— Je suis désolée, dit-elle d'une voix rauque. On ne parlera pas à papi John de ce que vous nous avez révélé l'autre jour. Et merci d'avoir convaincu les Espionboisés de nous rendre la dent.

L'expression de Mme Vilums s'adoucit.

— Et votre grand-mère, alors ?

— C'est justement pour ça qu'on doit monter au grenier. Je pense que mamie Rose est quelque part là-haut. Vous n'auriez pas la clé ? On ne dira rien à grand-père à propos de votre passé, promis, se hâta-t-elle d'ajouter lorsque le visage de la cuisinière s'assombrit de nouveau. C'est juste… c'est juste qu'on a besoin d'aide. Le temps presse.

Mme Vilums soupira.

— Je n'ai pas les clés des portes verrouillées de cette maison.

— Mais je pensais qu'il vous faisait confiance, depuis le temps que vous travaillez ici, dit Spencer.

— Votre grand-père semble s'être donné pour règle de ne faire confiance à personne.

À ce moment-là, Doug les interrompit en poussant un grognement de surprise. Sa queue venait de disparaître dans un nœud du parquet.

— Que se passe-t-il ? s'écria-t-il.

— Les Espionboisés ! s'exclama Spencer. Ils sont en train d'emporter l'aiguille dans le plancher !

Mme Vilums se dirigea vers le nœud, se mit à genoux et donna un coup sec et décidé sur le bois.

— Vous prenez trop. Rendez-la, s'il vous plaît.

Trois Espionboisés surgirent près de ses jambes et lui donnèrent des petits coups affectueux.

— Oui, c'est bien, marmonna-t-elle en les caressant tour à tour. Maintenant, rendez-la, s'il vous plaît.

La tension se relâcha dans la queue de Doug, de sorte qu'Hedy et Spencer purent la sortir du trou dans le sol, ainsi que le fil et l'aiguille.

— Vous voulez que je termine? leur proposa Mme Vilums.

Ils hochèrent la tête. Elle réalisa les derniers points d'une main experte et fit un nœud dans le fil avant de le couper.

— Merci, madame Vilums, murmura Doug en remuant sa queue avec prudence.

Elle caressa sa fourrure brune d'une main hésitante, puis elle se leva.

— Si vous me promettez de ne pas essayer de vous introduire dans d'autres pièces, je vais retourner à mon ragoût.

— Il nous reste une chose à faire à l'étage, dit Hedy en pensant aux touches de piano. Ensuite, on pourrait descendre vous aider, si vous voulez?

— Avec plaisir, répondit la cuisinière en souriant.

— Elle n'est pas comme les autres adultes, chuchota Spencer en la regardant s'éloigner.

— Non, mais au moins, elle est de notre côté ce matin.

Hedy commença à ranger le nécessaire à couture, qui montait et descendait au rythme des déplacements des Espionboisés. Soudain, Spencer lui prit l'aiguille des mains et sortit une bobine de fil du petit étui, et il les plaça sur le nœud sombre dans le parquet.

— Les amis, vous pourriez nous faire entrer dans le grenier ? demanda-t-il.

Les Espionboisés aspirèrent ces offrandes avant de disparaître à leur tour. Spencer mit un moment à comprendre qu'ils s'étaient enfuis avec leur butin.

— Merci pour rien ! lança-t-il en fusillant du regard le parquet immobile.

— Ça valait le coup d'essayer, dit sa sœur. Viens, on va rapporter les touches de piano à Simon.

Lorsqu'ils frappèrent à la porte jaune, Simon passa la tête à travers et devint fou de joie à la vue des cinq touches dans la main d'Hedy.

— Mes chouchoutes ! roucoula-t-il en français. Mes chéries !

— Je ne sais pas comment on va pouvoir vous les passer, fit remarquer Hedy – car la porte était toujours verrouillée.

Alors qu'ils essayaient en vain de les glisser sous la porte, à quatre pattes, les Espionboisés réapparurent : *pop, pop, pop !* Les deux plus gros s'emparèrent aussitôt d'une touche, avant que les enfants ne puissent les en empêcher, mais cette fois, ils ne s'enfuirent pas avec. Comme s'ils avaient compris ce qu'Hedy avait dit, ils attirèrent la touche assez profondément dans le parquet pour qu'elle puisse passer sous la porte et, quelques instants plus tard, Simon repassait la tête dans la porte pour les informer que les deux Espionboisés avaient remis la touche à sa place.

— Elle est cassée, mais au moins, elle est rentrée à la maison ! s'exclama-t-il, radieux.

Mais pendant ce temps, le plus petit Espionboisé s'efforçait d'attirer l'attention d'Hedy et Spencer. Alors que ses acolytes s'occupaient de la dernière touche de piano, il vint cogner les genoux de Spencer.

— Hé! Ça fait mal! s'exclama celui-ci.

L'Espionboisé s'en prit ensuite à Hedy. Elle le réprimanda d'une petite tape avec le doigt, mais, ayant réussi à se faire remarquer, il fila dans le couloir puis s'arrêta, comme s'il voulait qu'ils le suivent.

— Qu'est-ce qu'il essaie de nous dire? s'interrogea Hedy.

Il repartit alors jusqu'à la porte du grenier, dont il gravit l'encadrement. Et soudain, ils entendirent le verrou qui s'ouvrait.

CHAPITRE 19
Le grenier

— Tu vois ? L'aiguille et le fil les ont convaincus de nous aider ! lança Spencer d'un air suffisant.

Il resta derrière Hedy alors qu'elle s'approchait sur la pointe des pieds de la porte du grenier, qui était exactement de la même couleur que les murs, comme pour se fondre dans le décor.

— C'est toi qui l'ouvres, dit-il.

— Merci bien, grommela-t-elle.

Heureusement, la porte ne grinça pas, sans quoi la jeune fille n'aurait sûrement pas réussi à garder son sang-froid. Elle donnait sur un escalier, éclairé par une faible lumière provenant d'en haut.

— Je peux monter la garde ici, si tu veux, souffla Spencer.

— Je croyais que tu détestais ça !

Ils gravirent l'escalier en retenant leur souffle et, une vingtaine de marches plus tard, ils pénétraient dans le grenier. Le sol était encombré de rangées d'étagères et d'îlots hétéroclites. On aurait dit un labyrinthe. Sur de grands coffrets à thé s'affichaient à l'encre des noms de lieux tels que Siam, Delhi, Népal, et des mannequins en costume d'illusionniste donnaient aux enfants la désagréable impression d'être observés. Hedy aperçut le message de mamie Rose sur la fenêtre, toujours visible dans la poussière.

Spencer lui agrippa le coude et désigna l'armure dans un coin sombre.

— J'aimerais bien l'essayer ! murmura-t-il.

— C'est pas ta taille, répondit sa sœur en se penchant vers les Espionboisés, qui ne les lâchaient pas d'une semelle, pour tapoter le plus petit : Et maintenant, on va où ?

Le petit Espionboisé se fraya un chemin à travers tout le fatras jusqu'au mur le plus éloigné. Là, il se mit à faire des allers-retours impatients devant un portant de costumes, que les enfants déplacèrent sur le côté. Ils découvrirent alors une porte en bois sombre, ordinaire, arborant en son centre une main dorée.

— Comme chez Mme Pal ! s'exclama Spencer. Comme Samuel !

Même si la main dorée ressemblait effectivement à celles qu'ils avaient vues à la Palissade, celle-ci ne remua pas d'un pouce, sans parler de faire un tour de magie. La porte elle-même semblait impossible à faire bouger.

— Je me demande à qui elle est, dit Spencer. À quel magicien mort, je veux dire.

— Et si c'était celle de papi John ? suggéra Hedy en l'examinant de plus près.

Sa taille et la forme des doigts semblaient en effet correspondre. Spencer saisit la main métallique avant qu'Hedy, qui craignait qu'une alarme ou autre se déclenche, ne puisse l'en empêcher. Mais rien ne se passa. La main ne tournait pas, ne bougeait pas, ne leur faisait ni coucou ni signe d'approcher. Elle demeurait raide, complètement inanimée.

— Vous pouvez ouvrir cette porte ? demanda Hedy aux Espionboisés.

Ils frémirent dans le bois. Probablement leur façon de dire « non ».

— Essayez, au moins, insista-t-elle d'un ton encourageant.

Elle entendit alors un petit bruit de ferraille et balaya rapidement la pièce du regard. *Tu deviens parano*, se dit-elle.

L'Espionboisé de taille moyenne glissa jusqu'à la porte, mais il ne réussit pas à passer à travers. Il fit une autre tentative en prenant plus d'élan, mais c'était comme de lancer une boule de bowling contre un mur de béton : la créature heurta la porte avec un bruit sourd et fut rejetée en arrière. Ses acolytes essayèrent à leur tour, mais chaque fois qu'ils fonçaient contre la porte ou son encadrement, ils en étaient repoussés.

Hedy manipula elle aussi la main dorée, espérant trouver le truc pour l'ouvrir, mais elle ne fut pas plus chanceuse.

— Qu'est-ce qu'il y a derrière ? interrogea-t-elle les Espionboisés.

Les trois petites bosses se réunirent et, soudain, elles parurent avoir une idée. Ensemble, elles se dirigèrent vers la portion de parquet juste sous la porte et disparurent. Quelques secondes plus tard, un espace étroit, à peine plus large qu'une paume de main, se creusa sous la porte, là où les Espionboisés aspiraient le bois. Cet interstice tremblotait, comme si le maintenir demandait beaucoup d'effort aux créatures invisibles.

— Vous êtes de vrais petits génies, les félicita Hedy alors que Spencer et elle s'agenouillaient pour jeter un coup d'œil sous la porte.

Ils en furent scotchés.

La porte dissimulait une autre pièce absolument époustouflante. Si quelqu'un avait pu transformer une magnifique forêt au clair de lune en une scène de théâtre et l'enfermer dans un grenier, le résultat aurait ressemblé à ça. Des rideaux en velours rouge profond encadraient le décor : des troncs d'arbres et des sous-bois sombres et très réalistes se dressaient vers ce qui semblait être le ciel, et non le toit du grenier. Le plancher de la scène s'estompait progressivement, remplacé par de la terre et de l'herbe. Cinq torches – de longs bâtons couronnés de flammes, comme des allumettes géantes – se tenaient telles des sentinelles autour d'un objet au centre de la pièce. La lune projetait sa pâle lueur sur le tout, mais plus vivement encore sur la longue boîte scintillante au milieu.

— Le Kaléidos ! chuchota Spencer.

Papi John ne s'en était donc pas débarrassé, tout compte fait. Le Kaléidos était aussi long qu'un cercueil, mais bien plus profond, entièrement constitué de cubes scintillants à multiples facettes, rappelant des diamants précieusement taillés. Ils reflétaient les doux rayons lunaires et les flammes rougeâtres qui éclairaient la boîte de façon intermittente, dans un mouvement constant d'ombre et de lumière réfractée, ascendant et descendant.

— Vous pourriez agrandir le trou ? demanda Hedy aux Espionboisés d'un ton pressant. Pour qu'on puisse passer ?

Ils zigzaguèrent pour changer de position, mais ils ne parvinrent pas à l'élargir beaucoup plus. Lorsqu'ils plongèrent vers le bas, disparaissant à la vue, le sol lui-même parut les repousser. Ils remontèrent subitement à la surface, incapables de lutter, et l'espace sous la porte redevint une très fine bande par laquelle on ne pouvait plus rien voir.

— Zut ! marmonna la jeune fille.

C'était rageant de se savoir aussi proche du Kaléidos, et sûrement de mamie Rose, mais d'être incapable de la rejoindre.

Et pourtant, il s'agissait là du moindre de leurs problèmes.

Car retentit soudain derrière eux un bruit de raclement métallique, un peu comme celui d'une épée qu'on tirerait de son fourreau, puis le grincement d'un pied avançant d'un pas. Les enfants se retournèrent, espérant se tromper sur l'origine de ce bruit. Eh non.

L'armure qui leur avait paru si immobile tout à l'heure se déplaçait lentement mais sûrement, parfaitement positionnée de façon à empêcher toute tentative d'évasion.

— Stop ! tenta Hedy d'une voix tremblante. Nous sommes les petits-enfants du Maître.

Mais l'armure continuait à avancer vers eux. Les serpents qui ornaient son plastron se mirent à se tortiller et à flamboyer, comme éclairés de l'intérieur.

— Qu'est-ce qu'on fait ? chuchota Hedy à l'attention des Espionboisés. Où on va ?

Mais les petites créatures s'étaient figées, tremblantes, oubliant de guider les enfants. Alarmées par un pas particulièrement retentissant, elles vacillèrent, puis disparurent sous le plancher.

— Poules mouillées ! fulmina Hedy.

Alors que Spencer et elle se relevaient précipitamment, elle calcula la distance qui les séparait de l'escalier et la vitesse à laquelle l'armure se déplaçait. Le grenier lui apparaissait soudain comme un labyrinthe de cartons et de valises, mais ils pouvaient peut-être y arriver. Prenant la main de son frère, elle commença à l'entraîner en direction de l'escalier, mais ils n'avaient pas fait trois pas que l'armure accélérait en pointant son épée sur eux.

— Par ici ! lança Hedy en changeant de direction et en poussant le garçon derrière un tas de casques.

Le bazar les freinait, mais il empêchait aussi l'armure de foncer droit sur eux. Dans un élan inspiré, Spencer poussa une tour de valises pour les faire dégringoler.

L'armure s'arrêta le temps qu'elles s'immobilisent, puis elle se remit en marche en dégageant le chemin à coups de pied. Suivant l'exemple de son frère, Hedy entreprit de lui barrer le passage en faisant tomber des mannequins, des abat-jour, des cartons… L'armure n'allait pas si vite que ça, mais elle affichait un air implacable réellement terrifiant. S'ils parvenaient à l'entraîner plus loin dans le grenier, ils pourraient faire une boucle et rejoindre l'escalier.

L'épée avait l'air terriblement aiguisée et offrait à l'armure une portée alarmante. Soudain, elle l'abaissa dans un sifflement et les enfants bondirent sur leur droite. Un abat-jour qui roulait par terre fit trébucher Spencer et, à son tour, Hedy se prit les pieds dans les jambes de son frère et tomba. Elle tenta de se relever pour permettre au garçon de se remettre debout lui aussi et, par-dessus son épaule, elle vit que l'armure se préparait à leur asséner un coup. Les serpents qui l'ornaient s'agitaient frénétiquement. Elle s'empara d'un vieux casque kaki qui tournait comme une toupie sur le sol, puis elle roula sur elle-même et le tendit devant elle en hurlant pour contrer l'épée qui fondait sur elle.

La lame ricocha sur le sommet arrondi du casque. L'impact se répercuta sur toute la longueur de ses bras.

Alors, ils entendirent qu'on les appelait de l'étage inférieur.

— Hedy ? Spencer ?

Mme Vilums gravit en courant l'escalier du grenier.

— Faites attention ! s'écria la jeune fille. L'armure !

La cuisinière n'hésita qu'un bref instant avant de se diriger d'un pas décidé vers l'armure qui, momentanément surprise, fit quelques pas en arrière, créant une ouverture très étroite. Mme Vilums adressa alors un geste désespéré aux enfants pour qu'ils s'échappent, mais leur assaillant comprit ce qu'ils comptaient faire et, levant son épée, fit un pas de côté pour leur barrer la route.

— Non! cria la cuisinière et, avant que les enfants ne puissent comprendre ce qui se passait, elle se jeta devant eux.

L'épée se dirigea droit vers Mme Vilums, qui leva la main vers la lame, sans laisser échapper un son alors que celle-ci lui entaillait la main. Une expression d'intense douleur envahit son regard lorsque l'épée s'arrêta, après avoir tranché non de la chair, mais de la pierre. Il n'y avait pas de sang – la main de Mme Vilums était maintenant en pierre noire!

L'armure ramena son arme en arrière et la main en pierre se détacha et tomba par terre. Hedy plaqua une main sur sa bouche et sentit que Spencer lui agrippait le bras, sous le choc. Mais avant que l'armure puisse les attaquer de nouveau, le sol se mit à onduler fortement sous ses pieds métalliques, et elle s'écroula dans un bruit fracassant. Les Espionboisés étaient de retour.

— Ils sont revenus! s'écria Spencer.

— Pour Mme Vilums, devina Hedy.

Les Espionboisés, comme fous, se déchaînaient dans le parquet qui semblait bouillir comme de l'eau. L'armure ne pouvait pas se relever ; elle n'arrivait même pas à s'agenouiller. Le plus petit se glissa sous la main abandonnée et la poussa jusqu'à un nœud dans le bois qui l'aspira, avant de rejoindre ses deux acolytes, qui continuaient de semer le chaos.

— Emmenez-moi auprès de mes sœurs, haleta Mme Vilums.

— Quoi ? demanda Hedy. Où ça ? Il faut qu'on appelle une ambulance !

— Non ! répondit-elle en secouant violemment la tête. Dans le jardin.

Les enfants la prirent chacun par un coude et sortirent aussi vite que possible du grenier où les pièces de l'armure s'entrechoquaient sur le sol tumultueux. À chaque pas, la pierre gagnait du terrain sur le bras de Mme Vilums.

— Qu'est-ce qui vous arrive ? lui demanda Hedy, effrayée.

— C'est l'épée qui vous a fait ça ? ajouta Spencer en regardant le coude de pierre dans sa main.

Mme Vilums secoua la tête.

— Le banc de pierre en bas du jardin, haleta-t-elle en attrapant sa cape avant de sortir laborieusement de la maison.

Le jardin ne leur avait jamais paru aussi grand que lors de cette course épouvantable. La pierre progressait du bras de la cuisinière à son torse, et commençait à ralentir ses pas. Ils durent la traîner sur les derniers mètres qui les séparaient du banc de pierre. Là, Mme Vilums releva la capuche de sa cape et s'assit avec raideur entre les deux personnages en pierre, eux aussi encapuchonnés.

— Mes sœurs, dit-elle alors en penchant la tête à droite, puis à gauche. Maja. Et Ewa.

Ainsi donc, depuis le début, c'était à ce banc que pensait Mme Vilums quand elle disait qu'elle voulait être près de ses sœurs ; ce banc qui, Hedy s'en rendait compte maintenant, accueillait parfois deux personnages, parfois trois !

— Est-ce que ça va mieux maintenant ? lui demanda la jeune fille, au bord des larmes. Vous êtes à votre place, ici ? Que se passe-t-il ?

— Nous sommes nées statues de pierre, répondit Mme Vilums, désormais incapable de bouger la tête. Moi seule ai été autorisée à me transformer. Mais cette fois, j'ai bien peur de ne plus me réveiller.

— Qu'est-ce qu'on peut faire pour vous ? s'écria Spencer.

Des marbrures sombres et dures envahissaient désormais le visage de la cuisinière.

— Tout s'effondre, dit-elle en posant son regard affolé sur les enfants. C'est dangereux ici. Part…

Les dernières traces de la peau pâle de Mme Vilums disparurent. Son corps entier était désormais prisonnier de la pierre noire, impossible à distinguer de celui de ses sœurs, hormis sa main coupée.

CHAPITRE 20
L'EXPLOSION

Les enfants s'agenouillèrent sur la terre froide aux pieds de Mme Vilums. Reniflant et ravalant leurs larmes, ils lui tapotèrent le bras, espérant qu'elle trouverait un moyen de leur faire savoir qu'elle allait bien. Mais ce n'était peut-être pas le cas.

C'est dangereux ici. Partez.

Hedy se leva, essuya ses joues humides et entraîna Spencer avec elle.

— Viens.

Son frère fixait le manoir d'un regard craintif tout en la suivant.

— Est-ce qu'on... est-ce qu'on va essayer d'entrer dans la pièce secrète du Kaléidos ?

— Les Espionboisés n'ont pas pu nous y faire entrer. Personne détruit tout sur son passage. J'ai failli tomber du toit. Stan a été blessé, Doug aussi ; et maintenant, Mme Vilums... elle aussi est blessée, et c'est notre faute, conclut-elle en secouant la tête. Pas question qu'il t'arrive quelque chose.

— Papi John sera furieux quand il apprendra qu'on a réveillé cette armure.

— Alors il ne fallait pas faire disparaître mamie Rose. Mme V a raison. Il faut qu'on s'en aille.

— J'ai envie d'appeler maman et papa.

— Moi aussi, répondit Hedy en passant un bras autour des épaules de son frère. Mais ils doivent déjà être dans l'avion. On est la veille de Noël, tu te rappelles ?

— À quelle heure ils vont arriver ?

— Dans la soirée, j'imagine. Mais là, on doit partir tout de suite.

Ils hésitèrent devant la porte de derrière, puis ils se faufilèrent jusqu'au téléphone dans le vestibule. Ils distinguaient encore le bruit étouffé de l'armure se débattant sur le sol du grenier.

La jeune fille trouva rapidement le numéro qu'elle cherchait, scotché sur le mur à côté du téléphone, et elle le composa.

— Tonton Peter, c'est Hedy. Est-ce qu'on peut venir chez toi ? Tout de suite ?

— Mince alors, que s'est-il passé ? demanda Jelly en sautant de la voiture de tonton Peter, une heure plus tard.

Elle était habillée comme un arc-en-ciel, de son bandana rouge à ses baskets violettes.

— Qu'est-ce que tu fais là ? l'interrogea Hedy, surprise.

— Tonton Peter nous a prévenus que tu lui avais demandé de venir en urgence, et je cherchais justement une excuse pour échapper au concert de Noël de Max. Il y est en ce moment, avec nos parents. Alors, raconte !

Hedy n'arrivait pas à trouver les mots, surtout avec tonton Peter qui passait le portail à grands pas.

— Est-ce que tout va bien ? demanda-t-il. Où est John ?

— On y va, dit Spencer en se libérant de l'étreinte de Jelly pour se diriger vers le portail.

— Attendez une minute, intervint tonton Peter. Je ne peux pas vous enlever comme ça sans avoir prévenu votre grand-père. Bon, quel est le problème ? Vous vous êtes disputés ?

— Il n'est pas là, répondit Hedy en tripotant le bout de son écharpe rayée.

Tonton Peter fronça les sourcils.

— Est-ce qu'il sait que vous m'avez appelé ? Avec qui vous a-t-il laissé ? Mme Vilums ?

Elle se mordit la lèvre. Elle avait naïvement espéré qu'il les emmènerait sans d'abord demander à parler à un adulte. En réalité, il passa la porte et balaya le vestibule du regard, comme s'il s'attendait quand même à trouver papi John à la maison. Soudain, il pencha la tête sur le côté et tendit l'oreille.

— C'est quoi, ce bruit ?

— Que… quel bruit ? demanda Hedy.

— Ce boucan, là-haut, répondit-il en se dirigeant vers l'escalier.

— Non, tonton Peter ! s'écria-t-elle en s'élançant derrière lui pour tenter de lui barrer le passage. Ne monte pas !

Il la dévisagea.

— Hedy, je suis encore plus inquiet maintenant. Qu'y a-t-il ?

Elle déglutit. Incapable d'inventer une histoire plausible, elle ne put que lui avouer la vérité dans un murmure précipité.

— C'est une armure. Elle a pétrifié Mme Vilums. On ne voulait pas qu'il lui arrive malheur, on cherchait juste mamie Rose. Et on a trouvé la boîte magique de papi dans une pièce secrète cachée dans le grenier, mais on ne peut pas y accéder. Et il lui manque un cube. Et je crois que Mme V est devenue une statue pour de bon, et elle a nous a conseillé de partir.

Tonton Peter clignait des yeux, s'efforçant de la suivre.

— Le Kaléidos est dans le grenier ?

Hedy hocha la tête d'un air sombre.

— Mais on ne peut pas entrer, précisa-t-elle.

Une expression d'espoir fugace traversa le visage de tonton Peter. Il se mit à gravir les marches deux par deux, ignorant les protestations de sa nièce. Spencer et Jelly rejoignirent Hedy, puis les trois enfants s'élancèrent derrière tonton Peter. Il avait déjà parcouru la moitié du couloir du deuxième étage quand ils parvinrent sur le palier. Le bruit de l'armure était plus fort désormais, et tonton Peter avait ralenti. Mais, juste au moment où il passait devant la pièce contenant le lustre de Personne, une énorme détonation retentit. La porte bleue se fendit et des éclats de bois s'envolèrent, laissant un trou béant par lequel s'échappèrent des volutes de poussière.

Un éclat de verre se planta dans le bras de tonton Peter, et une tache de sang apparut sur sa chemise. Il eut beau leur faire signe de ne pas approcher, les enfants l'ignorèrent et coururent jusqu'à lui.

— Papi ! s'exclama Jelly d'une voix perçante. Est-ce que ça va ? Qu'est-ce qu'on doit faire ?

Il toucha l'éclat de verre et grimaça.

— Il va falloir qu'on trouve de quoi faire un bandage avant de retirer ça, dit-il.

À travers le trou dans la porte, Hedy distingua des bris de verre vert foncé et la lourde chaîne du lustre dévasté de Personne. Soudain, une lumière bleue se mit à clignoter dans le verre et, quelques secondes plus tard, des fils lumineux en sortirent en tourbillonnant et se déployèrent dans les airs. Ils se rencontrèrent pour former un nuage furieux qui disparut subitement, laissant derrière lui une vague lueur qui s'estompa vite.

Bien entendu, ce fut à ce moment-là que papi John apparut en haut des escaliers – son arrivée avait été masquée par le vacarme de l'explosion.

— Que diable avez-vous fait ?

— Tu es déjà rentré, dit faiblement Hedy.

— Trop tard, semble-t-il.

Il les jaugeait d'un air glacial tout en avançant vers eux avec raideur, les mâchoires contractées, ses lèvres formant une ligne mince et furieuse.

— Je savais qu'il s'était passé quelque chose, poursuivit-il. Si seulement j'étais rentré plus tôt, j'aurais pu empêcher le *saccage* de ma maison.

— Tu pourrais aller piquer ta colère en bas ? répliqua tonton Peter en grimaçant, le bras en sang. Je n'ai pas envie de devoir me battre contre ce que tu gardes là-haut.

Papi John leur désigna sèchement l'escalier principal.

— Rien ne descendra du grenier, dit-il sèchement.

— Comment tu le sais ? demanda Hedy.

— C'est à moi, non ?

— Mais si tes choses ne t'écoutent plus ?

Il la foudroya du regard.

— Tout le monde dans la cuisine.

Spencer y arriva le premier et s'assit à côté de la boîte des oisillons flamenteurs. Il en prit un dans ses mains pour se réconforter. Jelly aida tonton Peter à s'asseoir. Quant à Hedy, qui hésitait entre rester debout ou prendre une chaise, elle finit par se caler dans l'embrasure de la porte, où elle se fit toute petite. Ce fut seulement lorsqu'il les rejoignit – avec un pansement, une bouteille et du coton – que papi John se rendit compte qu'il manquait quelqu'un.

— Où est Mme Vilums ?

Les enfants échangèrent un regard. Quoi qu'ils disent, cela entraînerait une avalanche de questions, et Hedy n'avait pas la force de chercher une excuse crédible.

— Dans le jardin, dit-elle finalement.

— Et que fabrique-t-elle dans le jardin alors que la moitié de la maison est en train de sauter ?

— Elle s'est transformée en pierre.

Papi John se figea.

— À cause du Verre de Méduse ?

— C'est quoi, ça ? demanda Hedy, confuse.

Leur grand-père baissa aussitôt les yeux ; de toute évidence, il venait de mentionner quelque chose dont ils n'étaient pas censés connaître l'existence.

— Comment a-t-elle pu se transformer en pierre ? demanda-t-il.

— Mme Vilums est une statue qui se transforme en femme, répondit Hedy en fixant un bouton sur la chemise de son grand-père pour ne pas avoir à le regarder dans les yeux. Quand l'armure nous a attaqués, là-haut, elle s'est sacrifiée pour nous sauver. Et après le coup d'épée, elle a commencé à se pétrifier. Elle nous a demandé de la conduire jusqu'au banc de pierre dans le cimetière des statues. Elle était là-bas quand elle n'était pas ici sous sa forme humaine.

Papi John se frotta le front, s'efforçant d'assimiler tout ce qu'Hedy venait de dire, puis il tenta une approche différente.

— Et toi, qu'est-ce que tu fais là ? demanda-t-il à tonton Peter.

— On avait peur, intervint la jeune fille. On avait peur parce que l'armure nous a attaqués et parce que Mme V nous a dit de partir.

— Évidemment que Sir Roland vous a attaqués ! répondit papi John, vexé. C'est pour ça que je l'ai créé. C'est sa mission de garder… ce qu'il y a là-haut.

Sir Roland ? articulèrent silencieusement les enfants en se regardant.

— Il garde ton Kaléidos ? demanda tonton Peter, les yeux rivés sur le sol.

Papi John inspira brusquement.

— Il garde un certain nombre de choses qui doivent être protégées, répondit-il doucement, ou dont les gens doivent être protégés. Hedy, que faisiez-vous là-haut ? Pourquoi personne dans cette maudite maison n'a jamais la courtoisie de faire ce que je demande ?

Tonton Peter leva son bras blessé. Il avait le teint grisâtre.

— Est-ce qu'on peut s'occuper de ça avant que je salisse tout le sol de ta cuisine ? Tu pourras les gronder ensuite autant que tu veux.

Papi John tamponna en silence la plaie avec de la teinture d'iode, puis il la banda. Le blessé refusa de nouveau d'aller chez le médecin.

— J'ai juste besoin de m'allonger.

Ils l'escortèrent jusqu'au salon où il s'étendit sur le canapé. Ils le couvrirent avec son manteau, puis il ferma les yeux et les remercia d'une voix lasse avant de leur assurer qu'il les appellerait s'il avait besoin de quoi que ce soit. Juste avant qu'ils ne quittent la pièce, un filament bleu crépita brièvement au-dessus des minuscules ampoules de la guirlande lumineuse du sapin de Noël. Ni papi John ni Jelly ne s'en aperçurent, mais Spencer sursauta et, comme Hedy, il balaya la pièce du regard à la recherche du moindre signe d'Albert Personne. Rien.

— C'est peut-être seulement les ampoules qui sont un peu détraquées, lui dit sa sœur, avec espoir.

Il détala, l'air peu convaincu. Hedy laissa la porte entrouverte puis, après un dernier regard coupable à tonton Peter, elle suivit les autres sur la pointe des pieds.

CHAPITRE 21
Jouer des tours

Mal à l'aise, les enfants s'installèrent autour de la table de la cuisine tandis que papi John allumait la bouilloire. La colère qui irradiait de lui aurait suffi à faire bouillir l'eau à elle toute seule. Lorsqu'il déposa sa tasse de thé sur sa soucoupe, Hedy remarqua que ses mains tremblaient un peu. Elle se prépara à une autre explosion, pire encore que celle qui avait eu lieu dans la chambre de Personne.

— On dirait que vous vous êtes surpassés aujourd'hui, dit-il enfin. Ce qui me dépasse, c'est que vous ayez pu croire que *Ne touchez à rien* signifiait *Montez réveiller des sentinelles dans le grenier* ou *Faites exploser je ne sais quoi pour détruire ma maison*. Je n'aurais jamais dû accepter de vous prendre pour les vacances. Alors maintenant, dites-moi tout. Que se passe-t-il ?

Hedy réfléchit un long moment, déchirée. Une heure plus tôt, elle aurait été prête à raconter n'importe quoi pour pouvoir filer d'ici. Mais si on ne leur permettait plus jamais de revenir ? Ils ne pourraient jamais retrouver mamie Rose.

Qui la sauverait ? Il n'y avait qu'un seul moyen de forcer la main de papi John : lui dire la vérité.

— C'est toi qui as fait disparaître mamie Rose, souffla-t-elle.

— Je le sais bien, répondit papi John, troublé. Je le sais mieux que quiconque.

— Mais tu as retiré un morceau de la boîte, et c'est pour ça qu'elle n'a pas fonctionné !

Hedy déglutit, le cœur tambourinant. Les rides sur le front de son grand-père se creusèrent encore. Elle n'avait pas d'autre choix que de poursuivre.

— Quelqu'un nous a montré ce qui s'est passé.

— Qui ?

Elle lança un coup d'œil à son frère, qui l'encouragea d'un hochement de tête.

— Albert Personne.

— Il est mort depuis longtemps, répliqua papi John avec dédain.

Mais soudain, il inclina la tête, songeur. Comme s'il venait de prendre conscience de quelque chose.

— Personne est… (Il prononça alors un mot étrange et incompréhensible, quelque chose du style *tru-juk-lin-kot.*) Il était dans la pièce détruite à l'étage. Vous y êtes entrés. C'est vous qui êtes responsables de ça !

— Non, c'est pas vrai ! protesta Spencer, retrouvant enfin sa langue.

— Mais vous y étiez entrés, non ? insista leur grand-père, et leur silence répondit à leur place. Pourquoi, après tous mes avertissements ?

— Mamie Rose nous a demandé de la retrouver, lâcha subitement Hedy. Elle a écrit TROUVEZ-MOI dans la poussière, et aussi avec les magnets sur le frigo !

Leur grand-père se retourna dans sa chaise pour regarder les magnets éparpillés depuis longtemps, qui ne formaient plus que du charabia.

— Tu l'as vu toi-même, lui rappela-t-elle. Ils disaient TROUVEZ-MOI. Et ensuite tu as dispersé les lettres.

— C'était Rose ? demanda-t-il d'une voix entrecoupée.

— Oui.

— Pourquoi vous aurait-elle demandé ça à vous, et pas à moi ?

— D'après Mme Pal, c'est parce que tu t'es fermé à la magie, mais…

— Mme Pal ? Vous lui avez parlé de ça ?

— Non, elle a deviné toute seule ! Mais si c'est *toi* qui as fait disparaître mamie, pas étonnant qu'elle n'ait pas envie de te demander de l'aide, tu ne crois pas ?

À ce moment-là, ils entendirent quelque chose racler sur le frigo – les magnets se déplaçaient. Quatre lettres seulement, épelant le mot JOHN.

— C'est mamie Rose ! s'écria Spencer. Tu vois ? On ne mentait pas !

— Regardez ! couina Jelly en pointant le doigt sur une fenêtre de la cuisine.

Sur le givre maculant un coin de la vitre, un doigt invisible était en train d'écrire JOHN. Et puis, sur la table, juste devant eux, une petite pincée de sucre fut saupoudrée et, dans les grains apparut l'inscription *Aide-moi, John.*

Papi John était figé, hébété. Rien ne bougeait sur son visage, à l'exception d'une larme qui se décrocha de ses cils. Finalement, il chuchota :

— Rosie ?

Moi, écrivit Rose dans le sucre.

Papi John laissa échapper un sanglot, qu'il tenta d'étouffer en plaquant la main sur sa bouche.

Hedy, Spencer et Jelly échangèrent un regard perplexe. Mamie Rose venait de demander de l'aide à papi John. Cela signifiait-il qu'il n'était pas coupable ?

— Ça me paraît peu vraisemblable, John.

À leur grande surprise, tonton Peter se tenait dans l'embrasure de la porte, affichant un air sceptique. Les flamenteurs aussi parurent étonnés ; ils battirent des ailes et s'agitèrent dans leur boîte. Même appuyé contre l'encadrement de la porte, le teint pâle, il semblait bizarrement en forme, comparé à l'épuisement qui l'avait saisi seulement quelques instants plus tôt.

— Comment ça ? demanda papi John d'une voix rauque.

— Quelles sont les probabilités pour qu'il s'agisse réellement d'elle ?

Jelly sauta de sa chaise pour aller faire un câlin à son grand-père, qui parut gêné par cette étreinte, peut-être à cause de sa blessure. Il l'enlaça brièvement de son bras indemne avant de la renvoyer vers son siège.

— Comme tu l'as dit toi-même, pourquoi serait-elle entrée en contact avec *eux*, et pas avec toi ? reprit-il.

Il y avait de la froideur dans sa façon de dire « *eux* », tout comme dans le geste dédaigneux qu'il fit dans leur direction. Il devait leur en vouloir d'avoir causé sa blessure, pensa Hedy avec un sentiment de culpabilité.

Papi John se dirigea vers les magnets et les effleura du doigt, une expression émerveillée sur le visage. Il s'approcha ensuite de la fenêtre où son prénom figurait dans le givre, et il toucha la vitre avec sa main, laissant sa propre empreinte dans la buée.

— Mais je sens que c'est Rose. Je sens sa présence ici, avec nous.

Il avait désespérément envie de le croire ; cela s'entendait clairement dans sa voix.

— C'est ton imagination, répondit tonton Peter sur un ton triste. Tu as tellement envie qu'elle revienne que ton esprit te joue des tours.

— On n'a pas imaginé ces messages ! intervint Hedy, indignée. On a tous vu mamie Rose les écrire. Et on n'a pas imaginé les autres non plus. C'est bien elle !

Tonton Peter secoua la tête et se repoussa de l'encadrement de la porte pour aller se placer derrière son frère.

— Je n'ai pas dit que vous les aviez imaginés. Mais qu'est-ce qui est le plus probable ? Que Rose vous fasse soudain signe après avoir été emprisonnée pendant toutes ces années, ou qu'il s'agisse d'une créature sortie d'une de tes pièces verrouillées, de ta collection ?

Papi John le foudroya du regard.

— Pas la peine de me regarder comme ça, mon vieux, se moqua tonton Peter. Tu gardes des choses étranges ici – un objet de ta collection te joue des tours. Et il joue des tours aux enfants pour les pousser à mettre ta maison sens dessus dessous et faire tout ce qu'ils n'ont pas le droit de faire. Cette chose les a même poussés à se méfier de *toi* ! Pense à ce qui s'est passé là-haut. D'autres membres de ta famille auraient pu disparaître, à cause de toi.

Une boule de plus en plus lourde se formait dans le ventre d'Hedy. Ces deux dernières semaines auraient reposé sur un mensonge ? Et s'ils s'étaient fait avoir comme des imbéciles par un esprit malfaisant, qui les avait manipulés afin qu'ils enfreignent les règles de papi John, qu'ils en viennent à soupçonner leur propre grand-père ?

Les épaules d'un vieil homme se voûtèrent, et il prit une longue inspiration frémissante. Des larmes piquaient les yeux d'Hedy. Pire que de douter de leur grand-père, ils lui avaient donné de l'espoir, et cet espoir l'abandonnait à présent, laissant derrière lui une coquille encore plus petite, plus fragile qu'avant.

Tonton Peter posa une main sur l'épaule de son frère. Hedy remarqua que l'un de ses ongles avait été touché dans l'explosion et commençait à virer au violet.

— John, je pense que tout ton fatras va finir par causer ta perte, un de ces jours.

— J'empêche ces choses de faire du mal aux gens, insista celui-ci. C'est mon devoir. Après ce qui est arrivé à Rose, j'ai choisi de porter ce fardeau.

— Peut-être que pour vraiment les empêcher de nuire, il faudrait les exterminer pour de bon.

Papi John dévisagea son frère, horrifié.

— Quoi ?

— Débarrasse-toi de toutes ces choses qui possèdent un esprit, poursuivit tonton Peter d'une voix douce. Libère-toi de ce fardeau. Fais de ce monde un lieu moins dangereux en le purgeant de tout ça. Brûle-les. Brûle toutes ces choses que tu gardes, car désormais, ce sont elles qui te possèdent. Elles te relient à des souvenirs dont tu dois te libérer. Tu seras libre. Bon sang, on pourrait retrouver nos jeunes années ! S'acheter deux motos et sillonner la campagne. Mordre le vent à pleines dents.

Hedy sursauta. Où avait-elle déjà entendu ça ?

— J'ai encore les motos dans le garage, répondit papi John, l'air perdu.

Tonton Peter hocha la tête.

— Évidemment, tu gardes tout. Allez, on va préparer un grand feu et faire flamber tout ce qui reste de ces choses dangereuses.

CHAPITRE 22
Le bûcher

Les deux frères travaillèrent non-stop pendant une heure, sortant du manoir de pleines brassées d'objets pour en faire une pile sur un carré de terre nue dans le jardin à l'arrière. Pendant ce temps, les enfants, assis sous la table de la salle à manger, racontèrent à Jelly tout ce qui s'était passé depuis la dernière fois qu'ils s'étaient vus. Ensuite, ils regardèrent par la fenêtre de derrière la pile d'objets devenir de plus en plus volumineuse. Des petits cartons étaient entassés comme les briques d'un igloo, recelant des objets mystérieux. Des bibelots arrachés à des étagères furent jetés par-dessus. Comme tonton Peter passait à côté d'eux avec les cartes encadrées suspendues jusque-là aux murs de la chambre d'Hedy et de Spencer, il sourit.

— Vous n'allez donc pas nous aider, viles créatures ?

Personne ne répondit. Ses taquineries n'étaient pas aussi bon enfant que d'habitude, aujourd'hui.

— On n'est pas censés jouer avec le feu, répondit finalement Spencer.

— Vous n'étiez pas non plus censés aller fouiner dans toutes ces pièces.

Il se gratta la barbe, comme si elle l'irritait. Quelque chose avait sali ses cheveux, assombrissant une mèche qui tombait sur son front.

— Allez ! Vous avez perdu votre goût de l'aventure, tout d'un coup ?

— On est vraiment obligés ? grogna Jelly.

Son grand-père pivota brusquement vers elle avec une expression glaciale.

— Arrête un peu de gémir et viens nous aider, lança-t-il d'une voix basse et cassante, complètement dépourvue de sa chaleur et de son entrain habituels.

— On arrive dans une seconde, marmonna-t-elle après un temps d'arrêt.

Lorsqu'il quitta la cuisine d'un pas vif, Hedy vit sa cousine essuyer rapidement ses larmes avec son poing.

— Est-ce que ça va ? lui demanda-t-elle.

Jelly haussa les épaules, manifestement blessée.

— Il ne m'avait jamais regardée comme ça, avec cet air *méchant*. Jamais. En général, c'est votre grand-père, le grincheux.

— Il a sûrement reçu un coup sur la tête au moment de l'explosion.

— Sûrement. Mais tu te transformes en troll quand tu prends un coup sur la tête, toi ? C'est plutôt son bras qui devrait le gêner.

Soudain, Spencer, qui s'était penché sur la boîte des flamenteurs, se redressa.

— Papi John ne va quand même pas brûler les petits flamenteurs, hein ?

— Il ne ferait jamais une chose pareille ! s'exclama Hedy.

— Mais ils sont un peu magiques, alors va savoir, répliqua-t-il en se tordant les mains. Il faut qu'on les cache.

Il souleva la boîte en carton abritant les petites créatures, qui se mirent à gigoter et à se cogner contre les parois.

— Il y en a un qui s'est endormi dans ma poche, reprit-il. Où on peut cacher les autres ?

Hedy se creusa les méninges.

— Ils sont en train de retourner toute la maison. On peut tenter le garage ?

— Et si papi John décide de brûler des trucs rangés là-bas ?

— Ça m'étonnerait qu'il stocke des objets magiques dans le garage. Ça serait trop facile pour des voleurs d'y entrer.

— Allons-y maintenant, avant qu'ils redescendent, lança le garçon en attrapant son chapeau d'aviateur.

Ils sortirent en toute hâte.

— Ça va aller, roucoula Spencer à l'attention des deux oisillons dans le carton.

Menteur ! Menteur ! Menteur ! gazouillèrent-ils alors, et le petit garçon serra les lèvres.

— On les met où ? demanda Jelly en refermant la porte du garage derrière eux. Allez, Spencer, c'est toi le maître des flamenteurs.

Il balaya la pièce du regard avant de désigner un espace sombre sous une étagère chargée de truelles, de rouleaux de cordes et de chaînes.

— On pourrait les mettre là-dedans et les cacher derrière un pot de peinture.

Il retira son chapeau d'aviateur, installa les deux oisillons à l'intérieur, pour qu'ils aient un nid bien chaud, puis il plaça le chapeau dans la boîte en carton et la glissa dans la cachette.

— J'espère qu'ils ne vont pas faire caca dans ton chapeau, lança Hedy, essayant de plaisanter.

— De toute manière, c'est celui de papa, répliqua Spencer.

Il ne réussit qu'une pâle imitation de son habituel sourire insolent. La situation ne prêtait pas vraiment à la rigolade.

— Celui-là dort encore, ajouta-t-il d'un air satisfait en jetant un coup d'œil dans sa poche.

C'est alors qu'un bruit particulièrement fort leur parvint, et Hedy passa la tête dans le jardin pour voir d'où venait ce vacarme.

— Papi John a sorti les grands tableaux du vestibule, annonça-t-elle. Ceux des personnages avec des têtes d'animaux.

— Mais pourquoi ? protesta son frère. Ils sont cool !

— Euh, moi, je les trouve un peu flippants, dit Jelly en plissant le nez.

— Même s'ils sont flippants, c'est quand même n'importe quoi, rétorqua Hedy. Il faut qu'on essaie d'arrêter ça.

Elle traversa le jardin en courant, les autres sur les talons.

— Papi John ?

Il était en train de caler les tableaux contre le tas, qui s'était étoffé d'objets très attirants qu'elle n'avait jamais vus : une jupe en plumes de paon éclatantes, une grande valise en cuir noir dotée d'un fermoir en laiton, un petit pied en bois.

— Papi, ne mets pas le feu à toutes tes affaires, le supplia-t-elle. Je te promets qu'on ne touchera plus à rien. On est vraiment désolés de ce qui s'est passé là-haut. On a appris la leçon, honnêtement.

Il la regarda d'un air malheureux et secoua lentement la tête.

— On n'en est plus là, Hedy. Ce n'est pas des excuses que je veux. Cette pièce aurait pu exploser avec vous dedans. Sir Roland aurait pu vous embrocher avec son épée. Il n'est pas question que votre mère perde l'un de vous par ma faute, elle qui a déjà perdu sa propre mère.

Elle ne trouva rien à répondre. Son grand-père considéra le bûcher avec tristesse, puis il redressa les épaules et retourna dans la maison à la recherche d'autres possessions à brûler, sans se soucier que les enfants le suivent ou pas.

— Il faut qu'un adulte l'empêche de faire ça, dit Hedy. Quelqu'un qu'il écouterait.

— Peut-être Mme Pal ? suggéra son frère. Après tout, c'est elle qui lui a vendu certains de ces objets, non ?

— Bonne idée, Spence. Il y a son numéro sur la carte. On y va !

Elle fila récupérer la carte de Mme Pal dans son sac à dos, puis les enfants se regroupèrent autour du téléphone dans le vestibule.

— Bon, je vais l'appeler et lui expliquer la situation, annonça Hedy. À mon signal, vous allez chercher papi John.

Elle mit ce qui lui sembla une éternité à composer le numéro sur le vieux téléphone à cadran de papi John. Attroupés autour du combiné, ils attendirent la tonalité. Au bout de cinq *brrrrng-brrrrng*, quelqu'un décrocha.

« Ici la Palissade », dit Mme Pal à l'autre bout du fil.

— Madame Pal ! C'est Hedy van…

« Nous ne pouvons donner suite à votre appel pour le moment… »

Les enfants poussèrent un grognement. C'était un répondeur.

« … mais veuillez laisser un message après le *biiiiip…* »

— Laisse un message ! l'encouragea Jelly.

« … et nous vous rappellerons. *Biiiip.* »

— Euh… Madame Pal, ici Hedy et Spencer, bafouilla la jeune fille. Papi John est en train de construire un bûcher avec tous ses objets magiques parce qu'il a peur qu'ils soient dangereux. S'il vous plaît, s'il vous plaît, il faut l'empêcher de…

Clic.

Un doigt venait de se poser sur le support du combiné, interrompant l'appel. Celui de tonton Peter, qui s'était faufilé derrière eux sans se faire remarquer.

— Mme Pal ne fait qu'entretenir l'obsession de John, dit-il, et la pire chose à faire serait de permettre à cette petite colporteuse de racheter ces objets et de les revendre. Elle fait du profit en rajoutant encore des menaces dans ce monde.

Derrière eux, le téléphone se mit à sonner. Sans doute Mme Pal qui rappelait. Mais tonton Peter ne leur laissa pas le temps de répondre : il souleva le combiné et le raccrocha aussitôt.

— Laissez John faire ce qu'il a à faire.

La sonnerie perçante retentit de nouveau, mais il raccrocha encore.

— Allez donc aider votre grand-père à descendre le tapis en peau d'ours.

Les trois enfants en oublièrent le téléphone. Ils échangèrent un regard horrifié et se ruèrent dans l'escalier, qu'ils gravirent deux marches à la fois. Arrivés à l'étage, ils virent que papi John avait soigneusement roulé Doug et s'apprêtait à le soulever. L'ours avait les yeux écarquillés de terreur.

— Non, papi John, s'il te plaît, pas lui ! s'écria Hedy.

Papi John hissa Doug sur son épaule en grognant.

— Je ne peux pas prendre le risque que ces choses blessent d'autres personnes.

— Mais il ne ferait pas de mal à une mouche, insista Hedy.

— Qu'est-ce que tu en sais ?

Soudain, Jelly bondit devant ses cousins.

— Oncle John, oncle John ! On va le descendre pour toi. On y arrivera, tous ensemble. Allez, vous deux, ajouta-t-elle en décochant un petit clin d'œil à ses cousins, on va aller le déposer sur la pile.

— Oui ! renchérit Spencer. On va s'occuper de l'ours !

Papi John le leur confia donc et ils foncèrent dans l'escalier avant qu'il ne puisse changer d'avis. Ils esquivèrent tonton Peter dans la cuisine et se hâtèrent d'emmener Doug dans le garage, tout en lui expliquant la situation à voix basse.

— Stan, dit-il avec angoisse alors qu'ils le cachaient sous la voiture de leur grand-père. On ne peut pas abandonner Stan.

— On va s'en occuper, lui promit Spencer, se détournant déjà pour repartir en courant vers la maison, les filles sur les talons.

Mais au bas de l'escalier, ils se trouvèrent nez à nez avec tonton Peter. Il avait déjà décroché Stan et le tenait par ses bois imposants. Étonnamment, sa blessure ne semblait pas du tout le déranger ; d'ailleurs, il paraissait plus grand et plus mince qu'avant – sans doute un effet de lumière.

— On peut t'aider si tu veux ! cria Spencer en tendant les bras vers le cerf.

Les filles saisirent les bois et l'encolure de Stan et supplièrent tonton Peter de le lâcher.

— Il est trop lourd pour vous, aboya-t-il.

À force de tirailler le cerf dans tous les sens, ils finirent par le cogner contre le mur. Ses bois firent deux trous dans le plâtre.

— Aïe ! hurla-t-il.

Les enfants se figèrent, et tonton Peter ricana en voyant leur expression.

— Oh, je savais déjà qu'il pouvait parler.

— Quoi ? l'interrogea Hedy, mais il ne répondit pas, se contentant de soulever Stan de façon à le mettre hors de portée des enfants.

— Lâchez-moi ! ordonna ce dernier de son ton le plus impérieux, mais avec des tremblements dans la voix.

— Les animaux de compagnie ne sont pas admis à Hoarder Hill, répliqua tonton Peter avant de bousculer les enfants pour pouvoir sortir.

— Laissez-moi ! beugla Stan en vain.

Les enfants s'élancèrent derrière eux. Tonton Peter leva Stan haut au-dessus de lui, comme s'il ne pesait rien, et le jeta sur la pyramide d'objets. Les bois du cerf se prirent dans le cadre d'un métier à tisser en bois et dans une caisse ouverte, l'empêchant de tomber plus bas, où les enfants auraient pu le récupérer.

— Et que je ne vous prenne pas à essayer de le sortir de là ! les prévint tonton Peter en pointant un long doigt sur eux. Sinon, j'allumerai le feu pendant que vous serez en haut du tas.

Hedy fixait son doigt. Son ongle meurtri s'était complètement obscurci, prenant une teinte entre le rouge, le violet et le noir. On aurait dit l'ongle de Personne, celui qui était tombé du lustre. Soudain, une pensée terrifiante lui donna la chair de poule. Elle examina discrètement son grand-oncle et se rendit compte que ce n'était pas de la poussière qui avait obscurci ses cheveux par endroits. Certaines mèches étaient bel et bien en train de devenir marron. Quant à son front, il était plus haut et plus carré, et ses yeux semblaient bizarres – trop clairs, peut-être ?

Elle se pencha vers Jelly.

— Tu ne le trouves pas différent ? lui souffla-t-elle à l'oreille.

Sa cousine se mordit la lèvre.

— Il a l'air bizarre, et il est super méchant.

— Je crois qu'il est en train de se transformer en quelqu'un d'autre.

Alors qu'elle exprimait cette théorie à voix haute, elle eut soudain la certitude d'avoir raison.

— Quoi ? glapit Jelly. Tu veux dire qu'il est *possédé* ?

— De quoi vous parlez ? chuchota Spencer.

— Hedy pense que mon papi est possédé, répondit Jelly, et que c'est pour ça qu'il se conduit comme une brute.

Le garçon en resta bouche bée.

— Pose-lui une question pour voir si c'est lui ou non, suggéra-t-il.

Les filles échangèrent un regard, puis Jelly acquiesça rapidement. Ils emboîtèrent le pas à tonton Peter qui retournait dans la maison.

— Papi, qu'est-ce que mémé va nous préparer à midi ? lança Jelly. J'ai oublié.

Le dos de tonton Peter se tendit.

— Je ne sais plus, répondit-il par-dessus son épaule, sans regarder les enfants dans les yeux. La même chose que d'habitude, je suppose.

La jeune fille pressa la main de ses cousins.

— Mémé vit à La Nouvelle-Orléans, leur rappela-t-elle doucement, depuis bien avant ma naissance ! Ce n'est pas lui !

— Mais c'est qui, alors ? demanda Spencer, horrifié.

— Réfléchis ! Qui pourrait être aussi méchant ? rétorqua Hedy d'un air sombre.

Le visage du garçon s'illumina sous le coup de la révélation.

— Personne.

CHAPITRE 23
LA COMPOSITION

— Comment on va le faire sortir ? demanda Spencer en frissonnant, comme si des insectes grouillaient sur lui. Et s'il coupe la tête de tonton Peter ?!

Hedy adressa à sa cousine ce qu'elle espérait être un regard rassurant.

— Il ne ferait pas ça.

— Je ne veux pas m'approcher de lui, reprit Spencer.

Elle n'en avait pas franchement envie non plus et – après cette évocation d'une possible décapitation – Jelly non plus.

La cruauté d'Albert Personne, ses révélations sur papi John, les figurines aux têtes arrachées, sans compter ce qu'il était en train de faire à tonton Peter – tout ça donnait à Hedy envie de s'enfuir. Ne feraient-ils pas mieux de prendre leurs jambes à leur cou ?

Un débat semblait avoir lieu à l'étage :

— Attends, je vais t'aider, dit la voix de tonton Peter.

— Non, non, je peux me débrouiller, répondit papi John.

— Écoute, tu prends les partitions, et moi la banquette. Je suis plus costaud que toi, mon vieux.

— Sottises. Oh, et puis mince, d'accord. Mais ne la casse pas, hein! lança leur grand-père, qui avait apparemment encore du mal à ne pas se faire du souci pour ses affaires.

— Et pourquoi pas? le railla tonton Peter. Tu vas la brûler, de toute manière!

Tonton Peter – ou plutôt, le corps de tonton Peter – apparut alors dans l'escalier avec la banquette du piano de Simon. Papi John le suivait, les bras chargés d'un gros tas de partitions, au sommet duquel se trouvait une pile de feuilles nouées par un ruban bleu marine: la composition de Simon.

— Oh, ne serait-ce point nos obéissants et coopératifs petits-enfants! ironisa tonton Peter d'un ton moqueur. Dégagez-moi de là.

Les trois enfants s'écartèrent en le dévisageant. Son cou semblait s'être allongé et, alors qu'il effleurait Hedy, quelque chose se prit dans l'un des gros boutons de son manteau. Une montre à gousset en or, identique à celle que Spencer et elle avaient extraite du lustre de Personne.

Crac! En jubilant, tonton Peter – non, *Personne*, se rappela Hedy – jeta la banquette de piano sur la petite montagne d'objets. Papi John, peinant sous le poids des partitions, les posa par terre et se redressa en se frottant le dos avec le poing.

— Papi John, s'il te plaît, laisse-moi garder ça! s'exclama Hedy en prenant le tas avec le ruban. S'il te plaît!

— On doit s'en débarrasser, Hedy, dit son grand-père en tendant la main pour qu'elle le lui rende. On ne peut pas faire une exception pour ceci ou cela. Si je commence à penser que chaque petite chose *pourrait* être inoffensive, et que je pourrais *peut-être* la garder sans risque, je n'y arriverai jamais.

Sa voix se fêla sur ces derniers mots. Brûler tout ça reviendrait à amputer une partie de lui-même.

— Ce ne sont que des partitions, plaida Hedy en les roulant dans sa main.

Soudain, une poigne ferme s'abattit sur le rouleau de partitions et le lui arracha avec une telle force qu'elle tomba par terre.

— Peter ! protesta papi John.

— Oups ! s'exclama celui qui n'était pas tonton Peter, ses yeux verts moqueurs fixés sur Hedy.

Il tendit la main pour l'aider à se relever, mais elle refusa de la prendre.

— Bon, on va commencer, dit-il en fourrant les partitions dans le bûcher, ainsi que d'autres feuilles de papier entortillées comme autant de mèches pour faire prendre le feu. John, tu as les pièces de la folle boîte responsable de ton infortune ?

Papi John, qui était en train d'aider Hedy à se relever, pâlit et plongea la main dans sa poche. La jeune fille vit qu'elle contenait un objet en forme de cube.

— John ? insista tonton Peter, dont le regard impitoyable était rivé comme un rayon laser sur la poche de leur grand-père. Elle ne reviendra pas. Admets que c'est sacrément morbide de garder un truc pareil. Tu aurais déjà dû passer à autre chose depuis des années. (Il s'approcha tranquillement de son frère et tendit la main.) Donne-moi ça et je t'aiderai à descendre tout le reste, pièce par pièce. On se débarrassera de cette boîte ensemble, même si on doit y passer toute la nuit. On va te libérer de tes chaînes.

D'une main tremblante, papi John sortit de sa poche un cube scintillant, identique à ceux qu'Hedy et Spencer avaient brièvement aperçus dans la pièce secrète : un cube du Kaléidos.

— Je n'ai pu en apporter qu'un, murmura-t-il. Je ne sais pas si j'aurai le cœur d'en descendre d'autres.

— C'est un bon début, le rassura tonton Peter d'une voix mielleuse, puis il prit le cube dans la main de papi John, le déposa sur le bûcher et sortit un briquet de sa poche.

— Non ! s'écria Hedy d'une voix désespérée alors qu'il approchait la flamme du rouleau de partitions de Simon. Papi, ce n'est pas tonton Peter ! Albert Personne est entré en lui et le force à faire ça.

Tonton Peter secoua la tête, plissant ses étranges yeux verts.

— Elle ment, dit-il à un papi John stupéfait.

Et il mit le feu à l'extrémité du rouleau de papier.

— *Non !* hurla une voix en français.

Simon venait de surgir de la banquette du piano. Dans un torrent d'insultes, le fantôme s'enroula autour de la composition et le feu s'éteignit, ne laissant qu'une trace noire sur le papier.

Tonton Peter poussa un grognement furieux et s'agenouilla, prêt à enflammer une autre liasse de papiers, mais Spencer fonça sur lui en courant et, avec un hurlement, il balança un grand coup de pied dans le poing de l'imposteur. Le briquet s'envola. Après un moment de stupeur, tonton Peter saisit le petit garçon par les épaules et le poussa violemment, l'envoyant valser à plusieurs mètres. Spencer se contorsionna maladroitement pour protéger l'oisillon flamenteur endormi dans sa poche avant de tomber à côté d'un des tableaux du vestibule et de se cogner la tête contre le cadre.

— Peter ! tonna papi John. Tu as perdu la tête ?

Hedy vit rouge. Elle baissa la tête et chargea sur son grand-oncle, qui contra son assaut avec son avant-bras puissant et la projeta contre Jelly. Les deux cousines s'écroulèrent sur la terre froide. Tandis qu'Hedy essayait de se relever, le souffle coupé par l'impact, elle vit tonton Peter se diriger vers le briquet. Mais alors, quelque chose d'ahurissant se produisit.

Simon poussa un rugissement, parcourut la faible distance qui le séparait de tonton Peter et disparut. Ce dernier se cabra et s'effondra, pris de convulsions. Papi John s'approcha de lui, mais il ne parvint pas à apaiser ses spasmes et se prit même un coup de pied dans l'oreille. Hedy aida sa cousine à se remettre debout, puis elles allèrent aider Spencer. Les trois enfants étaient incapables de quitter des yeux tonton Peter qui haletait, muet, les yeux exorbités, les doigts ratissant la terre, la tête heurtant le sol.

Ses mèches de cheveux sombres s'éclaircirent et reprirent leur couleur grise habituelle, avant de foncer de nouveau, puis de s'éclaircir, comme incapables de se décider. Derrière les cils papillonnants de leur grand-oncle, on aurait dit que ses yeux aussi changeaient de couleur, oscillant entre deux teintes, et une intense lumière bleue semblait se déchaîner sous sa peau. Après de longues minutes d'agonie, il laissa échapper un hurlement déchirant. L'ongle noir se détacha de son doigt dans une étincelle de lumière bleue. Il roula sur le côté et se mit à tousser. Un éclair illumina sa bouche, et il cracha une dent tandis que la montre dorée tombait de sa poche. Dans ses cheveux, la couleur foncée finit par s'effacer complètement, laissant la place aux boucles grises de tonton Peter.

Une brume pâle se forma et se condensa : Albert Personne. Sa tête se détachait assez clairement, tel un hologramme bleuté, du reste de son corps, plus flou. Il était beau, mais l'air de malveillance méprisante au coin des lèvres et dans ses yeux trahissait sa véritable et immonde nature.

Simon sortit alors de tonton Peter et vint se placer d'un air protecteur au-dessus du rouleau de partitions légèrement roussi. L'homme resta étendu sur le sol ; sa blessure s'était remise à saigner à travers le bandage. Lorsque Jelly se précipita à terre pour l'aider à se redresser, il ne put que lui tapoter la main, trop épuisé pour se lever.

Personne posa les yeux sur papi John et ricana d'un air mauvais.

— Regardez comme l'Extraordinaire John Sung est devenu vieux et faible d'esprit !

Celui-ci se redressa de toute sa hauteur et ramena les épaules en arrière. Son expression abattue avait disparu.

— Oh, ça ne me dérange pas d'être vieux et faible, répliqua-t-il d'une voix égale. Je ne suis peut-être plus au mieux de ma forme, mais au moins, je suis vivant. Tu n'as toujours pas de corps, à ce que je vois. Tu n'étais personne à l'époque, et c'est encore le cas.

La bouche de Personne se crispa.

— Comment va ta femme, au fait ? Oh, c'est vrai, suis-je bête ! Tu l'as perdue. Ça a dû être dur de n'avoir personne pour flatter ton énorme ego pendant toutes ces années.

— Comment es-tu sorti ?

— Grâce à tes fouineurs de petits-enfants, bien sûr. On ne peut pas dire que tu aies beaucoup d'autorité sur eux, hein, John ? Tu sais, je leur ai montré la vérité sur la nuit de la disparition.

— La *vérité* ? répéta papi John, bouillonnant de colère. Tu leur as fait croire que c'était moi le coupable !

Personne poussa un soupir satisfait.

— C'était très divertissant. Je suis vraiment très content de moi. Mais tu sais ce que je trouve le plus amusant ? C'est que je leur ai bel et bien montré la vérité. Simplement, ils l'ont mal interprétée. Je leur ai montré qu'un magicien s'était enfui avec un morceau de la boîte la nuit précédant le spectacle. Est-ce ma faute s'ils ont accusé le mauvais frère Sung ?

Le silence s'abattit sur le groupe alors que tous s'efforçaient de comprendre les paroles de Personne. Le *mauvais* frère Sung ?

— Tu as toujours été tellement jaloux de John, pas vrai, Peter ? poursuivit Personne. Tu pouvais déjà t'estimer heureux quand il acceptait que ton nom apparaisse sur l'affiche !

Tonton Peter, qui avait réussi à s'asseoir, avait de grands yeux paniqués, comme s'il voyait un tsunami fondre sur lui.

— Allez, l'encouragea Personne, faisons de cette confession familiale un moment inoubliable. C'est *toi* qui as enlevé ce morceau du célèbre Kaléidos, parce que tu voulais que le tour échoue, sur scène, devant tout le monde. *Bam*, une tarte à la crème en plein dans la tête de John, et Peter devient le plus vénéré des Sung ! C'est toi qui as causé la disparition de Rose. Et tu n'as… jamais… rien… dit.

Tonton Peter secoua une fois la tête, incapable de parler. Hedy n'aurait su dire s'il niait ou s'il ne voulait simplement pas que ce soit vrai.

— Papi, il ment, pas vrai ? lui demanda Jelly d'un ton suppliant.

— Hedy, va chercher les flamenteurs, intervint papi John d'une voix rauque avant de glisser dans sa poche le cube que tonton Peter avait voulu le convaincre de brûler.

— Tiens, dit doucement Spencer en sortant l'oisillon à peine réveillé de sa poche.

Tonton Peter regarda l'oisillon d'un air perplexe et craintif.

— Est-ce que c'est vrai, Peter ? lui demanda papi John. Il dit la vérité ? Tu as fait disparaître la boîte ?

Tonton Peter semblait abattu. Il secoua la tête.

— Non, John… Je…

Menteur ! Menteur ! Menteur !

Tout le monde fixait le petit flamenteur dans un silence choqué, à part Personne, qui poussa un gloussement ravi.

CHAPITRE 24
EN UN CLIN D'ŒIL

— Tu m'as menti, souffla papi John.

Le visage de tonton Peter se décomposa alors qu'il hochait la tête. Ses yeux se remplirent de larmes.

— Je ne l'ai pas fait exprès, dit-il. Je n'ai jamais voulu que Rose disparaisse. Au contraire. Je ne voulais pas qu'elle disparaisse du tout. Je voulais juste t'embarrasser en te faisant rater ton tour.

Hedy sentait comme un grand vide dans son ventre. Ce n'était pas leur grand-père qui avait saboté son propre numéro. Spencer et elle s'étaient laissé piéger par Albert Personne.

— Pourquoi tu n'as rien dit? s'emporta papi John. J'ai été soupçonné de meurtre, bon sang! Pourquoi tu n'as pas avoué?

— Je vivais dans ton ombre, et je croyais vouloir en sortir, expliqua tonton Peter d'un air impuissant. Mais l'idée de me retrouver sous les projecteurs pour ça, c'était encore pire. Ça aurait été la fin, pour moi. Je n'aurais été connu pour rien d'autre. Rien.

— Pourquoi tu n'as pas essayé de remettre la pièce dans le Kaléidos ? demanda Hedy.

— J'ai essayé, je le jure sur ma vie. Mais il y avait trop de monde dans les parages après le spectacle, et la police avait installé un cordon de sécurité autour de la boîte. J'ai dû attendre quelques jours que tu la ramènes ici, John.

— J'ai dormi par terre à côté de la boîte pendant des mois, répondit celui-ci en lui décochant un regard amer.

Son frère se mordit la lèvre, honteux.

— Je pensais... je pensais que si j'arrivais à la remettre discrètement en place, Rose réapparaîtrait. Personne n'aurait été au courant de ce que j'avais fait. Tout serait redevenu normal. Mais le cube a disparu. Pourtant, je l'avais apporté jusqu'ici, caché dans ma poche. Je l'ai juste posé le temps de suspendre ma veste. J'ai tourné le dos trois secondes maximum, et il s'est évaporé, il a tout simplement disparu !

Une idée se mit à chatouiller l'esprit d'Hedy.

— Tu avais posé le cube où, quand il a disparu ? demanda-t-elle.

— Sur la console du vestibule. C'est comme si elle l'avait avalé.

— Le triangle des Bermudes ! s'exclama Jelly.

— Quoi ? demanda papi John en la dévisageant.

— Des objets disparaissent tout le temps de la console de ton vestibule. Tu ne t'en es jamais rendu compte ?

L'expression du vieil homme se transforma alors qu'il faisait défiler dans son esprit des souvenirs sur plusieurs décennies.

— J'ai toujours mis ça sur le compte de mon étourderie.

Et si c'était un coup des Espionboisés ? se demanda Hedy.

— Mon pauvre John, ricana Personne, on n'a pas été aussi malin qu'on le croyait, pendant toutes ces années, hein ? (Un doigt bleu et brouillé apparut alors qu'il se tapotait le menton d'un air pensif.) Je crois que ce qui me plaît le plus, dans toute cette lamentable affaire, c'est que tout est ta faute, en réalité. N'est-ce pas une conclusion des plus poétiques ? Si tu n'avais pas été un manipulateur aussi arrogant, suffisant, d'une prétention injustifiable, ton frère n'aurait pas ressenti le besoin de te remettre à ta place. Et si tu n'avais pas acheté tous ces objets pour nous priver de notre gloire…

— Je les amasse pour les empêcher de nuire, répliqua papi John entre ses dents serrées. Je ne veux pas que quelqu'un d'autre souffre comme Rose a souffert. C'était ça, mon but.

— Mais pas à l'époque ! Ça n'a pas commencé comme ça ! Tu as commencé à entasser ce genre de choses avant que Rose disparaisse. Même à ce moment-là, il *fallait* que tu possèdes ces objets qui te donneraient un avantage sur scène, un avantage sur ta confrérie de magiciens.

— Une confrérie ? répéta-t-il d'un air méprisant, mais sans le contredire.

— Oh, bien sûr, tu n'as pas besoin de confrères, hein ? Tu avais une longueur d'avance sur tout le monde, mais ça a fini par se retourner contre toi. Peut-être que ton pathétique petit frère aurait pu réparer ses bêtises si quelque chose dans ta maison ne lui avait pas volé ce cube. Et n'essaie pas de me mettre ça sur le dos – je n'étais même pas encore mort et prisonnier de cette maudite pièce à l'étage. Je me demande laquelle de tes acquisitions, réveillée par tes soins, a fait disparaître la pièce manquante de ton Kaléidos, ajouta-t-il avant de pousser un soupir d'aise. En tout cas, c'est une magnifique leçon de vie pour toi. Ça valait presque la peine de rester enfermé pendant toutes ces années pour y assister.

— Fiche le camp, Albert, ordonna papi John, à bout de patience. Tout de suite. Fiche-moi le camp d'ici.

— Sinon quoi ?

— Sinon je te renferme au fond de ce *trujuklinkot* et il n'y aura plus qu'un blanc à la place de ton nom dans les livres d'histoire.

— Et je t'y traînerai moi-même s'il le faut, intervint Simon avec une expression déterminée et féroce.

— Tu as déjà eu du mal à me faire sortir de ce vieux Peter décrépit, le railla Personne. J'ai choisi d'entrer dans le *trujuklinkot* il y a bien longtemps, mais tu n'auras jamais la force de m'y ramener si je n'en ai pas envie. Et de toute manière, le lustre est détruit.

— Je le réparerai, s'obstina papi John, le regard dur comme de l'acier.

Hedy se pencha et, ravalant son dégoût, elle ramassa la dent, l'ongle et la montre de gousset qui s'étaient détachés de tonton Peter.

— Ça pourrait nous y aider, dit-elle.

Personne s'immobilisa. Hedy venait de toucher un point sensible.

— Aucun d'entre vous ne saurait comment s'y prendre, persista-t-il, quand bien même vous auriez les autres reliques.

Soudain, ils entendirent crisser les graviers alors qu'une personne, et même deux, descendaient précipitamment l'allée dans leur direction. Quand elles apparurent dans leur champ de vision, papi John poussa un soupir de soulagement.

— *Elle* saura, elle, dit-il en adressant un signe de tête aux nouveaux arrivants.

— Qu'est-ce que je saurai, monsieur Sung ? demanda Mme Pal, accompagnée de Soumitra, en s'appuyant sur sa canne.

— Vous vous y connaissez en *trujuklinkot* ?

— Ce sont des objets compliqués, mais gérables, répondit la vieille dame.

Papi John se retourna vers Personne.

— Va-t'en. Maintenant.

Le halo bleu du cruel magicien fronça les sourcils puis, dans un marmonnement incompréhensible, s'éleva dans le ciel et s'éloigna. La dent et l'ongle furent subitement aspirés dans son sillage. Plus lourde, la montre de gousset trembla dans la main d'Hedy, comme si elle aussi voulait suivre Personne, mais elle referma le poing.

— Vous avez eu notre message ! s'exclama la jeune fille.

Elle courut vers Mme Pal et la serra dans ses bras, ainsi que Soumitra. Elle s'attendait à ce que Spencer la suive de près, mais il était en train de fixer l'un des tableaux du vestibule, comme s'il avait raté tout ce qui venait de se passer, y compris l'arrivée de leurs amis.

— Spencer ! l'appela-t-elle. Regarde qui est là !

Mais quand il se tourna vers eux, il avait les yeux écarquillés, l'air hébété, et pointait le tableau du doigt.

— La pièce manquante du Kaléidos ! Elle est là-dedans !

CHAPITRE 25
Espoirs et suppositions

Papi John était assis dans son bureau, immobile, face aux tableaux calés contre des chaises. Pas très fier, il avait demandé à tout le monde de l'aider à rentrer ses affaires dans la maison. « On va tout stocker dans la première pièce vide à l'étage, et je ferai le tri plus tard. Quel fieffé imbécile j'ai été », avait-il ajouté pour lui-même, mais ça n'avait pas échappé à Hedy.

Après avoir transporté avec précaution le tableau de la moufette en robe à fanfreluches, il avait vite oublié le reste, obnubilé par le petit cube scintillant posé sur la table de la femme à tête d'animal. Il avait touché la peinture à l'huile, essayant de passer la main à travers la toile pour en retirer la clé de son bonheur. Sans succès.

Puis, pendant un court instant, il avait placé dans la paume de sa main le cube qu'il avait failli faire brûler sous l'influence de Personne et l'avait approché du tableau, comme pour séduire le cube de la peinture, lui donner envie de rejoindre son camarade dans le monde réel. Mais il ne s'était rien passé, et papi John avait alors fait un saut au grenier – sans doute pour remettre le cube en sécurité dans le Kaléidos.

Les premiers objets qu'allèrent récupérer Hedy et Spencer furent Doug dans le garage, et Stan sur le bûcher, intact. L'ours et le cerf poussèrent de grandes exclamations de soulagement en se revoyant, puis ils se remirent à leurs moqueries habituelles.

— Je me suis assuré que les enfants n'allaient pas t'oublier sur le bûcher, commença Doug. J'ai goûté du gibier rôti une fois, et c'était très coriace.

— Je n'y peux rien, si je suis un superbe animal musclé, répliqua Stan d'un ton hautain. Au fait, c'était comment, là où tu étais ? Ah non, c'est vrai, il ne s'est rien passé là-bas, n'est-ce pas ? Quel dommage que tu n'aies pas été au cœur de l'action, comme moi. Je suis sûr que les enfants auraient adoré s'asseoir sur toi pour assister au spectacle.

— Vas-y, alors, raconte-moi tout, grosse chiffe molle à branches. Et pas la peine de t'attribuer des exploits bidon…

Ils ne mirent pas longtemps à rapporter tous les vieux objets à l'intérieur, même si tonton Peter fut rapidement obligé de s'asseoir, enveloppé dans une couverture et se réchauffant les mains autour d'une tasse de café. Tout en effectuant des allers-retours entre la maison et le jardin, Hedy raconta tout ce qui s'était passé à Mme Pal et Soumitra. Plus elle parlait, plus cela lui paraissait dingue et farfelu. De temps à autre, le jeune homme haussait un sourcil perplexe, mais Mme Pal l'écoutait attentivement, fermant parfois les yeux pour mieux saisir ses paroles.

— Cette maison abrite des univers entiers, et vous en avez exploré tellement en si peu de temps ! s'émerveilla la minuscule vieille dame.

— Je me demande si Samuel Garcia savait que M. Personne était aussi méchant, dit Hedy en songeant à la main dorée qui avait glissé la carte dans sa poche.

Mme Pal soupira.

— Personne était comme un furoncle prêt à éclater, avec son ressentiment qui grandissait et le déformait. À ce que j'ai compris, c'est Albert lui-même qui a fait préserver son esprit dans le *trujuklinkot*, le lustre. Il voulait perdurer malgré la maladie et la mort et trouver la gloire dans l'au-delà. Mais il semble que toute grandeur soit impossible quand on est confiné ainsi. Votre grand-père n'a pas tort : certaines de ces choses sont trop dangereuses et imprévisibles pour pouvoir être contrôlées.

Hedy lui sourit.

— Au final, on a quand même découvert beaucoup de choses grâce à lui, alors ça en valait peut-être la peine. Mais qu'est-ce qu'on fait maintenant ? Comment on va faire sortir ce cube du tableau ?

— La chose s'annonce bien compliquée, concéda la vieille dame avec une légère inquiétude.

Dehors, la lumière commençait à décliner, et l'ambiance n'était pas du tout celle d'une veille de Noël. À trois heures de l'après-midi, tout le monde s'était agglutiné dans le bureau de papi John pour inspecter avec lui les portraits de la moufette et de la pie. Sur une intuition, Spencer avait ressorti quelques photos des tableaux, prises le jour de leur arrivée à Hoarder Hill.

— Vous voyez, dit-il, les objets sur la table ne sont pas les mêmes. Ils doivent bouger quand personne ne fait attention.

Il avait raison. Lors de leur premier jour ici, un jeu de clés était posé sur un Rubik's Cube à côté d'un bonnet de West Ham et d'un CD des Smiths. Aujourd'hui, les clés se trouvaient sur une boîte à musique fermée, le CD et le Rubik's Cube n'étaient nulle part en vue et le bonnet de West Ham avait été retourné, de sorte qu'on ne voyait plus l'écusson. Cette collection hétéroclite semblait avoir été bricolée au fil de plusieurs décennies, voire de plusieurs siècles, mais elle s'intégrait parfaitement à l'image, composée de minuscules coups de pinceau.

Hedy aurait voulu se frapper.

— En fait, on a cru que tous ces objets faisaient partie de la peinture d'origine, expliqua-t-elle. Un peu comme des tableaux modernes avec un style vieillot et des détails d'aujourd'hui. Mais c'est loin d'être ça.

— Ces voyous volent des objets et les emportent dans le tableau, grommela papi John, furieux contre lui-même. Ce que j'ai pu être bête et aveugle !

Jelly poussa un soupir satisfait.

— Alors ce sont *eux*, le triangle des Bermudes.

— La moufette t'a dérobé le cube, dit papi John à tonton Peter. Si seulement tu n'y avais pas touché !

Il ne le regardait même pas. Il ne lui avait pas encore pardonné.

— Je suis désolé, John, dit tonton Peter, l'air frigorifié et profondément malheureux.

Puis il sortit d'un pas pesant, et ils entendirent la porte de derrière s'ouvrir et se refermer, comme s'il voulait se punir avec encore plus d'air glacial.

— Qu'est-ce qu'on va faire maintenant, papi John ? demanda Hedy, comme plus personne ne disait rien.

— Je n'en ai aucune idée, soupira-t-il en passant une main sur son visage.

Dans le silence qui suivit, l'estomac de Spencer gargouilla bruyamment, leur rappelant qu'ils n'avaient rien avalé depuis une éternité.

— Je crois qu'on a vraiment besoin de manger quelque chose, dit sa sœur.

— Je peux vous faire des sandwiches aux nouilles instantanées vraiment déments, lança Jelly en tapant dans ses mains.

Spencer s'illumina aussitôt.

— Le premier arrivé dans la cuisine ! cria-t-il, et il partit en courant.

Même si le plat servi par les enfants était un rien bizarre, manger leur remonta un peu le moral, à défaut de leur donner des idées. Lorsque Jelly invita tonton Peter à venir manger, il refusa doucement, préférant rester dehors à contempler le crépuscule.

Papi John mâchait la croûte de son pain d'un air morne, sans quitter des yeux le portrait désormais appuyé contre le plan de travail de la cuisine.

— On ne sait même pas si quoi que ce soit peut ressortir de là-dedans, fit-il remarquer.

— Si, c'est possible ! s'exclama Hedy, tout excitée. On l'a vu – ou plutôt, Jelly l'a senti.

Celle-ci ouvrit de grands yeux à ce souvenir.

— Le bocal à crottes de nez de Max ! On leur a tendu un piège – même si on ne savait pas que les coupables étaient les peintures, à l'époque. On les a poussées à prendre le bocal dégoûtant dont se servait Max pour garder ses crottes de nez et quand on s'est éloignées, elles me l'ont jeté en pleine tête. Enfin, elles ne m'ont pas assommée, ni rien, mais une des deux vise drôlement bien.

Une bouffée d'espoir se propagea dans la pièce.

— Ce qui entre dans ces Thérions peut donc également en sortir, murmura Mme Pal.

— Des *Thérions* ? demanda Hedy.

La vieille dame désigna les portraits d'un geste de la main.

— C'est le nom de ces créatures hybrides, à corps humain et tête d'animal.

Les enfants se rapprochèrent des tableaux, comme si le fait de connaître le nom de ces créatures allait leur révéler un nouvel indice sur la dame moufette qui regardait au loin, sans ciller, sans bouger.

— Comment on pourrait la convaincre de nous rendre ce cube ? demanda Soumitra.

— Peut-être qu'on devrait le transformer en boîte à crottes de nez pour qu'elle n'en veuille plus, suggéra Spencer, et Soumitra lui tapa dans la main avec le plus grand sérieux.

— Pff, fit Jelly. C'est bien ton genre d'avoir une idée pareille.

— Quoi ? Tu viens de dire que ça avait marché avec le bocal de Max.

— Mais comment tu veux qu'on transforme…

Leur dispute fut interrompue par une quinte de toux et un grognement en provenance de dehors. Sur le porche de derrière, tonton Peter bascula du banc sur lequel il était assis depuis un bon moment. Jelly se précipita, suivie de près par Hedy et Spencer, tandis que papi John allumait la lumière extérieure.

— Papi ? demanda Jelly.

Tonton Peter battit des paupières pendant une seconde. Il claquait des dents. La lumière avait beau être faible, on voyait bien qu'il était très pâle, et ses lèvres semblaient s'être vidées de leur sang.

— C'est à cause de ton bras ? l'interrogea papi John.

— F… f… froid, bredouilla-t-il.

Son frère essaya de lui soulever la tête.

— Est-ce que tu peux te lever ? Il faut que tu rentres te mettre au chaud.

— Laisse-moi, dit tonton Peter en lui lançant un regard désespéré. Je… ne le… mérite pas…

— Allez, ne sois pas ridicule. Il ne manquerait plus que tu meures de froid ce soir, grommela le vieil homme. J'ai déjà assez de soucis comme ça.

Soumitra et papi John durent s'y mettre à deux pour soutenir tonton Peter afin qu'il rentre en clopinant dans la maison, où il s'effondra sur la chaise la plus proche.

— Du café chaud, voilà ce qu'il lui faut, dit Soumitra. Franchement, j'en aurais bien besoin, moi aussi.

Tandis que le jeune homme allumait la bouilloire et cherchait des tasses, papi John, qui voulait garder la peinture à l'œil, envoya les enfants chercher des bouillottes et des couvertures en laine dans l'armoire à linge. À leur retour, Mme Pal était en train d'examiner le bras de tonton Peter.

— La blessure ne saigne plus, commenta-t-elle en changeant le bandage, mais sa peau est très froide.

Soumitra lui tendit une tasse de café, mais il était tellement épuisé qu'il n'arriva même pas à lever le bras pour la prendre.

— Attends, dit Jelly en saisissant la boisson chaude qu'elle porta aux lèvres de son grand-père pour qu'il en prenne une petite gorgée.

Ils calèrent des bouillottes autour de son ventre et de sa poitrine et l'enveloppèrent dans les couvertures. Il but lentement la tasse entière, mais rien de tout cela ne parut l'aider. Il avait l'air plus faible que jamais.

— Pourquoi il ne se réchauffe pas ? s'inquiéta Jelly. On ne devrait pas le mettre dans un bain chaud, ou quelque chose comme ça ?

— Il ne faisait quand même pas si froid que ça dehors, si ? murmura papi John à l'intention de Mme Pal.

Hedy essaya de se rappeler si elle avait déjà eu aussi froid dans sa vie, et ce qui lui avait fait du bien. C'était quand, déjà ? Et, soudain, elle se souvint de la dernière fois qu'elle avait été glacée jusqu'aux os.

— Simon ! s'exclama-t-elle en saisissant le bras de papi John. C'est à cause de Simon qu'il est gelé.

— Comme nous l'autre fois ? demanda Spencer.

Elle posa la main sur le front de son grand-oncle. On aurait dit celui d'une statue de marbre dans le jardin givré.

— J'en suis sûre.

Elle raconta rapidement aux autres ce qui s'était passé pour eux après avoir touché Simon, et comment Mme Vilums les avait soignés en leur faisant prendre le soleil.

— Pourtant, on n'a pas eu aussi froid aussi vite, fit remarquer Spencer, pensif.

— Si j'en crois Hedy, vous n'aviez touché Simon que d'un doigt, ou d'une main, au maximum, intervint Mme Pal. Or, vous avez dit que Simon avait pris possession de tout le corps de Peter pour en chasser Personne. Ça a forcément eu un effet plus fort, et plus immédiat. C'est pour ça qu'il décline si vite. À mon avis, il a besoin de soleil immédiatement.

— Le soleil n'est pas près de se lever, dit Jelly avec angoisse.

Papi John observait son frère, et l'inquiétude, le chagrin et l'amertume se livraient bataille sur son visage. Tonton Peter dut le sentir, car il releva les yeux et, en voyant l'expression de son frère, murmura :

— Laisse-moi.

Papi John déglutit.

— Soumitra, dit-il brusquement, peux-tu m'aider à lui faire monter l'escalier ? Hedy et Spencer, prenez le tableau, s'il vous plaît. Je ne veux pas qu'il sorte de mon champ de vision.

Les volées de marches eurent raison des dernières forces de tonton Peter. Arrivé au second palier, il s'effondra sur le sol. Soumitra le hissa délicatement sur ses épaules comme si c'était un sac à patates.

À leur grande surprise, papi John les conduisit jusqu'au grenier. En entendant un bruit métallique de mauvais augure en haut de l'escalier, il s'écria :

— Halte ! Je suis ton maître, et mes intentions sont pures.

Le bruit s'arrêta. Sir Roland demeura immobile lorsque tout le monde suivit papi John à travers le grenier jusqu'à la porte de la pièce cachée. Quand leur grand-père serra la main dorée qui y était fixée, les doigts en métal poli se refermèrent autour des siens et les secouèrent un moment, puis une série de cliquetis variés retentit alors qu'un mécanisme compliqué enfoui dans la porte se déverrouillait. La main relâcha celle de papi John, qui ouvrit alors la porte sur la clairière silencieuse.

La dernière fois, quand Hedy et Spencer avaient entraperçu le Kaléidos, il était illuminé par le clair de lune et les torches enflammées. Ce soir, alors qu'il faisait nuit dehors, de doux rayons de soleil tombaient sur lui, le faisant scintiller. Les yeux rivés sur la boîte magique, Hedy et Spencer s'en approchèrent autant qu'ils le pouvaient sans la toucher.

Soumitra déposa tonton Peter sur le sol, afin qu'il ait le corps et le visage au soleil. Ses paupières tressaillirent, mais il était encore trop faible pour ouvrir les yeux.

— Et maintenant ? demanda Jelly en prenant la main toute molle de son grand-père.

Hedy se rendit compte que tout le monde attendait qu'elle réponde.

— On attend que le soleil le réchauffe.

Mme Pal examinait les arbres autour de la clairière avec une curiosité de professionnelle. Elle se pencha pour toucher la terre et y trouva, à moitié enfoui, un petit os d'animal – une côte incurvée.

— Est-ce que vous avez déjà exploré ce bois, monsieur Sung ? demanda-t-elle.

— À quelques occasions, répondit papi John. En attachant l'extrémité d'une longue corde à la rambarde de l'escalier, l'autre autour de ma taille, et en marchant aussi loin que possible. Tout était toujours très calme. C'est pour ça que j'ai choisi cet endroit pour…

Il n'alla pas plus loin, se contentant de regarder le Kaléidos.

Mme Pal étudia le tableau du Thérion moufette ; on aurait dit qu'une idée germait dans son esprit. Elle finit par se racler la gorge.

— Ce que vous venez de me dire sur votre exploration de ce bois m'a inspiré une idée. Je vous propose une approche plus directe. Plutôt que d'essayer de convaincre le Thérion de nous rendre le cube, quelqu'un va entrer dans le tableau pour le récupérer.

— Qu'est-ce qu'on va faire ? demanda Hedy alors qu'elle, Spencer, Jelly et papi John marchaient dans le noir en direction du garage.

Ils avaient laissé tonton Peter dans la pièce secrète, sous la surveillance de Soumitra. Quant à Mme Pal, elle gardait les tableaux.

— Il nous faut du fil de pêche…, répondit papi John en comptant sur ses doigts, des câbles, des cordes et des chaînes.

— Tu vas construire une machine de guerre ? demanda Spencer, impressionné.

— Non, une laisse. Une ligne pour nous attacher, l'appât et moi.

Il ouvrit en grand les portes du garage et donna des instructions aux enfants pour qu'ils fouillent sur telle ou telle étagère.

— C'est qui, l'appât ? demanda Jelly avec un air inquiet. Spencer, vu que c'est le plus petit ?

Le petit garçon, qui s'était accroupi pour chercher dans le vieux seau, bondit sur ses pieds.

— Je ne veux pas être l'appât !

— Personne ne servira d'appât ! s'écria papi John. Mme Pal et moi croyons, ou du moins nous l'espérons, que le tableau est comme un portail pour le Thérion. Quand il le souhaite – et quand il n'y a personne dans les parages, apparemment –, il ouvre ce portail et prend des choses dans notre monde pour les emmener dans le sien. Ça fait des années que ces deux-là chipent des babioles et des bibelots juste sous mon nez. On va donc placer un objet attirant devant la moufette ; ce sera ça, l'appât. Il sera attaché à un fil de pêche très fin et, avec un peu de chance, elle ne le remarquera pas. Mme Pal suppose que ce fil de pêche fonctionnera pour ainsi dire comme un pied dans la porte : il empêchera le portail de se refermer. Il sera relié à moi, et l'autre bout de la corde, arrimé à la maison. Toutes ces grosses chaînes, c'est juste une précaution supplémentaire et superflue, je l'espère. Si j'ai de la chance, je n'aurai qu'à garder la main sur la corde, emprunter le portail, récupérer le cube et filer.

Il prit une grande inspiration tandis que les enfants essayaient d'absorber toutes ces informations. Après avoir passé des heures aussi frustrantes qu'infructueuses à surveiller la moufette, il était maintenant empli d'une détermination nouvelle et se déplaçait rapidement, comme rajeuni.

Ce qui n'empêcha pas Hedy de froncer les sourcils en pensant: *Ça fait beaucoup d'espoirs et de suppositions, tout ça.*

— Regardez ce que j'ai posé sur la console du vestibule, les interpella Mme Pal d'une voix douce lorsqu'ils rentrèrent dans la maison.

Il s'agissait d'une décoration blanche et rouge, parsemée de paillettes, qu'elle avait retirée du sapin de Noël.

— Voici notre appât, murmura papi John.

Jelly donna un coup de coude à Spencer.

— Il te ressemble un peu. Roux en haut, pâle et plein de taches sur le côté… tu vois, c'est bien toi l'appât!

Pour toute réponse, Spencer lui rendit son coup de coude.

Papi John se mit à dérouler le fil de pêche et la corde, puis il les attacha ensemble aussi vite que possible, avant de nouer le tout à la chaîne enroulée autour de l'un des piliers en brique du porche et solidement fixée par un gros cadenas.

Dehors, de très légers flocons de neige tourbillonnants avaient commencé à tomber: c'était joli, mais cela ne suffit pas à apaiser le malaise qui commençait à grandir dans l'esprit d'Hedy. Elle referma la porte au maximum et remonta son écharpe sur ses oreilles pour se réconforter, même si elle n'en avait pas besoin à l'intérieur.

— Je crois que nous sommes prêts, dit papi John à Mme Pal en glissant la corde dans la boucle de sa ceinture.

Il tendit le bras pour empêcher les enfants d'entrer dans le salon, où les portraits de la moufette et de la pie étaient posés par terre, calés contre le mur.

— Restez hors de sa vue.

— Hors de la vue de qui ? demanda Spencer.

— Du Thérion.

— Pourquoi ?

— Pour qu'elle morde à l'hameçon. Elle ne prendra pas l'appât si elle sait qu'on la regarde.

Sur ce, il se hâta d'aller déposer la décoration de Noël sur le sol, devant le portrait. Puis il rejoignit les autres, agglutinés dans l'embrasure de la porte, où ils espéraient que la moufette ne les verrait pas.

Une minute s'écoula, puis une deuxième, puis cinq, mais la décoration restait par terre.

— Vous pensez qu'elle va la prendre ? chuchota Spencer.

Il y eut un silence tendu.

— Le triangle des Bermudes ne met pas aussi longtemps, d'habitude, dit finalement Jelly. Tu te rappelles, Hedy, quand ils ont pris le bocal de Max ? On n'avait détourné les yeux que quelques secondes.

— Et quand ils ont essayé de me voler mon téléphone, je ne m'étais pas retournée très longtemps non plus, se souvint Hedy.

Papi John soupira.

— Peut-être qu'elle ne l'a pas vue. Il faut peut-être que je la rapproche.

— Oh si, elle l'a vue.

C'était Stan qui avait parlé depuis le canapé sur lequel il était posé et duquel dépassaient ses bois.

— Elle lui a jeté un coup d'œil, poursuivit-il. Je crois qu'elle n'est pas à son goût.

— Exact, gronda doucement Doug. Ça ne l'intéresse pas. Qu'en penses-tu, Stan ? Faut-il qu'ils essaient avec un autre appât ?

— Oui, bonne idée, répondit le cerf. Un appât différent.

— C'est ton tour, lança Jelly à Spencer pour le taquiner.

— Les dames d'abord, répliqua-t-il, et sa cousine lui ébouriffa les cheveux en riant.

— Mais quoi ? demanda papi John. Je pensais moi aussi qu'une décoration de Noël serait une bonne idée. C'est brillant. Joli à regarder.

— Est-ce qu'on essaie quelque chose qui n'est ni brillant ni joli, alors ? suggéra Spencer.

— Tenez, essayez ceci, intervint Mme Pal en sortant quelque chose de sa poche.

C'était le petit os pâle qu'elle avait ramassé dans la pièce cachée, au grenier. Hedy et Spencer tirèrent sur le fil de pêche pour ramener la décoration de Noël vers eux, puis ils coupèrent la ligne avec le petit canif que papi John gardait toujours dans sa poche.

— Doug, Stan, on peut réessayer maintenant ? chuchota Hedy, une fois l'os attaché.

— On dirait bien que oui.

Papi John jeta l'os dans la pièce. Il atterrit pile devant le tableau. Tout le monde retint son souffle.

— Elle le regarde, murmura Stan.

Quelques secondes s'écoulèrent.

— Elle y va ! lança Doug en s'efforçant de contenir son enthousiasme.

Une main fine émergea du cadre. Elle était brillante et composée de très nombreux coups de pinceau, mais à part ça, on aurait dit une main de femme normale, avec sa manche à froufrous autour du poignet. La main de Lady Moufette saisit rapidement l'os sur le tapis et le ramena dans le tableau, où il disparut à la vue. Derrière lui, le fil de pêche pénétra lentement dans le portrait en serpentant.

CHAPITRE 26
PIE VOLEUSE

Papi John prit quelques grandes inspirations.

— Allez, j'y vais, annonça-t-il.

Hedy et Spencer se relevèrent pour le serrer dans leurs bras.

— Est-ce que ça veut dire que la règle « Pas de magie ici » ne tient plus ? lui demanda le garçon.

— Ce n'est pas de la magie, je vais juste reprendre ce qui m'appartient.

— On peut t'aider si tu veux, intervint Hedy.

— M'aider ? N'y pensez même pas, répondit-il d'un ton sévère mais affectueux, avant d'enrouler la corde autour de son avant-bras. Vous allez rester ici, en sécurité.

— On va surveiller les petits pour vous, Maître, lança Doug.

Papi John lui décocha un regard dubitatif.

— Hum… on ne peut pas dire que vous ayez fait un travail formidable, jusque-là.

— Ils sont toujours en un seul morceau, non ? répliqua Stan, vexé.

Papi John s'approcha du tableau et posa un genou à terre, puis le deuxième, tout en se plaignant de son âge avancé. Alors, il posa le doigt à l'endroit où le fil de pêche perçait la surface de la peinture et l'y enfonça.

— C'est comment ? demanda doucement Mme Pal.

— Spongieux, répondit-il, puis il leur adressa un signe de tête et entra à quatre pattes dans le tableau, entraînant la corde avec lui.

Les autres se précipitèrent dans la pièce. Papi John apparaissait désormais dans le tableau, dans une élégante version peinte de lui-même.

— Pourquoi il ne bouge pas ? demanda Spencer.

Mais en réalité, papi John et le Thérion bougeaient bel et bien. C'était comme un film d'animation image par image, lent, muet et saccadé : les protagonistes passaient d'une position à une autre sans transition. Le Thérion moufette, manifestement choqué de voir un intrus dans son tableau, reculait en faisant de brusques écarts, s'éloignant de la table sur laquelle étaient posés les bibelots qu'il avait volés, dont le cube du Kaléidos.

— Prends-le, papi John ! chuchota Hedy.

Au moment où elle prononçait ces mots, une minuscule lueur bleue et tremblotante remonta le long de la corde qui disparaissait dans le tableau. Personne n'y prêta attention, car la peinture s'était encore transformée : papi John avait saisi le cube à deux mains, et un sourire soulagé se dessinait sur son visage. Mais l'instant d'après, ils virent que la moufette lui avait tourné le dos en relevant la queue, et papi John avait trébuché en arrière, un bras devant les yeux.

— Est-ce que cette chose vient de lui péter dessus ? demanda Spencer, effaré.

La main sur la corde, papi John tentait de sortir du tableau à tâtons. Mais soudain, une grosse forme noire et blanche fondit sur lui et le fit tomber. La corde vibra.

— La pie ! s'exclama Spencer. Celle de l'autre tableau !

Hedy regarda le cadre en question, près de la cheminée. Son frère avait raison : il était vide. Les deux tableaux étaient reliés, d'une manière ou d'une autre. Le splendide manteau noir et crème de la pie s'était transformé en ailes et elle avait rejoint en volant l'endroit étrange où se trouvait leur grand-père.

Elle visa papi John avec son gros bec. Il l'esquiva de peu et trébucha, s'étant pris les pieds dans la corde. Un instant plus tard, il sortait quelque chose de sa poche : son petit canif. Il trancha la corde pour se libérer, et la pie poussa un hurlement silencieux – il lui avait entaillé la cuisse.

Soudain, l'oiseau eut un soubresaut et, pendant une seconde, de la lumière bleue traversa son corps de la tête aux pieds. Il contemplait désormais papi John avec un air méprisant, la tête penchée sur le côté et, terrifiée, Hedy comprit aussitôt ce qui venait de se passer.

— Personne est entré dans la pie ! s'écria-t-elle.

— Quoi ? s'exclama Mme Pal.

— J'en suis sûre ! Tonton Peter avait le même air quand Personne le contrôlait.

— M. Sung vient de blesser la pie avec son canif, dit Mme Pal, pensant à voix haute. Et Peter avait une plaie au bras. Je crois que les blessures offrent une ouverture à Personne.

Horrifiés, ils regardèrent la pie refermer ses ailes sombres sur papi John et le balancer dans tous les sens avant de le projeter sur le sol. Elle secoua alors ses pieds pour en faire de grosses serres noires, puis elle saisit le vieil homme par la ceinture, déploya ses ailes immenses et s'éleva dans les airs avec sa proie, qui serrait désespérément le cube du Kaléidos contre sa poitrine.

Hedy eut vaguement conscience qu'elle hurlait, tombait à genoux et passait la tête à l'intérieur du tableau.

On aurait dit qu'un brouillard s'était levé, ou qu'elle avait ouvert une fenêtre aux vitres sales. À l'intérieur du tableau, le monde ne semblait pas du tout peint. Il paraissait au contraire plus que réel, avec ses couleurs vives saturées : le sol terre d'ombre, le fil indigo du tapis qu'elle découvrit sous la table de la moufette, le vert émeraude intense de la fougère en pot renversée non loin. Une odeur très forte, âcre et désagréable saturait l'atmosphère, sans doute celle de la moufette, mais Hedy la remarqua à peine. Toute son attention était centrée sur les faibles cris de papi John, suspendu aux serres du Thérion pie qui s'éloignait au-dessus d'une rivière, en direction d'un arbre immense se dressant dans le ciel sombre.

La jeune fille sortit du tableau à reculons et ignora les questions de Spencer et de Jelly.

— L'arbre géant. Surveillez-les ! aboya-t-elle. J'ai une idée.

Sur ce, elle courut jusqu'à la pièce de Doug et Stan à l'étage, son écharpe flottant derrière elle, l'esprit fixé sur la seule chose susceptible de l'aider à cet instant précis.

Les ailes en cuivre et en argent étaient encore plus lourdes que dans son souvenir. Elle était si nerveuse que ses mains tremblaient et que ses doigts n'arrivaient pas à démêler les sangles en cuir. Elle sentait défiler de précieuses secondes alors qu'elle s'escrimait à enfiler les ailes. Soudain, Jelly pénétra dans la pièce.

— Mince, Spencer m'avait bien dit que c'était ça, ton idée ! s'exclama-t-elle en saisissant sa cousine par les épaules. Ne fais pas ça ! Tu n'as pas réussi à les faire marcher, la dernière fois !

Hedy déglutit, mal à l'aise.

— Si Max a réussi, je dois pouvoir y arriver. C'est la seule solution qui me vient à l'esprit pour rejoindre papi John.

Jelly se mordillait la lèvre d'un air contrarié. Soudain, elle poussa un gros soupir.

— Bon, d'accord, je vais t'aider.

Elle fit pivoter sa cousine pour pouvoir faire passer les sangles dans son dos puis les ramener sur sa poitrine. Une fois bien harnachée, Hedy se balança d'avant en arrière sur ses talons pour trouver son équilibre.

— Tu es prête à faire ta Max ? lui demanda Jelly.

— Je crois que oui.

Quand elles revinrent dans le salon, le visage de Mme Pal se décomposa.

— Les ailes de Sebastian Sello, souffla-t-elle. Non, Hedy, je ne peux pas te laisser faire ça. Il faut qu'on s'organise. C'est un adulte qui doit aller le chercher.

La jeune fille secoua la tête.

— Et si la moufette sort en douce et jette la corde dehors et que le portail se referme pour toujours ? Je ne peux pas perdre aussi papi John. Si je n'y vais pas maintenant, je pourrais ne jamais le retrouver. Cet endroit est tellement grand, je ne saurais même pas où le chercher.

— Dans ce cas, c'est moi qui vais y aller, insista Mme Pal.

Hedy décocha à la femme minuscule son regard le plus têtu.

— Ne le prenez pas mal, mais je suis déjà plus grande que vous. Expliquez-moi juste comment fonctionnent ces ailes.

La vieille femme enfouit son visage entre ses mains, mais elle finit par regarder Hedy, vaincue.

— Avec de la foi. Tu dois *croire* que tu es capable de voler.

— De la foi, répéta la jeune fille avant de respirer profondément. OK.

À ce moment-là, Spencer entra dans la pièce au pas de course et fourra le casque de moto de mamie Rose dans les mains de sa sœur.

— Juste au cas où, dit-il, haletant.

— Tu es allé le chercher dans le garage tout seul ? demanda Hedy, surprise. Merci, Spence… Je sais que tu détestes le noir.

— Oui, mais toi, tu vas entrer *là-dedans* toute seule, alors…

Il haussa les épaules.

Pendant une fraction de seconde, elle ne put s'empêcher de se voir chuter dans le ciel sombre du monde peint et s'écraser par terre. En réaction à cette vision terrifiante, les ailes se mirent soudain à tirer sur son dos, terriblement lourdes. Alors, elle comprit pleinement le secret des ailes de Sébastien Sello et chassa cette image en clignant des yeux avec détermination.

— Tu penses que je peux y arriver ? demanda-t-elle à son frère.

— Ouais, répondit Spencer, tu peux tout faire. C'est un peu agaçant, d'ailleurs.

Elle le serra dans ses bras, puis Jelly les écrasa tous les deux entre les siens en disant :

— Moi aussi je crois en toi, Hedy.

— Fais attention à Personne, ajouta Spencer, l'air grave. C'est le pire.

— Alors il faudra que je sois encore pire que lui, répondit sa sœur en tapotant le petit objet qu'elle avait gardé dans sa poche tout l'après-midi. Soyez prudents.

— Fais attention à toi, jeune Hedy, lança Doug depuis le canapé. On veillera sur eux. Notre Seigneur du Bois de la Reine meurt d'envie d'en découdre.

Stan se racla la gorge, comme s'il se préparait à réciter des vers.

— *Amis valeureux, veules ennemis…*, commença-t-il d'un ton grave.

Hedy n'attendit pas d'entendre la suite. Alors qu'elle s'agenouillait pour entrer à quatre pattes dans le cadre, Mme Pal s'accroupit à côté d'elle.

— Si tu t'éloignes trop, cherche la lueur de ton frère et de ta cousine de l'autre côté du portail. Ça s'appelle *le feu de la famille*. Il te permettra de retrouver ton chemin.

CHAPITRE 27
LE FEU DE LA FAMILLE

Hedy entra gauchement dans la peinture, entravée par le poids des ailes sur son dos, puis elle jeta un rapide coup d'œil derrière elle. Le salon était brouillé, comme si elle l'observait à travers un lac gelé, et les bruits étaient étouffés. Mais à sa grande surprise, elle vit ce dont Mme Pal venait de lui parler : les silhouettes rayonnantes de Spencer et de Jelly. *Le feu de la famille*, pensa-t-elle, et cela la rassura un peu.

Le rayonnement se déplaça tandis que Spencer, Jelly et Mme Pal passaient le visage à travers le portail pour la regarder. Son frère fit une grimace écœurée en sentant l'odeur de la moufette, qui semblait encore plus forte qu'avant, comme si elle avait infusé.

La jeune fille se tourna vers l'arbre lointain, silhouette sombre dans la faible lumière du monde peint. S'efforçant d'oublier le poids des ailes, elle visualisa son corps, non pas alourdi, mais qui s'élevait grâce aux ailes dans son dos, aussi puissantes que celles de la pie, et elle s'imagina en train de voler avec force et agilité, et…

Les ailes se déployèrent et ses pieds se soulevèrent du sol. Les plumes en cuivre et en argent battaient d'avant en arrière, la propulsant de plus en plus haut, jusqu'à ce qu'elle se souvienne qu'elle devait les diriger.

— Bien joué ! s'exclama Spencer sur un ton triomphant.

— Max va être tellement jaloux ! renchérit Jelly.

Hedy volait de façon saccadée, penchée en avant comme si elle courait à toutes jambes, priant pour que les ailes continuent d'avancer. Ne sachant que faire, elle se mit à pousser sur ses pieds, ce qui la déséquilibra. Après quelques secondes terrifiantes, elle se rendit compte qu'il était plus facile de diriger les ailes et de voler de façon fluide en gardant les membres immobiles et en déplaçant son poids d'un côté ou de l'autre. Elle partit en direction de l'arbre immense.

Soudain, le Thérion moufette sortit la tête de son terrier. Il eut un mouvement de recul en voyant Hedy, puis il lui cracha dessus. Elle le foudroya du regard mais préféra l'ignorer ; elle n'avait pas de temps à perdre.

On n'aurait pas pu dire qu'elle volait de façon gracieuse, mais à chaque battement d'ailes, elle se sentait un peu plus à l'aise. Elle essaya de s'orienter en jetant un coup d'œil en direction du portail. Elle apercevait à peine une petite lueur.

L'arbre gigantesque, dont elle aurait été bien incapable de deviner l'espèce, avait poussé dans l'eau à la jonction de quatre rivières, et s'élevait à une hauteur vertigineuse. Quand bien même il y aurait eu de la terre ferme à son pied, aucune échelle n'aurait suffi à atteindre ses branches même les plus basses.

Elle ne voyait aucun signe de papi John ou du Thérion pie. Les ailes ne lui permettaient pas de faire du sur-place, alors elle fit quelques allers-retours devant l'arbre, puis elle décida d'aller regarder de l'autre côté. Mais son cœur se mit à battre plus vite : quand elle serait derrière l'arbre, les autres ne la verraient plus. Que se passerait-il quand elle sortirait de leur champ de vision ?

— Allez, vas-y, marmonna-t-elle, puis elle se pencha sur le côté et commença à contourner l'arbre.

Des feuilles, des branches et encore des feuilles, vert foncé pour la plupart, d'une pâle couleur dorée pour les jeunes pousses. Pas de pie en vue, ni aucune autre créature d'ailleurs. Pas d'oiseaux, pas d'écureuils ni même d'animaux plus exotiques tels que des tamias, des opossums ou des singes – car après tout, elle ignorait si elle était encore en Angleterre. C'était ça qui rendait cet endroit aussi étrange : il semblait sauvage, mais trop inhabité pour paraître naturel.

Elle aperçut de nouveau le minuscule rayonnement de Spencer et Jelly au loin et comprit alors qu'elle avait fait le tour de l'arbre sans trouver papi John. Elle se mit donc à décrire des spirales ascendantes en scrutant le feuillage sombre. À la fin de son troisième circuit, elle avait atteint une hauteur vertigineuse. Elle décida de ne pas penser à la distance qui la séparait du sol.

Soudain, ses oreilles captèrent un bruit infime. C'était quoi, ça ? Une voix. Mais d'où venait-elle ?

De plus haut. Elle n'avait pas encore survolé l'arbre pour en inspecter le sommet. Elle s'éleva donc encore et, à proximité du faîte de l'arbre, elle accéléra et monta en flèche.

Un nid grandiose couronnait l'arbre. Le nid de la pie. Il devait bien faire quatre mètres de large, et les branches qui le composaient étaient aussi épaisses que les bras d'Hedy. Des roseaux, des brindilles et des herbes y étaient entremêlés, ainsi que quelques rubans colorés, sans doute volés au fil du temps de l'autre côté du portail. Il y avait même des bois de cerf, dont les extrémités dépassaient du nid telles des épines. D'autres bibelots, babioles et objets divers s'y entassaient : le butin de la pie.

Et au milieu de tout ça se trouvait papi John. Il avait la joue enflée, comme s'il avait pris un coup, mais il fixait avec un air de défi le Thérion pie au-dessus de lui.

Personne, c'est Personne qui a pris le contrôle de cette chose, se rappela Hedy, car il y avait un dédain caractéristique dans sa posture, dans sa façon de pencher la tête pour regarder papi John en clignant des yeux. Les ailes du Thérion avaient disparu, laissant la place au manteau militaire noir et crème. Mais le pire, c'était qu'il tenait le cube du Kaléidos entre ses doigts.

— Je ne peux pas te rendre ces années, disait papi John, mais tu es libre désormais. Rose est toujours enfermée, elle. Rends-moi ce cube, Albert. On pourra régler nos comptes plus tard, si tu veux, mais laisse-moi d'abord retrouver Rosie.

Le silence du Thérion était plus glaçant que les habituelles insultes de Personne. Il fit un pas en arrière, puis un autre, puis encore un autre. Hedy crut qu'il allait laisser partir son grand-père, mais alors, il tendit la main hors du nid.

— Non, Albert! s'écria papi John en se relevant difficilement.

Le Thérion haussa les épaules et relâcha le cube, qui se mit à chuter en direction des courants d'eau terne en contrebas.

Hedy réprima un cri et plongea. Elle entendit l'étrange cri étranglé de la pie tandis qu'elle descendait à pic, se rapprochait du cube et l'attrapait d'une main tendue. Il était à elle.

Elle se redressa alors et battit des ailes pour remonter vers le nid tout en le fourrant dans sa poche. Le visage apeuré de papi John apparut par-dessus le bord des grandes branches entrecroisées.

— Hedy, va-t'en!

— Non! hurla-t-elle. Pas sans t…

Crac! Soudain, elle sentit sa tête partir brusquement en avant. Elle vit des étoiles pendant une seconde, et puis ça recommença, et elle se mit à faire des tonneaux dans les airs. Elle poussa un hurlement. Personne donnait des coups sur son casque avec le bec du Thérion.

Elle fusa vers le haut et dépassa le nid dans l'espoir de lui échapper. *Crac.* Une autre série d'étoiles devant ses yeux. Elle tomba dans le nid dans un bruit sourd, envoyant valser des babioles dans tous les sens. Papi John voulut la rejoindre, mais Personne se posa entre eux, lui barrant le passage. Ses ailes se mirent à trembler violemment et reprirent l'apparence de bras humains.

— Va-t'en, Hedy ! cria papi John.

Personne le saisit par le col de son pull et le traîna jusqu'au bord du nid. Son intention était claire : lui faire faire un plongeon dans les eaux sombres, loin en contrebas.

— Attendez ! croassa Hedy en plongeant la main dans sa poche pour en sortir son seul atout. On peut faire un échange.

La tête à plumes se tourna brusquement vers elle et Personne braqua ses yeux avides sur la montre à gousset qu'elle brandissait devant elle.

— Elle contient une photographie de votre femme et de votre enfant, c'est bien ça ? Je vous la rends si vous me rendez mon grand-père.

Tout le monde était immobile. Tout était silencieux. Personne hocha une fois la tête et éloigna papi John du bord du nid.

— À trois, reprit Hedy, qui sentait battre son pouls à ses tempes. Un.

Le Thérion pie s'approchait doucement, bien plus grand qu'elle.

— Deux.

Il desserra sa prise sur papi John et tendit vers elle une main pâle et tremblante.

— Trois !

Au moment où Personne relâcha son grand-père, elle ramena brusquement la main en arrière et lança la montre à gousset aussi loin que possible, par-dessus Personne. Elle tomba dans le vide. La pie poussa un cri strident, outré, et s'élança à sa poursuite.

Hedy serra très brièvement papi John contre elle, puis elle retira son écharpe rayée et l'enroula autour de sa taille avant de la passer dans la ceinture de son grand-père.

— J'espère que ça va tenir, dit-il en la nouant fermement.

Hedy ferma les yeux et s'imagina en train de voler, les ailes en cuivre et en argent battant sur son dos. Elle sentait leur envie puissante de s'élever.

— Ça tiendra si tu y crois, répondit-elle. Prêt ?

Ils s'agrippèrent chacun aux avant-bras de l'autre, plièrent les genoux et bondirent dans les airs. L'écharpe se tendit brusquement, tirant sur la taille d'Hedy, mais le nœud résista. Alourdies par le poids d'un homme adulte, les ailes devaient fournir plus d'efforts désormais, Hedy le sentait. Elle tourna sur elle-même jusqu'à apercevoir le rayonnement de Spencer et Jelly, tel un phare minuscule la guidant jusqu'à bon port. Il était temps de rentrer à Hoarder Hill.

Ils avaient parcouru la moitié du chemin lorsqu'ils sentirent un souffle d'air au-dessus d'eux. Personne. Ils se retrouvèrent engloutis dans un nuage de plumes et de serres acérées, soumis aux assauts de ce bec qui tentait de les arrêter. Tout entremêlés, ils plongèrent à une allure terrifiante, dans un vacarme de hurlements et de cris d'oiseau. Hedy réussit difficilement à se dégager et tenta de reprendre le contrôle de ses ailes avant de heurter la rivière. *Flap, flap.* Elle parvint à se redresser au tout dernier moment, et les pieds de papi John traînèrent dans l'eau en les éclaboussant. Personne les dépassa, mais elle le vit faire demi-tour pour revenir les attaquer.

Elle tenta de reprendre de la vitesse, le cœur battant à cent à l'heure.

— Par où je vais ? demanda-t-elle à son grand-père. Est-ce que tu vois une lueur ?

Ils se trouvaient à environ cinquante mètres d'altitude lorsque papi John pointa le doigt.

— Par là !

Une bourrasque l'avertit que Personne plongeait de nouveau sur eux. Elle l'esquiva de peu alors qu'une pensée épouvantable s'emparait d'elle : et si l'un d'eux était blessé par les serres ou le bec de la pie et que Personne essayait de changer de corps ? Elle poussa un petit gémissement.

— Tu peux y arriver, lui assura papi John d'une voix ferme.

Soudain, elle vit que des petites créatures sortaient du portail en battant des ailes. Qu'est-ce que ça pouvait bien être ? Fallait-il qu'elle change de direction ?

Bam ! Elle se prit un coup de bec sur la jambe. Elle poussa un cri de douleur et changea de trajectoire. Une embardée maladroite pour éviter un autre coup les fit chuter de quelques mètres. *Vire à gauche*, se dit-elle, *et maintenant à droite, sois imprévisible, force-le à rater sa cible.*

Elle distinguait mieux les petites créatures qui volaient vers eux désormais, et une vague de peur glacée s'abattit sur elle. C'étaient les gargouilles du toit de papi John, sept créatures en pierre qui jacassaient dans un nuage chaotique. Quelques mots parvinrent à ses oreilles. Comme l'autre jour, elles grondaient « Espion ! » et « Protégez-la ! ». Comment étaient-elles entrées ? Elle reconnut le diablotin, quelques créatures indéfinies, un bélier ailé, tous aussi affreux que terrifiants. Personne était derrière, les gargouilles devant – elle n'avait aucune chance de tous les semer.

La nuée de créatures de pierre se mit en formation, un rang au-dessus, un rang en dessous. Elle leva les bras devant son visage, se préparant à la collision, mais elles se divisèrent alors pour les laisser passer, et elle entendit un corbeau – *son* corbeau, oscillant entre la pierre et les plumes blanches – pousser un « *Croâ !* » perçant.

— Protégez-la ! rugirent les gargouilles en réponse, et l'essaim féroce déferla sur Personne, serres, crocs, cornes et bec dehors, le forçant à les chasser à coups d'ailes.

Cela donna à Hedy le temps de foncer vers la lueur derrière le portail, de nouveau visible et plus vive que jamais.

Elle risqua un regard derrière elle. Le Thérion donnait des coups de bec d'avant en arrière tout en frappant les assaillants les plus petits avec ses grandes ailes. Il réussit à saisir une gargouille entre ses serres et la jeta au sol, où elle se brisa, ce qui arrêta les autres un instant. Il en profita pour se lancer de nouveau à la poursuite d'Hedy.

— On ne peut pas traverser le portail en volant, on ne passera pas, s'écria-t-elle à l'intention de papi John. Il faut qu'on ralentisse et qu'on atterrisse.

— D'accord, dit-il en hochant la tête, mais c'est toi qui passes en premier.

À environ dix mètres du portail, elle osa ralentir le battement de ses ailes. À cinq mètres, elle les tendit en arrière et les posa sur le sol. Personne gagnait du terrain.

— Écarte-toi de moi, Hedy ! la pressa papi John en tirant sur le nœud de l'écharpe.

Elle s'efforçait de se détacher en regardant obstinément le portail. Il était si proche ! Personne poussa un cri perçant, se préparant à piquer sur eux, mais soudain, il y eut du remue-ménage au niveau du portail. Le feu de la famille s'était mis à tourbillonner. Apparut alors une grosse créature brune à fourrure, et derrière elle, une grande tête ramifiée : Spencer, enveloppé dans Doug, et Jelly, qui tenait Stan dans ses bras.

— Hedy, entre ! hurla le garçon en essayant de contrôler l'angoisse qui marquait son visage.

Comme Personne approchait, Doug rugit par-dessus la tête de Spencer et sa patte blanche ratissa les airs. Stan, que Jelly brandissait au-dessus d'elle, agita ses bois d'un air menaçant en bramant.

Personne recula, stupéfait, et battit des ailes avec inquiétude lorsque l'ours rugit de nouveau, tandis que Spencer et Jelly hurlaient de concert. Le grondement des gargouilles gagnait en puissance derrière le Thérion. Poussant un dernier cri furieux, il prit de l'altitude et s'éloigna du portail, d'Hedy et de papi John, repartant vers le nid de la pie.

Cette fois, les gargouilles ne le prirent pas en chasse. Elles se posèrent sur le sol comme des animaux de compagnie obéissants et, le dos tourné au portail, se mirent à surveiller les alentours à l'affût du moindre danger, l'air satisfait après leur démonstration de force.

Papi John serra Hedy dans ses bras. Elle se laissa aller contre lui alors que ses ailes se ratatinaient sur elles-mêmes.

— Tu sens la moufette, fit-elle remarquer en plissant le nez, essoufflée.

— Je sais, répliqua-t-il avec un sourire pince-sans-rire. Tu aimes ?

— Pas le choix, répondit-elle en se retournant pour étreindre Spencer, toujours affublé de Doug. Toi aussi, Jelly.

Celle-ci fit de son mieux pour ne pas les embrocher avec les bois de Stan.

— Ça, c'est ce qu'on appelle un bon gros câlin, commenta l'ours, ému.

— J'ai toujours dit que tu étais un gros nounours, dit Stan, et ils rirent tous, un peu déboussolés, jusqu'à ce que le cerf se racle la gorge. Puis-je suggérer que nous poursuivions tout cela dans la maison, à l'écart du danger ?

— J'espère que tu as toujours le cube, après tout ça, murmura papi John à Hedy, un reste d'angoisse crispant son visage.

— Oui, répondit-elle simplement.

Elle le sortit de sa poche et le déposa dans la paume de son grand-père.

CHAPITRE 28
L'ASSISTANTE DU MAGICIEN

— Regardez qui a décongelé ! lança Soumitra en souriant alors que tout le monde se précipitait dans la pièce secrète, au grenier.

Jelly fonça jusqu'à son grand-père et posa la main sur son front. Il était assis, et sa peau n'était plus aussi blême. Ses yeux se posèrent aussitôt sur le cube dans la main de papi John.

— Tu l'as retrouvé !

Trop épuisé pour expliquer tout ce qui s'était passé, le vieil homme se contenta de hocher la tête en tapotant l'épaule d'Hedy avec reconnaissance.

Le visage de tonton Peter se décomposa sous l'effet du soulagement.

— Je suis désolé, John, murmura-t-il. Je suis désolé d'avoir voulu t'humilier. Je suis désolé de ce qui est arrivé à Rose. Désolé pour tout.

— Je n'ai pas vraiment été un frère idéal, soupira papi John en s'agenouillant à côté de lui. À bien des occasions, nous aurions dû nous entraider, mais j'ai préféré entrer dans une compétition avec toi. Et si on agissait tous les deux différemment, à partir de maintenant ?

— Est-ce que deux vieillards comme nous peuvent changer après des décennies de stupidité ?

— Je trouverai peut-être quelque chose capable de nous transformer, caché dans tout mon bazar, répondit papi John en riant, avant de tendre le cube à son frère. J'ai besoin de mes deux mains pour m'occuper du Kaléidos. Tu veux bien me le garder un moment ?

Tonton Peter le prit délicatement et le serra contre sa poitrine. Son frère se leva alors et posa les deux mains sur la boîte magique.

— Ça fait tellement longtemps, murmura-t-il en clignant des yeux.

— Tu sais comment faire, John, le rassura tonton Peter.

Personne ne pipa mot lorsqu'il commença à déplacer les cubes, les faisant passer les uns par-dessus les autres, pliant des rangées entières dans un sens ou dans l'autre, donnant au rectangle une forme approximative de pyramide, puis de sphère, puis le déstructurant complètement avant de lui redonner l'apparence d'une longue boîte capable d'accueillir en son sein l'assistante d'un magicien. Sur le bas du côté le plus court de la boîte se trouvait un espace vide, comme une dent manquante : la place du cube perdu.

Papi John était hors d'haleine, après tous ces efforts. Tonton Peter et lui fixèrent tous les deux l'espace vide, jusqu'à ce que l'aîné des deux frères finisse par dire d'une voix rauque :

— Il est temps de le remettre à sa place.

Tonton Peter s'agenouilla à côté de la boîte et, d'une main tremblante, il y glissa le cube. Celui-ci s'y inséra parfaitement, comme magnétisé. Le Kaléidos était de nouveau entier.

Papi John saisit à deux mains le devant de la boîte et l'ouvrit brusquement. À l'intérieur, il n'y avait que l'obscurité.

Désespéré, il scruta l'espace où ils avaient tous espéré trouver sa femme.

Soudain, un courant d'air fit claquer des portes au rez-de-chaussée, résonnant dans toute la maison. Les flammes des torches faillirent s'éteindre.

— Est-ce que c'est Personne ? s'alarma Spencer.

Mais il n'y eut ni crépitement menaçant de lumière bleue ni ricanement mauvais. Au lieu de ça, ils entendirent un doux bruissement, et des bruits de pas, et des voix qui les appelaient. Quelques instants plus tard, un flot de pétales – des pétales de rose – entra par la porte ouverte de la pièce et se mit à tournoyer autour de tout le monde, avant de se poser sur la boîte scintillante. Et dans le sillage de ces pétales, comme s'ils les avaient suivis à travers la maison, apparurent les parents stupéfaits d'Hedy et Spencer. Ils restèrent plantés un moment dans l'embrasure de la porte, puis les deux enfants se jetèrent dans leurs bras.

— Qu'est-ce que… ? commença leur mère avant de s'interrompre, les yeux rivés sur le Kaléidos.

L'obscurité commençait à s'atténuer à l'intérieur de la boîte, comme la nuit se retirant au lever du jour. Lorsqu'elle se dissipa complètement, ils virent une femme allongée sur le côté. Elle ouvrit les yeux.

— Rosie!

Papi John se mit à genoux devant la boîte et tendit les mains pour saisir les siennes.

Et Rose Sung, portée disparue pendant des décennies, sortit de la boîte d'un pas hésitant. Hedy eut l'étrange impression de la reconnaître, comme si elle voyait un cliché s'animer: c'était la jeune femme qu'elle et Spencer avaient vue en photo, et Hedy retrouvait beaucoup de ses propres traits sur le visage de sa grand-mère. Celle-ci semblait avoir le même âge que le jour de sa disparition et elle portait le même costume d'assistante de magicien. Comme elle tombait à genoux sur le sol de sa pièce secrète, elle dévisagea le vieil homme au visage trempé de larmes qui se tenait en face d'elle.

— John? demanda-t-elle en levant une main faible pour essuyer ses larmes.

— Oui, c'est moi, répondit-il en posant la main sur la sienne.

Rose laissa échapper un sanglot et s'effondra contre son torse. La mère d'Hedy et Spencer, qui avait assisté à cette scène en silence, sous le choc, s'avança lentement et se laissa tomber par terre pour contempler, hébétée, sa propre mère qu'elle ne connaissait qu'en souvenir.

— Comment… ? demanda-t-elle.

Rose sanglota de nouveau et tendit un bras vers sa fille. Alors que le trio s'étreignait, en larmes, tous les autres gardèrent une distance respectueuse.

Hedy ne savait pas quoi ressentir. Ces deux dernières semaines, sa vie et celle de Spencer avaient entièrement tourné autour de cet instant. Mais la profondeur du chagrin de Rose, John et Olivia, désormais recouvert par une marée de joie, était presque insondable.

— Vous avez réussi, dit Jelly en passant sa tête entre celles d'Hedy et de Spencer.

Les deux frères et sœurs échangèrent un sourire ébahi.

— C'est vrai, souffla la jeune fille en poussant un soupir frémissant.

Pendant que Rose pleurait et riait, ses cheveux châtains en bataille se mirent à pâlir. Petit à petit, à chaque mouvement, elle se mit à vieillir à vue d'œil, récupérant les dizaines d'années qui s'étaient écoulées en son absence. Ses cheveux prirent une teinte gris platine, et de très fines rides apparurent sur sa peau. Soit Rose ne s'en rendait pas compte, soit elle s'en moquait, trop absorbée dans la contemplation de son mari et de sa fille. Finalement, ses pleurs se calmèrent suffisamment pour qu'elle puisse se pencher vers papi John et inspirer profondément.

— Tu sens terriblement mauvais, lui dit-elle.

— C'est la moufette, expliqua Spencer.

Rose se tourna vers ses petits-enfants et, soutenue par son mari et sa fille, elle se leva difficilement, tel un poulain nouveau-né ne sachant pas encore marcher.

— Hedy, Spencer, dit-elle en souriant, et ils prirent ces mots comme une invitation à se jeter dans ses bras.

— Doucement, les prévint leur mère.

— Mais non, murmura mamie Rose en les embrassant sur le sommet du crâne.

Les enfants ne disaient rien, car il y aurait eu trop à dire. Leur grand-mère avait les mains et le visage froids, mais son regard était aussi chaud que le soleil.

— Tu peux enfin voir tes petits-enfants, dit leur mère en se mouchant.

Mamie Rose recula légèrement la tête pour mieux les observer.

— Je vous voyais chaque fois que vous veniez ici, leur dit-elle. Toi aussi, Olivia. Ces derniers temps, Hedy et Spencer étaient comme des corps lumineux aperçus à travers les ténèbres, de très loin. Vous éclairiez la maison à chacune de vos visites.

Leur mère fondit de nouveau en larmes et enfouit le visage contre l'épaule de sa mère.

— Si j'avais su, nous serions venus plus souvent.

— Ils t'ont sauvée, Rosie, murmura papi John. Ces deux-là ont enfreint toutes les règles de la maison pour te sauver.

— Merci, leur chuchota mamie Rose. Merci.

— C'était dur d'être là-dedans ? lui demanda doucement Hedy.

Un nuage assombrit le visage de sa grand-mère.

— Il faisait noir. Et je me sentais seule.

Elle jeta un regard craintif au Kaléidos ouvert derrière elle. Papi John se hâta d'aller le refermer.

— Voici Will, mon mari, dit maman en passant un bras autour des épaules de mamie Rose et en désignant le père des enfants. Et je suis sûre que cette jeune fille à côté de lui est Angélica, la petite-fille de Peter.

Leur père essuya ses larmes avec sa manche et conduisit Jelly vers eux.

— Je… je pensais ne jamais avoir la chance de vous rencontrer, dit-il.

— Eh bien approche, alors, le taquina mamie Rose avant de l'étreindre chaleureusement.

— On dirait que vous avez froid, dit-il en retirant sa veste pour l'en envelopper. Mettez ça.

— Papa, tu viens de t'essuyer le nez avec ta manche, fit remarquer Spencer.

— Je ne toucherai pas la manche, intervint mamie Rose, imperturbable. Et puis au moins, elle ne sent pas la moufette. (Elle se tourna vers Jelly.) Comme la famille a grandi. Angélica, tu dis ?

— Tu peux m'appeler Jelly, et j'ai aussi un petit frère, Max, ajouta celle-ci en la serrant dans ses bras. Oh dis donc, tata Rose, si tu savais tout ce qu'ont traversé Hedy et Spencer pour te sortir de là ! Hedy a failli tomber du toit – bon, ça, tu le sais peut-être déjà – et des gargouilles l'ont attaquée, et ensuite une armure a voulu les embrocher tous les deux – elle est juste là, dans la pièce d'à côté – et après mon grand-père a été possédé, et…

— Et Personne a failli me *décapiter*! intervint Spencer.

— Et est-ce que tu sais que c'est la veille de Noël ?

— Plus tard ! s'exclama Hedy en riant et en plaquant une main sur leurs bouches.

— Oui, plus tard, acquiesça leur mère, mais on voudra entendre le moindre détail.

Spencer pointa le doigt sur Doug et Stan, posés par terre.

— Attends. Il faut que tu fasses la connaissance de nos amis.

Les enfants rapprochèrent le tapis et la tête de cerf de leur grand-mère.

Stan se racla la gorge.

— Madame, je vous présente mon compagnon, Douglas, le tapis en peau d'ours – que dis-je, *l'ours* le plus féroce d'Angleterre.

— Et voici Stanley, enchaîna Doug, avant d'ajouter à voix basse : Il va vous raconter qu'il est le Seigneur du Bois de la Reine, et après toute cette aventure, il croit sans doute qu'il a des bois magiques, ou quelque chose du genre. Mais ne vous en faites pas, dans l'ensemble, il est très *cerf*viable !

Puis il s'esclaffa, riant de sa propre blague.

— Madame, je m'excuse si les tentatives d'hum*ours* de Douglas vous incommodent, marmonna Stan.

Mamie Rose éclata de rire et caressa leur fourrure avec une expression émerveillée.

— Si vous êtes des amis des enfants, alors le reste m'importe peu.

Elle absorbait lentement les détails de l'étrange pièce forestière, les arbres, les rideaux et le sol en terre. Elle se pencha pour ramasser quelques pétales de rose et les respira profondément. Puis elle aperçut Mme Pal.

— C'est toi, Rani ?

— En bien plus âgée, j'en ai peur, Rose. Mais je me sens vingt ans plus jeune en te revoyant.

Les membres de mamie Rose semblaient progressivement retrouver de la force. Elle parcourut les quelques pas qui la séparaient de Mme Pal et l'étreignit affectueusement.

— Ce jeune homme est donc ton petit-fils ? demanda-t-elle en regardant Soumitra, qui attendait non loin.

Le jeune homme s'essuya la main sur son pantalon avant de la lui tendre.

— Je m'appelle Soumitra.

— Merci, Soumitra. Et toi aussi, Rani. Je ne pouvais voir que des bribes de ce qui se passait, mais je sais que sans votre aide, je ne serais pas là.

— Ce fut un plaisir, répondit le jeune homme. Enfin, un plaisir à ne pas renouveler, évidemment !

Mamie Rose jeta un coup d'œil entre les arbres du bois qui n'aurait pas dû être là, par-delà les rideaux de scène en velours rouge.

— Peter ?

Celui-ci s'était éloigné discrètement pour aller s'appuyer contre un arbre épais.

— J'espère que tu n'as pas prévu de te bannir toi-même, reprit-elle.

Il se tourna à moitié vers elle, hésita, puis se fraya lentement un chemin entre les arbres et les broussailles. Son visage arborait une expression de grande tristesse lorsqu'il vint se placer devant elle.

— Es-tu au courant de ce qui s'est passé? lui demanda-t-il.

Elle hocha la tête.

— J'ai entendu les enfants en parler quand j'étais là-dedans.

— Je suis désolé, Rose.

— Je sais.

Elle posa une main hésitante sur son épaule. Ce n'était pas encore un pardon, mais c'était un début.

Les autres restèrent plantés là à les regarder, à court de mots, jusqu'à ce que la mère des enfants tape dans ses mains.

— Bon, quelqu'un dans cette pièce sent terriblement mauvais et a besoin d'une douche…

Elle entreprit alors de ramener tout le monde vers l'escalier tout en planifiant un millier de choses à la fois. Hedy ouvrait la marche avec Spencer, mais elle ralentit de façon à rester juste devant ses grands-parents quand ils descendirent prudemment l'escalier, main dans la main.

— Pas de médecin aujourd'hui, je t'en prie, insista mamie Rose quand sa fille tenta de la convaincre. Sinon je vais passer toute la journée à l'hôpital à essayer d'expliquer l'impossible. Je veux juste passer Noël avec ma famille.

Quand tout le monde fut lavé et réchauffé, ils se serrèrent tous autour de la table de la cuisine pour dévorer les sandwichs toastés que les enfants avaient préparés avec Soumitra.

— John, commença le père d'Hedy et Spencer en prenant un quatrième sandwich, est-ce qu'on peut entendre toute l'histoire du début à la fin, maintenant ?

Papi John se tamponna la bouche avec sa serviette et regarda ses petits-enfants.

— Si vous voulez *toute* l'histoire, il va falloir que ce soit eux qui vous la racontent.

Les enfants entamèrent donc le récit de tout ce qui s'était passé depuis leur première nuit au manoir de Hoarder Hill, quand ils s'étaient faufilés dans la pièce interdite où l'album photo avait été poussé de son étagère.

— C'était toi, mamie Rose ? demanda Hedy.

Leur grand-mère hocha la tête et Spencer frissonna de joie.

— Qu'est-ce qu'on a eu peur ! s'exclama-t-il. Pourquoi tu ne faisais pas des trucs comme ça pour attirer l'attention de papi John ?

— Je… je ne pouvais pas le *voir* comme je vous voyais vous, depuis l'obscurité où je me trouvais, répondit-elle d'un ton hésitant. Vous deux et Olivia, vous étiez comme des lanternes éclairant tout autour d'elles, mais tout le reste était sombre.

— Le feu de la famille, expliqua Mme Pal en échangeant un regard avec Hedy. Les liens du sang peuvent rester visibles par-delà les frontières entre les mondes, comme des phares. Les enfants et Olivia sont du même sang que toi, mais, malgré tout ton amour pour John, ce n'est pas son cas.

Mamie Rose posa la main sur celle de papi John.

— Je distinguais en partie ce que disaient les enfants, mais le son était très étouffé, comme si j'écoutais à travers un mur. C'était épuisant de toucher des choses ici depuis là-bas. Je ne sais pas comment le décrire. Il m'a fallu énormément d'énergie rien que pour écrire dans la poussière et dans le givre ; pour manipuler ces magnets, aussi. D'ailleurs, je ne savais pas où j'étais, j'avais juste l'impression d'être très loin. En revanche, je pouvais parler au corbeau. Quand j'ai vu Hedy s'envoler, je l'ai supplié de l'aider. Heureusement qu'il a réussi à convaincre toutes ces créatures bornées sur le toit de se joindre à lui. J'ignore comment il faisait pour m'entendre, mais je suis contente qu'il l'ait fait.

— J'avais confié aux gargouilles la tâche de te protéger, de monter la garde depuis là-haut, dit papi John, comme s'il pensait à voix haute. Mais ce corbeau n'était pas là quand nous avons emménagé ici. Tu l'avais acheté en Suède et tu m'avais demandé de le placer sur le toit pour qu'il ait de la compagnie.

— En Suède ? répéta Mme Pal en se tapotant les lèvres du bout des doigts, une lueur dans le regard. Les corbeaux et les corneilles sont des créatures très puissantes dans la mythologie scandinave.

De doux bruits l'interrompirent : un *chhhh* et puis un *crrrrrt.* Près de la boîte des flamenteurs, qui avait retrouvé sa place dans le coin le plus chaud de la cuisine, un nœud sombre venait de s'ouvrir dans le parquet. Un objet en pierre en fut expulsé : la main de Mme Vilums, que les Espionboisés avaient aspirée dans le grenier. Un murmure de surprise se propagea autour de la table. Les Espionboisés ne refermèrent le nœud qu'après avoir aussi rejeté avec regret trois chaussettes orphelines.

— Voilà donc ce qui arrivait à mes chaussettes, s'étonna papi John en les ramassant, ainsi que la main en pierre. Je me demande ce qu'ils ont bien pu cacher d'autre là-dessous.

Hedy et Spencer bondirent de leur siège pour aller toucher les doigts en pierre.

— On peut réparer Mme V maintenant, non ? demanda Spencer.

Papi John jeta un coup d'œil à Mme Pal, qui réfléchit un moment.

— Nous pourrions vous apporter un peu de colle *colle*, dit-elle finalement.

— De la colle magique ? l'interrogea Spencer.

— Une colle améliorée que prépare ma grand-mère, chuchota Soumitra. Un peu plus puissante, tu vois. On ne peut pas vraiment dire qu'elle est magique, mais on ne peut pas vraiment dire qu'elle ne l'est pas.

— Ne révèle pas tous mes secrets de fabrication, Soumitra, intervint Mme Pal.

— Je pourrais en avoir un peu ? demanda Spencer au jeune homme, les yeux brillants. Ça serait super pratique au cas où je me couperais le doigt, par exemple.

Leur mère se racla la gorge d'un air réprobateur.

— Spencer, n'envisage même pas de te couper quoi que ce soit, colle magique ou non.

Mais dès qu'elle détourna le regard, Soumitra fit un clin d'œil au garçon.

Plus tard, tout le monde s'attroupa dans le salon pour examiner les tableaux des Thérions. Il n'y avait aucune trace de la moufette ou de la pie. Papa et maman passèrent la tête à l'intérieur, à titre expérimental, mais ils n'allèrent pas plus loin que le menton, et ils refusèrent de laisser les enfants s'en approcher.

— Ça pue toujours, là-dedans, rapporta maman en plissant le nez. Qu'est-ce qu'on va faire d'eux, papa ?

— On ferait mieux de condamner les cadres avec des planches pour les empêcher de faire du grabuge, répondit papi John avant de lâcher la main de mamie Rose, pour la première fois en une heure. Reculez tous.

Tout le monde s'éloigna et les enfants sautèrent sur le canapé avec Doug et Stan. Papi John passa alors la tête à travers le portail et prononça quelques mots. Quelques instants plus tard, les gargouilles sortirent du tableau en sautant, rampant ou volant, et secouèrent leurs membres et leurs ailes comme si elles avaient été privées d'un combat attendu avec impatience.

— Elles sont moins effrayantes quand elles sont de notre côté, murmura Hedy.

— À peine, répondit Spencer.

Le corbeau se posa sur l'épaule de mamie Rose. Alors qu'il pressait sa tête contre sa joue, Hedy entendit Mme Pal murmurer quelques mots à Soumitra, quelque chose comme « huginn » et « muninn ».

Papi John ramena ensuite toute la corde et le fil dans le salon et, quand il appuya sur la surface du tableau avec son doigt, elle ne céda pas. Le portail était fermé ; ce n'était plus que de la peinture à l'huile sur une toile. Il conduisit ensuite les gargouilles jusqu'à la porte d'entrée et l'air de la nuit enneigée les enveloppa lorsqu'elles sortirent docilement en file indienne, puis se mirent à gravir les colonnes du porche ou à s'envoler pour reprendre leur place sur le toit.

Papa et tonton Peter allèrent chercher de vieux panneaux de contreplaqué dans le garage et les placèrent sur chaque peinture avant de les y fixer fermement avec du gaffer.

— Comme ça, ils ne verront rien de tentant, commenta papi John. Mais emmenons-les quand même au grenier, où ils pourront être surveillés.

Là-haut, il les appuya contre un mur puis murmura quelques mots à Sir Roland, lui confiant une nouvelle tâche : garder les tableaux.

Lorsque les enfants se mirent à bâiller bruyamment, Mme Pal tapota l'épaule de Soumitra et lui dit qu'il était temps d'y aller. On leur fit promettre de revenir le lendemain midi pour le repas de Noël.

Papa et maman fabriquèrent sur le sol du salon un camp de fortune pour les enfants avec des coussins, des draps et des couvertures, puis ils les confièrent à Doug et Stan. Mamie Rose prit un long moment pour leur dire bonne nuit. Leur caresser les cheveux et poser sa joue contre la leur semblait être aussi apaisant pour elle que pour eux.

Sur la demande de Spencer, elle laissa les guirlandes de Noël allumées sur le sapin. Confortablement installés sur leurs oreillers et leurs couvertures, les enfants avaient du mal à croire que c'était la veille de Noël.

— On a réussi, dit Hedy. Je n'arrive pas à croire qu'on a sauvé mamie Rose.

— Vous avez vu la Blanche Patte de l'Apocalypse ? demanda Doug. Elle lui a coupé le sifflet, à cette maudite pie, pas vrai ?

— Très impressionnant, concéda Stan, grand prince. Je crois que cette créature malfaisante ne tenait pas non plus à affronter le Seigneur du Bois de la Reine ! Ne sous-estime jamais la férocité d'une prodigieuse paire de bois, Douglas !

Sur ce, il les remua tellement fièrement qu'il bascula sur le côté.

— J'étais féroce moi aussi, pas vrai, Doug ? demanda Spencer.

— Si vous n'êtes pas les petits les plus féroces qu'on ait rencontrés, répondit l'ours, vous êtes certainement les plus courageux. Et c'est encore bien mieux.

Le lendemain matin, ce fut Spencer qui émergea le premier… et qui réveilla le reste de la maisonnée en braillant : « Joyeux Noël ! On veut les cadeaux ! » Hedy se montra ravie des baskets et des nouveaux romans que ses parents lui avaient offerts, comme elle l'avait espéré, et son frère déballa avec bonheur de l'argile à modeler avec des outils, plus un nouveau jeu vidéo. Ils avaient préparé pour Jelly des collants en laine aux couleurs dingues et un collier de perles, qu'elle enfila aussitôt.

Les derniers cadeaux qu'ils ouvrirent étaient ceux de papi John. Il offrit à Spencer un objet très léger, en cuivre et en papier, long à peu près comme une main et en forme de samare de sycomore. Comme les graines ailées de cet arbre, le petit appareil tournoyait comme un hélicoptère, et quand Spencer créait des courants d'air avec ses mains, il changeait de direction.

Hedy découvrit quant à elle un petit atlas mondial relié de cuir, au dos duquel était attaché avec une chaîne un délicat télescope en cuivre. Celui-ci permettait d'agrandir les continents et les pays du monde dessinés à la plume – et dont les frontières et les noms dataient de plusieurs centaines d'années – et d'examiner une multitude de détails. À un certain réglage, les lignes ondulées de l'océan se mettaient à danser, et on voyait se déplacer les animaux dans leur habitat naturel. Un éléphant traversait d'un pas tranquille une plaine du Bechuanaland (aujourd'hui le Botswana, d'après papa), un pingouin se dandinait sur de la neige en Antarctique, et un grand nombre d'oiseaux et d'insectes grouillaient en Amazonie.

— Ce sont de super cadeaux, papi John, dit Spencer en observant le jardin de derrière par la fenêtre, comme s'il se demandait quel arbre escalader pour y tester sa petite hélice.

— Oui, ils sont géniaux, merci, acquiesça Hedy. Mais je suis désolée, on ne t'a rien offert pour Noël.

Papi John sourit à mamie Rose, qui discutait doucement avec leur mère.

— Oh que si.

Toni et Vincent, les parents de Jelly, arrivèrent avec Max en milieu de matinée, et furent sidérés de voir mamie Rose. Ils avaient des millions de questions à poser, bien sûr, mais vu que tout le monde était occupé soit à redonner un semblant d'ordre à la maison, soit à préparer le déjeuner de Noël, le récit fut très décousu. Ce fut seulement quand les Pal les rejoignirent qu'on put de nouveau raconter toute l'histoire de façon satisfaisante, du début à la fin, autour d'une dinde, de pommes de terre rôties et de toutes sortes de garnitures.

Ensuite, Mme Pal fit discrètement signe à papi John, Hedy et Spencer de venir la rejoindre dans le vestibule. Elle leur tendit un flacon de moutarde et gloussa devant leurs regards perplexes.

— C'est ma colle *colle*, expliqua-t-elle.

— Est-ce que ça réveillera Mme V et ses sœurs de leur sommeil de pierre ? demanda Hedy.

— La colle, non, répondit-elle avec regret avant de poser les yeux sur papi John. Pour ça, il vous faudra de la magie.

Elle obtint pour toute réponse un grognement impatient qui la fit glousser de plus belle, puis elle alla retrouver les autres.

— Il faut qu'on libère Mme Vilums et ses sœurs, papi, dit Hedy à voix basse.

— Sans elle, on aurait été réduits en chair à pâté, renchérit Spencer.

— Pas de magie dans cette maison, leur rappela papi John en se frottant les yeux. Uniquement des trucs. C'était la règle, non ?

— Tu as déjà enfreint ta règle avec les gargouilles. Et Sir Roland. Pense à toutes les choses cool que tu pourrais faire ! lança Spencer, les yeux brillants.

— Le problème, c'est que je pense surtout à tout le *mal* que je pourrais faire. Pendant toutes ces années, j'ai étouffé mon envie de faire ce pour quoi je suis doué car je sais que mes actions ont des conséquences.

— Tu vas vraiment abandonner la magie ? demanda Hedy, incrédule.

Elle avait espéré que les événements de la veille ne seraient peut-être que le sommet d'un nouvel iceberg passionnant.

— Il vaudrait peut-être mieux. Ce ne serait pas plus sage d'arrêter maintenant que tout va bien ?

— Alors tu pourrais arrêter après aujourd'hui, suggéra-t-elle. Et si c'est la toute dernière fois de ta vie que tu fais de la magie, ce sera parce que tu tiens à quelqu'un, pas parce que tu essaies d'impressionner les gens.

Papi John les regarda avec un mélange d'amusement et de résignation.

— Vous voulez bien m'aider ? demanda-t-il, les prenant de court, et ils hochèrent la tête avec enthousiasme. Très bien. Discrètement, alors. Et ne vous faites pas trop d'illusions. Je ne suis pas certain qu'on puisse y arriver.

Ils le suivirent dans son bureau, où il ouvrit une boîte en cuir brun rangée dans une bibliothèque. Il en sortit une longue et mince baguette en ébène, puis il récupéra la main en pierre dans un tiroir de son bureau.

— Papi John, tu es un vrai sorcier ? s'exclama Spencer en regardant la baguette, bouche bée.

Mais leur grand-père se contenta de lever les yeux au ciel comme s'il s'agissait là d'une idée absurde.

Ils sortirent à pas de loup par la porte principale et contournèrent la maison jusqu'au jardin de derrière. Les enfants devaient trottiner pour garder le rythme alors que papi John passait à grandes enjambées sous l'arche en bois en direction du cimetière des statues.

Une fois sortie de son flacon de moutarde, la colle *colle* semblait plutôt ordinaire. Mais lorsqu'ils pressèrent la main sectionnée sur le poignet de Mme Vilums, le joint se mit à scintiller. Un son de cloches se fit entendre au loin, et la démarcation entre la main et le poignet disparut. On aurait dit qu'elle n'avait jamais existé.

Papi John sortit alors sa baguette de sous son pull et se tourna vers les silhouettes sculptées de Mme Vilums, Maja et Ewa en se raclant nerveusement la gorge.

— Posez chacun une main sur la baguette, leur ordonna-t-il.

Ils s'exécutèrent, et il recouvrit leurs mains de la sienne.

— Maintenant, rappelez-vous à quoi ressemblait Mme Vilums quand elle était une personne, rappelez-vous sa voix. Ramenez-la à la vie dans votre esprit.

Alors qu'ils levaient ensemble la baguette, Hedy repensa à différents souvenirs de Mme Vilums : la fois où elle les avait envoyés prendre le soleil dans le jardin, celle où les Espionboisés l'avaient embrassée, le moment où elle s'était interposée pour les protéger de Sir Roland… Ils pointèrent la baguette sur les trois sœurs.

— Réveillez-vous, murmura papi John en fixant les statues d'un regard déterminé.

D'un geste de la tête, il encouragea ses petits-enfants à en faire de même.

— Réveillez-vous, répétèrent-ils.

Ils reculèrent de quelques pas et attendirent.

— Vous pensez que Maja et Ewa font aussi bien les gâteaux que Mme V ? chuchota Spencer.

Hedy réprima un rire.

— Comment peux-tu encore avoir faim ?

Un éclat de voix et de bruits leur parvint soudain, en provenance du manoir, et ils se retournèrent tous les trois avec inquiétude, craignant qu'un danger ne soit survenu. Mais ce n'étaient pas des cris de peur ni d'alarme, seulement des rires.

— Il n'y a jamais eu autant de monde chez moi, murmura papi John.

— C'est un grand manoir, tu sais, répondit Hedy. Il y aurait bien de la place pour trois personnes de plus, non ?

— Oui, tu as raison.

À peine avait-il prononcé ces mots qu'un petit craquement s'éleva de la surface des statues de pierre. Hedy prit la main de son grand-père et celle de son frère et osa un sourire. Avec un espoir grandissant, ils virent de sombres éclats de pierre commencer à s'effriter, révélant la vie qui attendait en dessous.

ÉPILOGUE

Le corbeau de pierre hésita.

Il n'était plus condamné à rester sur le toit et pouvait prendre son envol quand bon lui semblait – c'était ce qu'il aimait le plus. Mais, alors qu'il était posé au-dessus de la fenêtre du grenier où il avait aidé la fille, il entendit un bruit qui le poussa à regarder à travers la vitre.

Tout semblait sombre et tranquille dans le grenier, et pourtant le même bruit recommença. *Pic, pic.* Deux grands cadres étaient appuyés contre un mur. *Pic, pic.* L'un d'eux vibrait, comme si quelque chose lui tapait dessus. *Pic, pic.* La planche qui recouvrait l'avant du cadre était abîmée : un trou y avait été creusé. S'il y avait eu plus de lumière, le corbeau de pierre aurait vu derrière ce trou l'œil marron d'une créature ressemblant à une pie.

Soudain, des exclamations détournèrent l'attention du corbeau. C'était la voix de Rose. Elle n'était plus l'Absente ; elle avait été retrouvée, et elle était avec sa famille. Le corbeau les considérait tous désormais comme des membres de sa propre volée. Il les vit s'étreindre et se dire au revoir, puis quatre d'entre eux montèrent dans la voiture rouge et s'éloignèrent. Y compris la fille qui savait voler.

Le corbeau de pierre sauta et, en plein air, se transforma en plumes, muscles et os. Il se mit à tournoyer au-dessus de la voiture qui descendait lentement la colline. Au niveau d'une petite maison mitoyenne dans le village, la voiture se fit héler, et le corbeau dut se poser sur un lampadaire pour observer la scène. La femme qui cuisinait pour le Maître sortit de la maison avec un grand sourire, suivie de deux autres femmes qui lui ressemblaient beaucoup. Elles leur passèrent des paquets par les fenêtres du véhicule et en embrassèrent tous les occupants, riant et bavardant un moment avec eux avant de les laisser repartir.

La voiture rouge accéléra en direction des bois et le corbeau prit lui aussi de la vitesse. La fille dans la voiture aperçut le corbeau qui volait le long des arbres où habitaient bien des créatures sauvages, et elle baissa sa vitre. Ses cheveux volèrent en tous sens et le vent fit rosir ses joues.

— On se reverra à Pâques ! lui cria-t-elle, et le garçon souriant agita son chapeau à fourrure par la fenêtre.

Puis elle remonta sa vitre, et les deux enfants continuèrent de regarder le corbeau avec un sourire radieux. Pour leur faire plaisir, celui-ci s'éleva et dessina des vagues gracieuses dans le ciel. Il ne voulait pas que la fille oublie qu'elle savait voler.

Une autre voiture roulait à toute vitesse sur la route froide. Elle accéléra rapidement, imprudemment peut-être, se rapprochant progressivement de la voiture rouge de la famille, comme si elle la pourchassait. Le corbeau redescendit pour voler à la hauteur des deux véhicules, le pressentiment d'un danger imminent perturbant son bonheur.

Le véhicule en question était occupé par un homme seul aux cheveux sombres qui portait autour de son long cou un foulard de couleur vive, bleu et rouge. Il commença à doubler la voiture rouge en faisant ronfler son moteur et, dans sa manœuvre, il se tourna vers la fille et le garçon dans la voiture d'à côté et passa lentement un doigt sur son cou. Le corbeau ignorait que les enfants avaient déjà vu ce foulard au motif cachemire et ce visage plutôt beau, mais il comprit aussitôt que quelque chose clochait : leur sourire disparut dès qu'ils aperçurent le conducteur et l'ongle noir sur son doigt menaçant.

L'inconnu se rabattit si brusquement que la voiture rouge dut freiner dans un crissement de pneus, et elle se rapprocha dangereusement du bord de la route avant de s'arrêter. L'autre véhicule s'éloigna à toute vitesse, victorieux.

Le corbeau se posa sur le capot de la voiture rouge et jeta un coup d'œil à l'intérieur. Les membres de la famille avaient les yeux écarquillés, mais ils n'avaient rien. Le père ouvrit la portière et descendit sans quitter des yeux le véhicule disparaissant au loin.

— Il se prend pour qui, celui-là ? s'écria la mère, furieuse.

Les deux enfants se regardèrent avec la même expression apeurée sur le visage.

— Personne.

FIN

Remerciements

Au fil des ans, nous avons imaginé bien des manières de partager l'histoire d'Hedy et de Spencer. La voir prendre vie sur papier est un rêve devenu réalité, mais nous n'y sommes pas arrivées seules.

Ce projet aurait pu ne rester qu'un rêve sans : Doug Ngai, notre Doug le Tapis originel, qui a joué les entremetteurs pour notre duo d'écrivaines, et dont la foi en nous ne faiblit jamais ; Rob Hyde, qui nous a conseillées dès le début, quand nous avons commencé à écrire *L'étrange manoir de Hoarder Hill* pour le grand écran ; Kevin Burke, qui a tellement aimé les personnages qu'il a eu envie de les rencontrer dans un livre ; Harry Holland, dont le talent et l'incroyable créativité ont donné vie à notre idée dans notre bande-annonce ; Mitch Rose, qui nous a aidées à être représentées par CAA, et à qui nous devons un plateau télé de premier choix.

Un grand merci à tous nos supporters, qui ont soutenu notre projet pour le livre et pour l'écran, lu nos premières versions et écouté nos idées :

La famille Holland, en particulier Paddy Holland qui a toujours été notre Spencer, Genya Sugowdz, Stuart Madgwick, Jenny Wong, Christie Carr, Kelly et Carol Dann, Kristen Cherrie, Lia Brandligt, Marinka et Amanda Hudonogov Foster, Kendra Wester, Dede Grutz, Kat Rallis, Dijanna Mulhearn, JulieAnne Rhodes – c'est sur le lit de sa chambre d'amis que cette idée a été « conçue » –,Naomi Watts pour ton soutien continu, Heidi Gomes, dont nous avons eu la chance de bénéficier de l'aide et de l'amitié, Katherine Tomlinson, Julieanne et Dave Williams, Jamie Olds et les magiciens Eric Jones et Charlie Caper, Emmy Marriott, Ben Perkins, Dan Baldwin pour avoir réfléchi au monde peint avec nous, Debbie Ujcic, Bjorn Puckler, et Lexi et Nick De Toth.

Mahalo à nos extraordinaires agents littéraires, Olivier et Paula Latsch de LatschLit, qui nous ont demandé un jour s'il y avait un chapitre 2, pour leur soutien et leurs conseils.

Tous nos remerciements à Barry Cunningham pour avoir aimé Doug et Stan autant que nous, pour avoir cru en nous et nous avoir invitées à rejoindre l'incroyable écurie – ou poulailler ! – des auteurs de Chicken House.

Nous devons beaucoup à Rachel Hickman, Elinor Bagenal, Laura Myers, Jazz Bartlett Love, Sarah Wilson et toute l'équipe de Chicken House, qui nous ont prêté main-forte en plus d'être des personnes absolument adorables.

Maxine Lee-Mackie, ta merveilleuse et fascinante illustration de couverture nous a fait chavirer – merci !

Pour avoir rendu possible la mise en œuvre de nos abominables plans de domination du monde/du multimédia, toute notre gratitude à :

Catrin Abert et Carsten Polzin chez Piper Verlag ; Olivia Blaustein, notre dynamique agente, et Jamie Stockton à CAA ; Debbie Liebling, Zainab Azizi et Sam Raimi chez Ghost House et Nne Ebong chez wiip.

De la part de Kelly :

Tout mon amour et ma gratitude à mes parents Juliana et Michael Ngai, qui m'ont donné le temps d'écrire grâce à leur soutien sans borne dans la vie de tous les jours ; à Brent Armfield, pour ses encouragements constants, son humour et son goût pour l'inattendu ; et à Rufus et Xavier pour leur fierté quand ils ont annoncé à tout le monde, de leurs professeurs à de parfaits inconnus au parc, que leur maman allait être autrice.

De la part de Mikki :

Mon amour et mes remerciements à ma famille ! D'abord à mon père Uldis qui m'a transmis sa passion de raconter des histoires et à ma mère Ilze pour son humour, son enthousiasme et son soutien indéfectible, quels que soient les rêves que je choisis de poursuivre (ce jour-là), et à Martins, Amanda, Sharon, Adrian, Aleks, Thorley, Josie, Annika, Ryan et en particulier à mon « petit » frère Gint pour avoir dit que ce serait « marrant s'il y avait un tapis en peau d'ours et une tête de cerf empaillée qui parlent dans votre histoire ».

Et à mon mari, Colin Lish, pour son soutien, ses encouragements et son amour infinis et constants. Merci de m'aider à rester concentrée quand un énième « objet attirant » traverse mon champ de vision !

Table des matières

Cet ouvrage a été mis en pages par IGS-CP
à L'Isle-d'Espagnac (16)